dtv

Während Vanessa Ormston ihrem Mann das Frühstück macht, sieht sie mit Entsetzen einen Nachruf auf ihn in der Morgenzeitung. Sie ist hin- und hergerissen zwischen dem Wunsch, ihm die Schmach dieses schlechten Scherzes zu ersparen, und dem Bedürfnis, ihn vor der drohenden Häme seiner Professorenkollegen zu warnen.

Es sind Konflikte wie dieser, die William Trevor in seinen Geschichten beschreibt: Momentaufnahmen außergewöhnlicher Situationen und Gefühle, die er auf unvergleichliche Weise und mit sparsamen literarischen Mitteln kraftvoll auszudrücken weiß. Egal ob es um den vermeintlichen Tod eines Professors geht oder um das Geheimnis dreier Menschen, die durch ein schreckliches Ereignis lebenslänglich aneinander gebunden sind, oder aber um ein junges Paar, das am Vorabend seiner Hochzeit plötzlich mit dem wahren Gesicht des jeweils anderen konfrontiert wird. »Der melancholische Altmeister der irischen Literatur« (Süddeutsche Zeitung) lehrt uns einmal mehr, dass es vor dem Schicksal kein Entrinnen gibt.

William Trevor (eigentlich William Trevor Cox) wurde 1928 als Sohn eines protestantischen Bankangestellten in Mitchelstown, in der Grafschaft Cork in Irland geboren. Er besuchte das Trinity College in Dublin und ist Mitglied der Irish Academy of Letters. Sein umfangreiches Werk umfasst Romane und Erzählungen und wurde mit zahlreichen literarischen Preisen ausgezeichnet; 1999 erhielt er den David Cohen Britisch Literature Prize für sein Gesamtwerk. Sein letzter Roman ›Die Geschichte der Lucy Gault‹ (dtv 13472) war für den Booker Prize nominiert. Der Erzählungsband ›Seitensprung‹ (dtv 13558) war 2004 unter den »100 Notable Books of the Year« der New York Times. Für ›Tod des Professors‹ erhielt Trevor den Irish Literature Prize. Er lebt in Devon/England.

William Trevor

Tod des Professors

Erzählungen

Aus dem Englischen
von Hans-Christian Oeser

Deutscher Taschenbuch Verlag

Die Originalausgabe erschien 2000 unter dem Titel »The Hill Bachelors«
im Verlag Viking/Penguin Books, London.
Die vorliegende Übersetzung wurde gefördert vom
Ireland Literature Exchange (Übersetzungsfonds), Dublin, Irland

Februar 2010
Deutscher Taschenbuch Verlag GmbH & Co. KG, München
www.dtv.de

Umschlagkonzept: Balk & Brumshagen
Umschlaggestaltung: Wildes Blut, Atelier
für Gestaltung, Stephanie Weischer unter
Verwendung eines Fotos von Corbis/Thomas Kruesselmann
Satz: Dörlemann Satz, Lemförde
Druck und Bindung: C. H. Beck, Nördlingen
Gedruckt auf säurefreiem, chlorfrei gebleichtem Papier
Printed in Germany · ISBN 978-3-423-13846-8

INHALT

ZU DRITT

Auf der Treppe vor dem Haus der Scheles, zu beiden Seiten der braun gestrichenen Eingangstür Buntglasfenster, schüttelt Sidney den Regen von seinem Plastikmantel, den er eigens dafür auszieht. Er sperrt auf und tritt in den kleinen Windfang, dann hält er einen Augenblick inne, um sich mit einem Taschentuch den Regen vom Gesicht zu wischen, und klingelt an der Innentür. So gefällt es ihnen, sein Eintreten in den Windfang mithilfe eines Schlüssels, danach die Bekanntgabe seiner Ankunft. Sie werden wissen, wer es ist: Niemand sonst drückt auf den inneren Klingelknopf.

»Guten Tag, Sidney«, begrüßt ihn Vera, nachdem sie die Riegel zurückgeschoben und den Schlüssel im Schloss herumgedreht hat. »Regnet's immer noch, Sidney?«

»Ja. Es schüttet.«

»Wir haben nicht hinausgeschaut.«

In der Diele brennt Licht, wie immer – außer im Hochsommer.

Sidney wartet, bis der Schlüssel im Schloss zurückgedreht ist und die Riegel wieder an ihrem Platz sind. Dann hängt er seinen durchsichtigen Plastikmantel an den Haken des Kleiderständers.

»So, da ist das Badezimmer«, sagt Vera. »Es steht schon alles bereit.«

»Ihr Vater –«

»Ach, dem geht's gut, Sidney. Vater ruht sich gerade aus. Sie wissen schon: sein Nachmittagsschläfchen.«

»Ich hatte gehofft, heute Vormittag kommen zu können.«

»Er hatte auch darauf gehofft, Sidney. Vielleicht um elf.«

»Heute Vormittag war's schwierig.«

»Ach, mir selbst ist es gleich.«

Im Badezimmer sind Farbtöpfe, Pinsel und eine Rolle ausgebreitet, Wanne und Waschbecken mit alten Vorhängen abgedeckt. Auch Füllspachtel und Terpentinersatz stehen bereit; letzte Woche hat Sidney gesagt, die benötige er. Statt Terpentinersatz hätte er Reinigerkonzentrat sagen sollen, fällt ihm ein; das taugt besser zum Auswaschen der Pinsel.

»Möchten Sie erst einen Tee, Sidney?«, bietet Vera an. »Möchten Sie eine Tasse, bevor Sie anfangen?«

Vera hat markante Wangenknochen, die Haare hat sie sich schwarz gefärbt, da sie allmählich ergrauen. Die Magerkeit in ihrem Gesicht setzt sich auch andernorts fort; ein marineblauer Rock liegt eng an den knochigen Hüften, ihr schlichter roter Pullover sitzt knapp wie der eines Kindes und schmiegt sich an Brüste, die kaum hervortreten. Was auffällt, sind ihre großen braunen Augen und die sinnlichen Lippen, die Augen ausdruckslos, die Lippen vielleicht eine List der Natur, denn ansonsten wirkt Vera nicht im Mindesten sinnlich.

»Tee später.« Sidney zögert. Er blickt Vera an, als habe er Angst, sie zu kränken. »Ginge das?«

Vera lächelt und sagt, aber natürlich ginge das. Es gibt ein Hefeteilchen, sagt sie, ein Hefeteilchen mit Aprikosen, noch von gestern, sie wird es aufbacken.

»Danke, Vera.«

»Da ist Vater, er ist gerade aufgewacht.«

Als Farbton hat man Pastellblau gewählt. Sidney gießt die Farbe in die Farbwanne und trägt sie mit der Rolle auf die Zimmerdecke auf. Er beginnt in der Mitte, wie ihm einmal ein Farbenhändler geraten hat: Das sei die beste Vorgehensweise. Die Farbe kommt ihm weiß vor, aber er hat gelernt, dass dem nicht so ist. Wenn sie trocknet, wird sie eine Nuance dunkler. Eine Satinfarbe, passend für ein Badezimmer.

»Die Fliesen«, sagt Mr Schele in der Tür, als Sidney bereits mit den Wänden begonnen hat. »Vielleicht erst die Fliesen.«

Beim Wegräumen seiner Sachen – seiner Zahnbürste und seines Rasierers – hat Mr Schele die Fliesen um das Handwaschbecken und die Badewanne bemerkt. An einigen Stellen sind die Fliesen nicht mehr ganz in Ordnung, sagt er. An einigen Stellen haben sie sich vielleicht ein bisschen gelockert, etliche haben Risse. Man merkt es kaum, aber wenn Sie genau hinsehen, wenn Sie sich die Zeit nehmen, werden Sie sehen, dass sie gesprungen sind. Und die Dichtungsmasse um die Wanne hat sich verfärbt. Sieht schmuddelig aus, sagt Mr Schele.

»Ja, wird alles erledigt.«

»Nicht zuerst die Fliesen und dann streichen, eh? Nicht vielleicht zuerst die Fliesen?«

Sidney weiß, dass der Alte recht hat. Die Ersatzfliesen und die Dichtungsfuge sollten zuerst an die Reihe kommen, wegen der Sauerei. So geht man üblicherweise vor. Nicht dass Sidney Fachmann wäre, nicht dass er schon viele Badezimmer gestrichen hätte, aber es leuchtet ein.

»Es wird schon gehen, Mr Schele. Es sind ja nicht viele Fliesen anzubringen, nur zwei oder drei.«

Während die Grundierfarbe auf den Holzteilen trocknet, wird er die neuen Fliesen verlegen. Er wird die Dichtungsmasse herausschneiden und aus der Spritzpistole neue hineinfüllen, ein schwieriges Unterfangen, das er ungern angeht. Bisher hatte er erst einmal mit der Spritzpistole gearbeitet, hinter der Spüle in der Küche. Während die Masse antrocknet, wird er die Holzteile lackieren.

»Tüchtig, tüchtig, Sidney.«

Er arbeitet den ganzen Nachmittag. Als Vera ihm das Hefeteilchen und den Tee bringt und zwei verschiedene Sorten Kekse, bleibt sie nicht lange, weil er zu tun hat. Sidney wird für seine Arbeit nicht bezahlt, anders als für seine anderen Tätigkeiten – im Klub, wenn er Handzettel austrägt oder auf der Straße verteilt, je nachdem, was von ihm verlangt wird. Er kommt aus mit dem, was er bezieht; er braucht nicht viel, denn er muss keine Miete zahlen. Gerade genug für Nahrungsmittel und für das Gas zum Kochen. Für Strom braucht er nicht aufzukommen; seine Kleidungsstücke stammen aus einem Wohltätigkeitsladen.

Man lässt ihn über dem Klub wohnen, da sich dort ein Zimmer befindet. Abends nimmt er das Eintrittsgeld in seinem Kabuff entgegen, beschützt von Alfie und Harry an der Tür; tagsüber räumt er vom Vorabend auf und nimmt Anrufe an. Sämtliche Einrichtungen des Klubs stehen ihm zur Verfügung, was er zu schätzen weiß. Sidney ist jetzt vierunddreißig Jahre alt, vierunddreißig Jahre, eine Woche und zwei Tage. Als er Vera das erste Mal geholfen hatte, war er gerade zwanzig geworden.

In Mr Scheles Haus wird es nie erwähnt. Sie sprechen nicht über eine Zeit, die für Vera wie auch für Mr Schele bedrückend war. Aber wenn Sidney nicht im Haus ist, wenn er allein und für sich ist, in seinem Zimmer über dem

Klub, spricht er mit sich selbst darüber. »In schillernder Rüstung«, sagt er sich vor, denn so stand es in der Zeitung; und steht es immer noch, falls er nachschauen möchte. *Ein Ritter in schillernder Rüstung*, über eine ganze Seite hinweg. Manchmal, wenn er versucht einzuschlafen, liegt er da und poliert die Rüstung, breitet ihre Einzelteile aus, faltet Lappen auseinander, stellt Duraglit und Politur von Goddard's bereit.

»Sidney, bleiben Sie heute zum Abendessen?« Es sei genug da, versichert ihm Vera. Eine zusätzliche Tasse Reis, mehr brauche es nicht, und sie zählt die samstägliche Speisenfolge auf: Hähnchen nach Veras Art, ihr schmackhafter Salat, Strudel und ein kleines bisschen Sahne. Danach *Casualty* im Fernsehen, um fünf nach acht.

Es ist eine Bitte, die sie gelegentlich ausspricht, wenn Sidney sich so spät noch im Haus aufhält. Mit ihrer Einladung bettelt Vera um Gesellschaft, denkt Sidney, um die Gegenwart eines anderen als ihres ältlichen Vaters. Vera dürfte sich gefreut haben, dass er nicht schon am Vormittag erschienen war, denn dann hätte er früher mit der Arbeit aufgehört, zu früh fürs Abendessen, und zum Mittagessen dazubleiben war nicht das Gleiche.

»Ich mach mich lieber auf den Weg.«

»Ach, bleiben Sie doch noch bei uns.«

Und Sidney bleibt. Er sitzt mit Mr Schele im Wohnzimmer, und es gibt einen Appetizer, kleine Salzbrezeln, die Vera eingekauft hat. Keine Getränke dazu. Mr Schele erzählt von seiner Kindheit.

»Den großen Rosenstrauch hat's umgeweht«, unterbricht ihn Sidney, der jetzt am Fenster steht. »Der Wind hat ihn umgeknickt.«

Mr Schele tritt zu ihm, um hinauszusehen, und schüttelt

kummervoll den Kopf. »Vielleicht halten die Wurzeln ja noch«, meint er. »Vielleicht lässt sich was machen.«

Sidney geht durch die Küche zum Garten. »Nein«, sagt er, als alle drei sich zu Tisch setzen: Die Wurzeln sind schon im Herbst gebrochen. Die Nachricht bestürzt Mr Schele, der sich daran erinnert, wie die Rose gepflanzt wurde, als Vera noch ein halbes Kind war. Er werde im Garten bestimmt keine Rose mehr zu einer solchen Größe heranwachsen sehen, sagt er. Die Schuld daran schiebt er sich zu, aber Vera verneint, und Sidney weist darauf hin, dass selbst das Leben einer Rose endlich ist.

Auf das nach Veras Art gekochte Hähnchen und ihren schmackhaften Salat folgt ein mit Sultaninen gespickter Strudel, dann stehen sie in der Badezimmertür und begutachten Sidneys Arbeit. Das Badezimmer sei wie neu, sagt Mr Schele, von dem Anblick sichtlich aufgemuntert. Wie damals, als das Haus erbaut wurde. Bis auf das Linoleum, mit dem der Fußboden schon seit 1951 bedeckt ist, rechnet Mr Schele nach.

»Ein schöner neuer PVC-Fußboden«, schlägt Mr Schele vor, und Vera fügt hinzu, dass man nicht viel brauche: zweidreiviertel Meter lang, einen Meter breit. Heute Morgen hat sie nachgemessen. »Werden Sie ihn verlegen, Sidney?«, erkundigt sich Mr Schele. »Werden Sie ihn für uns verlegen?«

Sie wissen es sehr wohl. Sobald Vera sich etwas nach ihren Wünschen ausgesucht hat und das Stück mit nach Hause bringt, wird er es verlegen. Es ist noch etwas Klebstoff übrig von damals, als er den Bodenbelag in Mr Scheles kleinem Schlafzimmer verlegt hat. Da das Schlafzimmer im Erdgeschoss liegt, war bei windigem Wetter Zugluft durch die Ritzen zwischen den Dielenbrettern gedrungen.

Seit Sidney den PVC-Schutzbelag ausgeschnitten und festgeklebt hat, gibt es damit keine Probleme mehr, höchstens, dass Mr Schele sich immer noch nicht an die Farbe gewöhnt hat, marmorierte Orangetöne.

»Fürs Badezimmer bleiben wir aber bei Pastell, oder?«, legt er jetzt seine Präferenzen dar.

Damit es zum Pastellblau passt, pflichtet Vera ihm bei. Vielleicht sogar Weiß, abgestimmt auf Wanne, Waschbecken und Fliesen. Ein zartes Rosa überzieht Veras hohle Wangen, und Sidney – der Vera gut kennt – weiß, dass es in Erwartung des Genusses geschieht, der ihr bevorsteht: die Auswahl des Bodenbelags, genau das richtige Gewicht für eine Verwendung im Badezimmer, eine Schattierung, die zum Anstrich oder zum Porzellan passt.

»Könnten Sie noch einen Moment warten, Sidney?«, fragt Vera und geht davon, ehe sie gleich darauf mit einem Stück Pappe wiederkommt, das sie von einer Cornflakes-Packung abgerissen hat. »Könnten Sie hier etwas Farbe auftragen, Sidney?«, bittet sie ihn. Sidney kommt ihrem Wunsch nach und wäscht den Pinsel ein zweites Mal aus. Als er das orangene PVC fürs Schlafzimmer zugeschnitten hatte, war ihm das Teppichmesser abgerutscht; eine Naht von drei Stichen und eine Tetanusspritze.

»Zeit für die Krankenhaus-Serie«, ermahnt Mr Schele seine Tochter, die enttäuscht ist, als Sidney den Kopf schüttelt. Diesen Samstag nicht, erklärt er, denn er hat Frühschicht im Klub.

»Schön, dass Sie gekommen sind, Sidney«, sagt Vera in der Vorhalle. Sie flüstert, wie noch jedes Mal, wenn sie es sagt. Sie ist älter als Sidney, einundvierzig; als er ihr das erste Mal geholfen hatte, damals, als sie in Nöten war, zählte sie siebenundzwanzig Jahre.

»Keine Ursache«, sagt er, bevor er geht, sein immer gleichbleibender Abschiedsgruß.

Man hatte Vera in Gewahrsam genommen, denn am Ende glaubte man ihr die Geschichte von dem Einbrecher nicht, der ins Haus eingedrungen sei, während sie im Kino war. Zunächst, als alles noch zusammenpasste, hatte man ihr geglaubt – das aufgebrochene Küchenfenster, die Spuren getrockneten Lehms auf dem Abtropfbrett und an der Tür, wo die Schuhe ausgezogen worden waren. Achtundvierzig Pfund und neun Pence waren entwendet worden, Medaillen sowie ein versilbertes Manschettenknopfkästchen. Als Vera nach Hause gekommen war, hatten die Dielentür und die Tür zur Vorhalle weit offen gestanden; Mr Schele, der damals in einem Radio- und Fernsehgeschäft arbeitete, war noch im Laden. Man nahm Vera in Gewahrsam, weil etwas am Einstieg durch das Küchenfenster der Polizei nicht ganz einleuchtete: Auf dem Weg vor dem Haus waren keine trockenen Lehmspuren zu sehen, ebenso wenig auf der Fensterbank. Auch, dass nur ein Manschettenknopfkästchen und Medaillen gestohlen worden waren, jedoch keiner der anderen kleinen Gegenstände, die umherlagen, leuchtete nicht ein; und im Kino konnte sich niemand an Vera erinnern. Dann spürte ein Hund im Garten ein Stück von einem Handschuh auf, der im Gartenfeuer verbrannt worden war, und die Wolle stimmte mit den Fusseln überein, die man oben im Zimmer gefunden hatte. Seltsam, oder?, dass jemand Handschuhe verbrannt hatte, selbst wenn sie alt und unbrauchbar waren.

All das geht Sidney durch den Kopf, wie meistens, wenn er sich vom Haus der Scheles auf den Heimweg macht. Er wird nicht zu spät zum Klub kommen, um seinen samstäglichen Pflichten zu genügen; er hat keine Eile. Nach einem Nachmittag im Haus tut die Luft gut. Der Wind, der den Regen vertrieben hat, rauscht in den kahlen Wipfeln, hebt einen Mülleimerdeckel ab und spielt in den kleinen Vorgärten mit Plastikblumentöpfen. Bis der Regen wieder einsetzt, wird Sidney zu Fuß gehen, dann einen Bus nehmen.

»Bei Fuß, Angus! Angus!«, befiehlt eine Frau ihrem Hund, einem Spitz. »Was für ein Wind!«, ruft sie Sidney im Vorübergehen zu, und dieser antwortet, in der Tat, was für ein Wind. Er kennt die Frau, da er ihr und ihrem Hund auf dieser Strecke immer wieder begegnet. Mehrmals am Tag führt sie ihn aus.

Als Sidney durch die schlecht beleuchteten Vorstadtstraßen geht, die geraden und die halbmondförmigen – der Wind hat das Laub auf den Gehsteigen verstreut oder in Ecken gefegt –, fällt ihm das Foto von Vera ein: ihre großen Lippen stehen leicht offen, ihr Haar, damals noch blond, fällt ihr fast bis auf die Schultern, ihre Augen sind unschuldig und reizvoll. Als er das Foto sah, befand sie sich in Untersuchungshaft; ihre Anwälte, nicht sie selbst, appellierten an alle, die gesehen hatten, wie sie das Kino betrat oder verließ, sich zu melden.

Sidney biegt in Straßen mit geschlossenen Läden und Minimärkten, Zahnarzt- und Pedikürenwerbung, dem Regina Takeaway, der Eckkneipe Queen's Arms, Joe Coral's Wettbüro. Dann kommt eine ruhige Wohngegend, der gelbe Wohnwagen noch immer im Garten abgestellt, die Freifläche, die kein richtiger Park ist, durchweichter Abfall auf dem einzigen Fußweg. Der Kinofilm hieß *French Connection 2*. Sobald er das Foto gesehen hatte, schaute er ihn sich an, um sich mit der Handlung vertraut zu machen.

Im Bus wird er müde, weil er vergangene Nacht, Freitag, Spätschicht gehabt hat. Aber er schläft nicht, weil es ihm zuwider ist, in einem Bus aufzuwachen. Einmal hat er seine Haltestelle verpasst und musste nachlösen, aber seitdem ist es nicht wieder vorgekommen. Etwas hält ihn wach, vielleicht die Sorge, wieder nachzahlen zu müssen; inzwischen wacht er immer eine Haltestelle vor seiner auf, doch einnicken möchte er lieber nicht. Allerdings schließt er die Augen, um in Gedanken noch einmal alles durchzugehen, um es abspulen zu lassen, um sicherzustellen, dass er alles noch im Kopf hat: So verfährt er meistens, wenn er bei den Scheles gewesen ist. »Die Eisverkäuferin hat ihre Runde gedreht«, hatte er gesagt, und jedes Wort war protokolliert worden. »Das Licht ist angegangen.«

Er hätte sich nicht neben sie setzen müssen, aber er habe es getan, hatte er ausgesagt. Er wollte es eben; sobald er ihre Haare gesehen hatte, wollte er es, sobald er die Sitzreihe entlanggeblickt hatte und ihre Lippen sah, die sich zufällig gerade bewegten, vielleicht ein Bonbon lutschten oder Schokolade. »Machen Sie das immer so, Sidney?«, hatte der Polizeimeister gefragt. Nun ja, so habe er es schon ein-, zweimal gehalten, bei einer Frau, die ihm gefiel.

Der Bus kommt zum Stehen, drei Fahrgäste steigen aus, zwei Männer und eine junge Frau, die Männer viel älter, als sei einer von ihnen ihr Vater. »Sind Sie sicher, Sidney?«, war der Sergeant in ihn gedrungen, und er hatte ausgesagt, die Eisverkäuferin habe sich Zeit gelassen, nicht dass ihr irgendjemand etwas abgekauft habe, die Lichter seien gute fünf Minuten an gewesen. Und natürlich hinterher. Wie sollte er da nicht sicher sein, hatte er gesagt. »Ganz bestimmt«, hatte er bekräftigt. »O ja.« Dann kam der andere Mann herein und stellte ihm dieselben Fragen noch einmal von vorn. »Können Sie uns sagen, wie sie gekleidet war, Sidney? Lassen Sie sich Zeit, mein Junge.« In der Zeitung war ihre Kleidung erwähnt worden, und er konnte sich daran erinnern, weil er es sich eingeprägt hatte.

Als er ankommt, liegt der Klub im Dunkeln, doch sobald er eingetreten ist, schaltet er die Beleuchtung ein. Heute Morgen hat er aufgeräumt, zur selben Zeit wie immer. Alles steht bereit. Alfie und Harry treffen ein, und er macht ihnen einen Maxwell House, so wie sie ihn mögen, und sie sitzen da, trinken und rauchen. Morgen wird er wieder hingehen, nimmt Sidney sich vor, und den umgeknickten Rosenstrauch entfernen.

Als Vera aus dem Küchenfenster blickt, läuten die Sonntagsglocken einer Kirche zum Frühgottesdienst. Da ist Sidney und zerschneidet den großen Rosenstrauch, den der Wind umgeweht hat. In Vera steigt Wärme auf, sie breitet sich von einem Punkt in ihrem Innern bis zu den Schultern und Schenkeln aus und kribbelt in ihren Armen und Beinen. Es ist die Wärme ihrer Leidenschaft, eine Wallung in ihrem Blut, die ein so unerwarteter Anblick stets in ihr auslöst. Gestern erst ist Sidney gekommen, um auszuhelfen. Warum dann gleich heute wieder? Der umgewehte Rosenstrauch hätte auch warten können.

»Sidney ist hier«, sagt ihr Vater, der ebenfalls hinausgeschaut hat. »Fünfundzwanzig Jahre alt, dieser Rosenstrauch. Baumhoch, und jetzt müssen wir wieder von vorn anfangen.«

»Ach, mir tut's nicht leid, dass er verschwunden ist. Er hat den Garten verdunkelt. Sidney, möchten Sie einen

Kaffee?«, ruft Vera von der Hintertür, und Sidney winkt und sagt, noch einen Augenblick.

»Hat Sidney die Gartenhandschuhe angezogen?«, fragt Mr Schele übertrieben besorgt. »Bei einer Rose braucht man Handschuhe.«

»Sidney kennt sich aus.«

Einmal, als er im Garten gearbeitet und alte Holzbretter zersägt hatte, war ein Splitter unter seinen Daumennagel geraten, und Vera hatte ihn versorgt: Sidneys Hand lag flach auf der Küchenarbeitsfläche ausgestreckt, daneben eine eigens hereingebrachte Lampe, eine in einer Streichholzflamme sterilisierte Nadel, Antiseptikum und Pinzette. In ihren nächtlichen Fantasien hatte sie Sidney getröstet, ihm zugeflüstert, ihn gebeten, mit ihr zu reden. Manchmal, wenn er an einem Wochenende den ganzen Vormittag hindurch gearbeitet hat, schaltet sie den Warmwasserkessel an, falls Sidney, bevor er geht, ein Bad nehmen möchte. Als er sich einmal in die Hand schnitt, hatte sie den Blutfluss mit einem Druckverband gestillt.

»Fertig, Sidney«, ruft sie von der Hintertür. »Kaffee.«

Mr Schele spürt, dass etwas in der Luft liegt. Seine Gedanken spiegeln Veras: So unansehnlich es ist, das Dickicht verbogener Zweige auf dem Gras hätte gut und gerne noch eine Woche liegen bleiben können. Es ist ein Vorwand, sagt sich Mr Schele; ein Grund, schon so früh wiederzukommen. Er gießt heiße Milch auf seine Bran Flakes und rührt die Mischung mit seinem Löffel um, damit die Getreideflocken aufweichen, denn er mag sie nicht knusprig. Ist dies endlich der Sonntag des Heiratsantrags? Er beobachtet Vera am Herd. Sie wird sich ihrer flauschigen Pantoffeln bewusst und eilt davon, um sie gegen andere

Schuhe auszuwechseln. Der Glasdeckel auf dem Milchtopf klappert, und Mr Schele steht auf, um sich darum zu kümmern. Er wird nicht ewig leben; mit achtundsiebzig ist jeder Tag geborgte Zeit. Was für ein Leben ist einer alleinstehenden Frau beschieden?

Mr Schele nimmt den Topf von der Gasflamme; er akzeptiert, dass Vera niemanden hat, wenn er nicht mehr ist. Verabredungen mit Männern – und von denen hat es einige gegeben – gehören seit dem Ärger mit der Polizei der Vergangenheit an. Vera wird für den Rest ihrer Tage allein sein: So viel begreift er, auch wenn darüber nie gesprochen wird. Möglicherweise würde sich ihr Schicksal sogar eine Weile lang zum Besseren wenden, ehe ein neuer Mann, mit dem sie sich befreundete, es sich anders überlegen würde, obwohl sie damals ohne Makel geblieben war. So läuft es nun einmal, weiß Mr Schele, und er weiß, dass auch Vera sich darüber im Klaren ist. Sidney ist anders, denn er hatte sich gemeldet, und in gewissem Sinne hat er sich seither immer wieder gemeldet, als der gute Freund, der er ihr schon damals gewesen war, eigentlich sogar ihr Retter: Mr Scheles Meinung nach ist das Wort nicht zu hochgegriffen. Es brauchte einige Zeit, bis er zu dieser Erkenntnis gelangte, wie es für einen Vater nur natürlich ist, unter den gegebenen Umständen.

»Das ist nett von Sidney. Nur weil die Rose umgeweht ist.«

»Ja, das ist es.«

Vera nickt, während sie das sagt, es verleiht ihren Worten etwas Nachdruck. Ihr Vater weiß, was andere Leute wissen, nicht mehr. Er war zur gewohnten Zeit nach Hause gekommen, kurz nach halb sieben. Er sah die weißen Polizeiwagen vor dem Haus und war schon erregt, noch ehe er durch die Vorhalle ging. »Setz dich«, sagte sie und erzählte ihm alles, und die Polizistin brachte ihm einen Tee. »Das kann nicht sein«, sagte er immer wieder. Später brachte sie Bücklinge im Kochbeutel, aber sie mochten nichts essen. Sie klappte den Rollstuhl zusammen und stellte ihn in die Besenkammer unter der Treppe, um ihn nicht vor Augen zu haben. Am besten schafft man ihn aus dem Haus, entschied sie nach Ablauf eines Monats, als die Lage sich beruhigt hatte, und sie erzielten einen angemessenen Preis dafür.

»Nutz deine Chancen, Vera.«

Sie weiß, was er meint, aber Sidney wird ihr keinen Heiratsantrag machen, weder heute Morgen noch zu irgendeinem anderen Zeitpunkt, denn Ehe steht nicht zur Debatte und hat nie zur Debatte gestanden. Der Eindringling hätte nicht damit gerechnet, dass sich jemand im Zimmer befand, denn wenn er das Haus observierte, hatte er immer nur zwei Personen kommen und gehen sehen: Das alles setzen die Polizisten ihnen auseinander. Einbrecher spionierten ein Haus immer erst aus, erläuterten sie, die kamen nicht einfach hereingeplatzt. Ihr Vater war ab Viertel nach acht den ganzen Tag außer Haus, und der Täter wäre ihr bis zum Kino gefolgt und hätte abgewartet, bis sie hineingegangen war. Kinobesuche, Beerdigungen, Hochzeiten: So liebten es Einbrecher. »Ach nein, das ist doch absurd«, murmelte ihr Vater vor sich hin, als sie sich anders besannen und plötzlich eine andere Linie verfolgten. Er hatte sie immer für absurd gehalten, ihre grundlosen Nachbohrungen, wie er es nannte. Er hatte stets geglaubt, dass ihre Anklage in sich zusammenstürzen würde wie ein Kartenhaus, weil sie einfach keinen Sinn ergab.

»Du weißt, wovon ich rede, Vera? Nutz deine Chancen.«

Sie nickt. Als sie, Sidneys Ankunft zuliebe, ihre Pantoffeln gegen Schuhe getauscht hat, hat sie entschieden, auch gleich ihren grauen Sonntagsrock gegen einen Rock mit Hahnentrittmuster zu tauschen. Wie in alten Zeiten hat sie vor dem langen Kleiderschrankspiegel gestanden. In alten Zeiten hat sie sich gern elegant gekleidet, und das ist noch immer der Fall. Manchmal, im Supermarkt oder auf der Straße, mustert sie ein Mann. Auch Sidney tut das, wenn er glaubt, dass sie es nicht bemerkt. Sie erhitzt die Milch aufs Neue und ist bereit, frischen Kaffee aufzubrühen.

»Mögen Sie ein Ei, Sidney?«, bietet sie ihm an, als er hereinkommt. »Ein verlorenes Ei? Oder vielleicht ein Rührei?«

»Nein, wirklich nicht. Danke, Vera.« Bei dem Wind sei es zu riskant, den Rosenstrauch zu verbrennen, sagt er, aber er habe ihn klein geschnitten, für einen windstilleren Tag.

In seinen Haaren hat sich ein Blatt verfangen, und Vera macht ihn darauf aufmerksam. »So setzen Sie sich doch.«

»Nur eine Tasse Kaffee, Vera.«

An diesem Morgen ist Sidney um halb sieben aufgewacht, der Tag dämmerte gerade. Als Erstes dachte er an Vera, obwohl es im Klub besonders hoch hergegangen war und ihm das gewöhnlich an erster Stelle in den Sinn kommt. Harry und Alfie hatten mehrere Jugendliche trennen müssen, die eine Schlägerei angezettelt hatten, einer von ihnen mit einem Messer. Später, nach zwei, war ein Mädchen, eine Fremde im Klub, zusammengebrochen. Doch obwohl diese Aufregungen sich dazwischendrängen wollten, ist er heute Morgen mit dem Gedanken an

Vera aufgewacht, an ihr Gesicht, als ihr Haar noch blond war. Fleischig hätte man ihr Gesicht damals genannt, weich, hatte er gedacht, als er zum ersten Mal das Foto gesehen hatte, in dem Exemplar des *Evening Standard*, das jemand im Klub hatte liegen lassen. Es macht nichts, dass Vera inzwischen magerer ist, es macht nichts, dass sie eine andere Haarfarbe hat. Vera ist dieselbe geblieben, keine Frage.

»Getrocknet ein schöner Farbton«, sagte Mr Schele. »Das Badezimmer.«

»Die Dose ist noch halb voll, zum Auffrischen.« Die Kaffeetasse fühlt sich warm an in Sidneys kalten Händen. Der Rock gefällt ihm. Er würde ihn gern zusammengefaltet auf einem Stuhl sehen, vor sich Vera in ihrem Höschen, nur noch mit ihrem Pullover bekleidet. Die Knöpfe befinden sich oben, entlang der Schulter, vier rote Knöpfe, die farblich zur Wolle passen. Auf dem Foto waren es eine Jacke und eine weiß getupfte Bluse gewesen. Eine liebevolle Schwester, hatte in der Zeitung gestanden.

»Gibt's was Wichtiges in den Nachrichten, Sidney?«

Er schüttelt den Kopf, er kann die Frage nicht beantworten, weil er heute Morgen das Radio nicht eingeschaltet hat. Irgendeine Expedition hat einen Berggipfel erreicht, sagt Vera.

»Schlimme Nacht im Klub«, sagt Sidney und erzählt ihnen davon. Er musste Glühbirnen und Dosen aus der Toilette fischen, ehe er abschließen konnte, aber das lässt er unerwähnt. Das Mädchen, das zusammengebrochen war, habe Ecstasy genommen, hatten die Sanitäter gesagt. An irgendetwas können sie einen Ecstasy-Zusammenbruch erkennen, jetzt, wo das zu ihrem täglichen Geschäft gehört. Sidney weiß nicht, woran.

»Aus den Fugen«, kommentiert Mr Schele, als er das hört. »Die ganze Welt ist aus den Fugen.«

»Vielleicht daran, wie sie schwitzen. Menschen schwitzen auf unterschiedliche Weise, hat mir ein Sanitäter erklärt. Je nachdem, was sie zu sich genommen haben.«

Der Schlag hatte kaum eine Quetschung hinterlassen. Er war auf den Hals erfolgt, hatte es in der Zeitung geheißen, auf die Seite des Halses, nicht mehr als ein Klaps. Der Eindringling hatte den Kopf verloren; er war in ein Zimmer getreten, in dem er niemanden erwartet hatte, und da saß eine Gestalt in einem Rollstuhl. Er wäre sofort gesehen worden, aber er wusste nicht, dass er keinesfalls hätte beschrieben werden können. Vermutlich schlug er zu, um ihr Angst einzujagen; vermutlich sagte er, sollte sie je eine Beschreibung von ihm geben, käme er wieder. Das Zimmer steht jetzt leer, selbst das Bett ist fortgeschafft; vor zwei Jahren hat Sidney die geblümte Tapete mit glänzender Emulsionsfarbe überstrichen – eine blasse Sorbet-Farbe –, das Holz mit dazu passendem Glanzlack.

»Was ich wirklich hasse«, sagt er, »wenn ein Rettungswagen gerufen werden muss.«

In Seiner ganzen Schöpfung hat Gott keinen anderen Mann erschaffen, der so sanft ist, denkt Vera oft und denkt es auch jetzt. Seine Stimme war sanft, als er von dem Rettungswagen erzählte, der das Ecstasy-Mädchen abtransportierte, die Hände, die die Kaffeetasse umfassen, sind sanft. »Bei dem sind ein, zwei Schrauben locker«, hatten sie gemeint, als sie ihr berichteten, ein Mann habe sich gemeldet. »Aber kristallklar in seinen Aussagen.«

Als sie ihn das erste Mal vor Gericht sah, fiel ihr sein schäbiges Jackett auf, das genäht werden musste. Ja, was er sage, treffe zu, hatte sie gestanden, als man sie damit konfrontierte, und war aufgefordert worden, lauter zu sprechen.

»Sie sehen die ganze Welt in diesem Klub, Sidney«, sagt ihr Vater.

Nachdem sie freigesprochen worden und ins Haus zurückgekehrt war, hatte ihr Vater ihr zuerst nicht in die Augen geblickt. Und als er es dann doch tat, konnte sie sehen, dass er dachte, ein Mann, ein Fremder, dessen Gesicht ihr nicht einmal aufgefallen war, habe im Dunkel des Kinosaals die Hände nach ihr ausgestreckt und sie habe es geduldet. Bei ihrem Aussehen hätte sie jeden haben können: Auch das sprach ihr Vater nicht aus.

»Ja, 'ne Menge Leute kommen in den Klub. Obwohl montags nie viel los ist. Spielt sich nicht viel ab montags.«

Sie wusste, dass er zu Besuch kommen würde. Sie wusste es schon im Gerichtssaal, etwas an ihm, etwas an dem Mitgefühl, das in seinen Augen stand. Fast ein Jahr verstrich, trotzdem rechnete sie damit, dass sie eines Tages die Tür zur Vorhalle öffnen würde und er stünde vor ihr, und dann stand er tatsächlich vor ihr. Er kam, als er wusste, dass ihr Vater zur Arbeit gegangen war. Er stand da und brachte keinen Ton heraus, und sie bat ihn, einzutreten. »Ich könnte ihm nicht ins Gesicht sehen«, sagte ihr Vater, als sie ihm davon erzählte, aber schließlich tat er es, verdankte er ihm doch so viel; und jetzt wartet er auf einen Heiratsantrag. Schritt für Schritt hat die Zeit das Vorurteil abgebaut, das jeder Vater hegt.

»Probieren Sie die neuen Kekse, Sidney.« Sie schiebt ihm den Teller hin, dann schenkt sie ihm Kaffee ein. Leckerer als die mit Zitronat, sagt sie.

»Ich bin wieder der Frau mit dem Hund begegnet. Gestern Abend.«

Sie wissen nicht, wer die Frau ist. Muss wohl auf der anderen Seite der Grünfläche wohnen, hatte ihr Vater gesagt, als die Frau zum ersten Mal erwähnt wurde. Auf seinen Spaziergängen ist er ihr noch nie begegnet, da er es vorzieht, in die entgegengesetzte Richtung zu laufen.

»Meinen Sie, wir sollten eine andere Rose pflanzen, Sidney?«, fragt ihr Vater.

»So, wie's jetzt aussieht, wirkt es ziemlich leer. Fällt auf.«

»Das habe ich befürchtet.«

Mr Schele geht hinaus, um sich selbst davon zu überzeugen, in dem Schuppen an der Hintertür wechselt er das Schuhwerk. Als er Sidney zum ersten Mal gegenüberstand, hatte er dauernd auf seine Hände schauen müssen, außerstande, den Blick abzuwenden. Er musste an Vera denken, als sie noch klein war, als ihre Mutter noch lebte, als Mona bereits an den Rollstuhl gefesselt war. Vera hatte immer nach ihm Ausschau gehalten, war den Gartenweg entlanggerannt, um ihm entgegenzustürzen, wenn er nach Hause kam, und er hatte sie hoch in die Luft gehoben und zum Lachen gebracht, wie es der armen Mona nie vergönnt war, ihr ganzes Leben lang nicht. Als er Sidney das erste Mal gegenübertrat, musste er hinausgehen und frische Luft schöpfen, hatte dort gestanden, wo er jetzt steht, neben dem Rosenstrauch. Es war nicht unrecht, dass Vera an jenem Nachmittag Mona allein im Haus gelassen hatte. Seit dem Tod ihrer Mutter hatte er Vera immer wieder eingeschärft, sie dürfe sich im Haus nicht als Gefangene fühlen. Eine Schwester dürfe die andere nicht gefangen halten, wie auch immer die Umstände sein mochten; so weit dürfe es nicht kommen. Einkäufe müssten getätigt werden; und niemand dürfe dem andern eine Stunde oder so im Kino missgönnen. Und doch fragte er sich, als er Sidney das erste Mal gegenüberstand, warum es so kommen musste, wie es gekommen war; der armen Mona hing der Kopf zur Seite, als sei ihr der Nacken gebrochen worden, während im Dunkel des Kinosaals *das* vor sich ging?

»Tut mir leid, dass es Scherereien gegeben hat«, sagt Vera in der Küche, sie meint die Schlägerei im Klub und das Mädchen, deretwegen ein Rettungswagen kommen musste.

»An Samstagen muss man damit rechnen.« Und Sidney sagt, er wisse auch nicht, warum. An Donnerstagen oder Freitagen sei der Klub genauso voll. »Ich ziehe die Sonntage vor«, sagt er plötzlich, als sei es ihm erstmals aufgegangen. »Irgendwo in der Nähe des Klubs gibt's Kirchenglocken. Jedenfalls trägt ihr Geläute so weit. Könnten auch ein, zwei Kilometer entfernt sein.«

An Sonntagabenden geht Vera in die Kirche, eine Baptistenkirche, aber jedes andere Gotteshaus tät's auch. Wenn sie niederkniet, sagt sie, es reue sie, und fühlt sich besser, weil sie es in einer Kirche sagt, in der auch andere Menschen sitzen. Und hinterher überlegt sie, was diese wohl denken würden, wenn sie es wüssten, die Gesichter noch immer gläubig nach ihrer Stunde der Tröstung. Sie zwingt sich dazu, wenn sie auf der Bank kniet, und lässt keine Ausflüchte zu. Sie will die Aufmerksamkeit darauf lenken, wie furchtbar es so lange gewesen war, seit dem Tod ihrer Mutter, wie furchtbar es für immer gewesen wäre, sie beide als Hinterbliebene, Waschen, Ankleiden, Aus-dem-Rollstuhl-Heben, Füttern, der stumme Blick. Wenn sie betet, widersetzt sich Vera alledem. »Willste abgetörnt werden«, hatte ein Junge auf dem Pausenhof einmal gesagt, sie war damals vierzehn Jahre alt. »Dann guck dir mal die Schwester an.« Und später, als der Rollstuhl noch immer hinaus- und umhergeschoben wurde, erfolgten keine Heiratsanträge. Noch später, als es auf der Straße zu Tränen und Protesten kam, wurde der Rollstuhl aufgegeben, nicht einmal mehr in den Garten geschoben, denn auch das verursachte Kummer: Mona wurde nach oben verbannt. »Vera, nimm deinen Freund mit nach oben«, hatte ihr Vater einmal vorgeschlagen, ohne zu merken, was er tat: das Recht einer von Krankheit geschlagenen Schwester, Besucher im Haus anzustarren. Auf Knien – richtig hingekniet, nicht nur vornübergeneigt – zwingt sich Vera dazu, den Schatten zu beobachten, der sie selbst ist, die seitliche Bewegung ihrer flachen Hand, eine Art Knacks, den sie verspürte, auch der Kopf hing seitlich herab.

»Der Wind hat sich gelegt. Wollen Sie zum Mittagessen dableiben, Sidney? Dann könnten Sie Ihr Feuer machen.«

Die Leute im Gerichtssaal hatten sie beide angestarrt. Als sie gefragt wurde, bestätigte sie seine Aussage abermals. »Ja, so ist es«, bestätigte sie, denn ein Mann, den sie nicht kannte, wollte, dass sie es aussprach: dass sie für die Dauer des Films ein Liebespaar waren.

»Gut, dann mach ich das Feuer«, sagt er, und als er vom Fenster zurücktritt, sieht sie ihren Vater, der an der Stelle steht, wo der Rosenstrauch gestanden hat. Sein Glaube schützt sie beide, weist ihnen ihre Rollen zu, beschränkt alles, was ist, auf Schweigen. Wenn ihr Vater im Grab liegt, wird sein Geist dann wiederkehren, um ihr mitzuteilen, sein Tod sei die Strafe für einen abgeschlossenen Handel?

»Lammlende«, sagt Vera und holt sie aus dem Kühlschrank, umwickelt mit einem Netz aus Rindertalg, damit sie beim Braten schön saftig bleibt. Auch Pastinaken wird sie rösten und Kartoffeln, denn es gibt nichts, was Sidney lieber äße.

»Ich habe meine Streichhölzer im Klub gelassen.«

Aus einem Wandschrank holt sie eine Schachtel, beim Hineingreifen stößt sie die Tür, die sich auf gleicher Höhe befindet wie ihr Kopf, weit auf. *Cook's Matches*, steht auf dem Etikett. Sie reicht sie ihm, ihre Finger berühren sich nicht. Ihr Vater im Garten hat sich nicht von der Stelle gerührt, noch immer steht er dort, wo der Rosenstrauch stand. Er ist gebrechlich, er leidet unter den Unpässlichkeiten des Alters. Öfter als früher spricht er von geborgter Zeit.

»Ich werd's jetzt anzünden«, sagt Sidney.

Es wird ein Begräbnis geben, das sich kaum von dem ihrer Mutter unterscheiden wird, anders als Monas. Auch ihrer beider Zeit ist geborgt, die Strafe umso schrecklicher, als sie wissen, dass es sie gibt: Es bedarf keines Geistes, der es ausspricht.

Sie reibt die Pastinaken, die sie geschnitten hat, mit Öl ein und bestäubt die Kartoffeln, die sie bereits gewaschen und getrocknet hat, mit Mehl. Sidney liebt seine im Ofen gerösteten Kartoffeln kross. Es gibt nichts, denkt Vera manchmal, was sie über seine Vorlieben und Abneigungen nicht wüsste. Bei der Beerdigung wird er dastehen und sie auch, durch andere Trauergäste voneinander getrennt. Die Wahrheit wird wiederhergestellt sein, doch kein anderer wird davon wissen.

»Kälter geworden«, sagt ihr Vater, als er hereinkommt. Der Wind hat gedreht und, noch während er abflaute, Kälte hinterlassen.

Er wärmt sich, indem er dicht an den Gasherd tritt und sich die Finger massiert. Ohne seine Gegenwart gäbe es keinen Grund, jene Rollen zu spielen; keinen Grund, Betrug zu üben. Erleuchtet ist das Dunkel ihres Geheimnisses, der Liebe, die zu ihnen kam, da sie einander bemitleideten: All das mag das leere Zimmer oben füllen und jeden Winkel des Hauses. Aber Vera weiß, ohne ihren Vater würden sie einander ängstigen.

VON GEISTLICHEM STANDE

Er hatte den Bezug verloren und spürte es oft: den Bezug zu den Zeiten und was in ihnen geschah, den Bezug zu zwei Generationen der Veränderung, zu seinem Land und was aus diesem geworden war. Er wusste, wenn er außerhalb Irlands reiste, was er noch nie getan hatte, würde er allenthalben auf dieselben neuen Mores stoßen, auf die verschiedenen Einschränkungen, mit denen die Menschen mittlerweile bevorzugt ihr Leben führten; stattdessen dachte er an Irland, an die Hülse des Alten, die Saat des Neuen. Und oft fragte er sich, woraus wohl dies Neue bestünde.

Rev. Grattan Fitzmaurice, Ennismolach Rectory – so waren die Briefe an ihn adressiert, gefolgt von der nächstgelegenen Stadt und der Grafschaft. Seine drei Sprengel der Church of Ireland, die im Lauf der Jahre vereinigt worden waren, lagen in einem Tal mit Weideland in den Bergen, markiert von drei kleinen Kirchen, eine davon unterdessen verwaist, die zweite abseitig wie seine Pfarrei, wie sein Leben.

Die nächste Stadt lag zwanzig Kilometer entfernt, dort, wo der Berghang in eine Ebene auslief und über den Fluss, der durch die Gemarkung Ennismolach floss, eine Brücke gebaut worden war. Von der Kreuzung bei Doonan erreichte man das Pfarrhaus, indem man die Straße zum Corlough Gap nahm und fünf Kilometer weiter an der Shell-Tankstelle rechts abbog. Wenige Minuten später erhob sich die große katholische Kirche Mariä Himmelfahrt, ein prachtvoller Solitär am Straßenrand. Sie wirkte wie neu, obgleich sie schon seit sechzig Jahren dort stand. Hinter der nächsten Hügelkuppe befand sich das Tor zur Pfarrei von Ennismolach, die lang geschwungene Auffahrt war schon seit Jahren überwuchert.

Dies war Granitlandschaft, und Grattan Fitzmaurice hatte das Aussehen jenes grauen, unnachgiebigen Gesteins, das selbst zwischen den Weideflächen des Tals zu erkennen war. Hager und hochgewachsen, gehörte er dieser Landschaft an, war ihr entsprungen und hatte es vorgezogen, zu ihr zurückzukehren. Auch den Zölibat hatte er vorgezogen. In früheren Zeiten hatten sich ganze Familien in dem riesigen Pfarrhaus getummelt; jetzt war nur noch das Echo seiner eigenen Schritte zu hören, der Riegel an der Hintertür, wenn morgens Mrs Bradshaw kam, das Gähnen seines Retrievers und der Radioapparat, wenn er ihn denn eingeschaltet hatte. In der hohlen Leere erklang jedes Geräusch gleich zweimal, denn ein Echo täuschte mehr Aktivität vor, als es tatsächlich gab, so als wolle es ihm aus Erbarmen Gesellschaft leisten.

Außerdem gab es noch die Gesellschaft der Vergangenheit. Die Familie, an die Grattan sich hier erinnerte, war seine eigene gewesen: sein Vater, vor ihm Pfarrer von Ennismolach, seine Mutter, die die Zimmer tapeziert und die Dielenbohlen gebeizt hatte, um sie aufzufrischen, seine Schwestern. Die Pfarrei war stets sein Zuhause gewesen, in seiner Kindheit eine große Kraft, die Erwartung, dass es sie immer geben werde. Die Veränderung war schon vor seiner Geburt eingetreten, die Familie hatte gerade Revolution und Bürgerkrieg überstanden. Die einst unbezwinglichen Landgüter waren wieder zu Lehm geworden, die Bewohner fortgezogen, ausgebrannte Häuser ihre Gedenksteine. Pfarreien entgingen diesem Schicksal, denn in Irland würden Männer von geistlichem Stande noch stets einen Platz innehaben: Während die in den Kinderschuhen steckende Nation in den dreißiger Jahren hochgepäppelt wurde, hatte es in Ennismolach den Anschein, als würde man in den hohen Zimmern immer über die Runden kommen, als würde es im Winter immer Frostbeulen geben, beim Metzger von Fenit Bridge billige Fleischstücke, die samstägliche Stille, wenn eine Predigt ausgearbeitet wurde. Und schon als Kind hatte Grattan in diesem Kirchspiel in die Fußstapfen seines Vaters treten wollen.

Sein Vater war 1957 gestorben, seine Mutter noch im selben Jahr. Schon damals war die Gemeinde von Ennismolach geschrumpft, die Hilfskirche von Fenit Bridge seit Jahren nicht mehr benutzt worden, andere weit abgelegene Sprengel der Grafschaft von Schwermut gezeichnet. Die Herrenhäuser, die sie unterstützt hatten, verfielen zusehends; die Familien, die geflohen waren, kehrten nicht zurück; und auf Gehöften und Feldern in den Gemarkungen ringsum forderte die Emigration ihren Tribut. »Es wird noch schlimmer kommen«, hatte Grattans Vater wenige Wochen vor seinem Tod gesagt. »Du spürst, dass es noch schlimmer kommen wird?« Man müsse damit rechnen, sagte er, dass die Umwälzung weitere, verhaltenere Umwälzungen nach sich ziehen würde. Die Bezeichnung für die protestantische Kirchengründung, der er diente, »Church of Ireland«, klang ihm längst zu imposant, beinahe lächerlich in ihrem Anspruch. »Wir sind ein Überbleibsel«, hatte Grattans Vater gesagt.

Es war eine Ironie der Geschichte, dass es so mit ihnen gekommen war, denn ihre protestantischen Vorläufer –

Wolfe Tone und Thomas Davis, Emmet und Parnell und jener Henry Grattan, nach dem Grattan benannt war – hatten auf verschiedene Weise und zu verschiedenen Zeiten genau das Irland inspiriert, das jetzt entstanden war, und Grattan wusste, dass die Geburt der Nation Irlands angestammtes Recht war, ganz gleich, wie sie am Ende zustande gekommen war. Und doch traf es zu: Sie waren ein Überbleibsel. Mochten neben den alten Kirchentoren noch immer die Tafeln der Church of Irland stehen und goldene Lettern auf schwarzem Untergrund Einzelheiten der angebotenen Gottesdienste ankündigen, so trocknete doch die Kirche von innen auf eine Weise aus, die natürlich erschien. Auferstanden nach fast vollständiger Unterdrückung, ererbte die große Kirche Roms ganz Irland.

In einem Traum ritt Grattan, gealtert, von Ennismolach los und trat dann zwischen überfüllten Kirchenbänken langsam vor einen Altar. Der Traum stellte sich häufig ein, und er wusste, der Grund dafür war, dass die Vergangenheit ihn nicht losließ. Außerdem wusste er, dass er das Rad der Zeit nicht zurückdrehen konnte und dass die Vergangenheit, als sie noch die Gegenwart gewesen, mit Mängeln, Enttäuschungen, Ungerechtigkeit und Leid behaftet war. Er ärgerte sich keineswegs darüber, dass, während seine eigenen Kirchlein baufällig wurden, die Kirche Mariä Himmelfahrt, mit ihrer Mariengrotte und ihrem Hang frischer Gräber, am Straßenrand wuchs und gedieh, dass zur Sonntagsmesse auf den Seitenstreifen und in den Einfahrten lange Autoschlangen parkten, es außer Father MacPartlan auch noch Father Leahy gab und bei der Kollekte für die Mission unter den afrikanischen Heiden hohe Summen zusammenkamen. Father MacPartlan und Father Leahy rühmten, frohlockten und zelebrierten, erteilten die Absolution, sagten Dank. Die Einfalt uneingeschränkten Glaubens, der Zugehörigkeit und des lebendigen Bezugs nährten Father MacPartlans gesunde Gesichtsfarbe und Father Leahys ungetrübtes Lächeln – jedenfalls erschien es Grattan so.

Im Garten der Pfarrei von Ennismolach arbeitete ein Mann namens Con Tonan, der bei einem Traktorunfall einen Arm eingebüßt hatte. Sein Gebrechen machte ihn untauglich für die Beschäftigung als Landarbeiter, mit der er bis dahin seinen Lebensunterhalt bestritten hatte. Obwohl Grattan ihm kaum mehr als einen Hungerlohn zahlen konnte, hatte er ihn eingestellt, nachdem er bereits ein Jahr lang erwerbslos gewesen war. Con Tonan, damals noch jung, verstand zwar nichts von Gärtnerei, doch verliehen die zehn Kilometer lange Radfahrt nach Ennismolach und sein redliches Bemühen um die Auslichtung der wirr verzweigten Sträucher und die Neugestaltung der fast gänzlich verwilderten Blumenbeete seinem Tagesablauf dreimal in der Woche Struktur. Mrs Bradshaw, eins von Grattans Schäfchen in Glenoe, trat ihre Stelle in der Pfarrei an, als Con Tonan den Garten eben zu begreifen begann. Zweimal die Woche kam sie in einem kleinen alten Volkswagen aus Glenoe herübergefahren, eine Frau, die ebenso warmherzig wie pflichtbewusst war.

Dies war der Haushalt in Ennismolach; auch Mrs Bradshaw wurde kümmerlich entlohnt, und ihre Ankunft jeden Dienstag und Donnerstag war ebenso sehr ein Akt der Nächstenliebe wie die Beschäftigung eines Einarmigen durch Grattan. Manchmal brachte Con Tonan einen seiner Sprösslinge mit, wobei er das Kind trotz des fehlenden Armes geschickt auf der Lenkstange balancierte.

Achtundzwanzig Jahre lang war Con Tonan zur Pfarrei gekommen, doch eines Tages vor Anbruch des Winters befand er, die Fahrt sei zu viel für ihn. »Wirklich, dafür bin ich jetzt zu alt«, sagte er nur, als er seine Absicht bekannt gab. Vielleicht, weil ihm seine Rente bewilligt worden war, meinte Mrs Bradshaw, doch Grattan wusste es besser. Weil Con Tonan ebenso alt war wie er selbst, weil er müde war.

Mrs Bradshaw war jünger. Mollig und ehrbar, kannte sie sich aus in der großen Welt, freute sich an deren Komfort ebenso, wie sie ihre Exzesse beklagte. Dienstags und donnerstags saßen sie und Grattan immer zusammen am Küchentisch und tauschten die wenigen Neuigkeiten aus, die sie mitgebracht oder die er morgens im Radio gehört hatte, das sie selbst nur selten einschaltete.

Er spürte, dass sie ihm Zuneigung entgegenbrachte – einem alten Mann, der in der Nachbarschaft allein deshalb eine legendäre Gestalt war, weil er ihr schon so lange angehörte –, und manchmal fragte er sie, ob schon gemunkelt wurde, dass er über seine Zeit hinaus im Amt sei. Wurde gemunkelt, dass er sein Amt nicht effektiv ausübe, dass er das, was seiner Kirche in den zusammengelegten Sprengeln noch an Einfluss geblieben sei, nicht erfolgreich verwalte? Jedes Mal beruhigte sie ihn. Niemand wolle, dass er gehe, niemand wolle, dass irgendein munterer junger Kurat jeden zweiten Sonntag aus einer der Städte herbeikomme, um einer Gemeinde, die kaum mehr bestand, Leben einzuhauchen.

»Mr Fitzmaurice«, sagte ein rotwangiger, rothaariger Jugendlicher, der eines Tages im Frühsommer 1997 zum Pfarrhaus kam. »Mein Vater ist gestorben.«

In dem Fahrrad, von dem der Junge abstieg, erkannte

Grattan das große alte Rudge wieder, das einst so regelmäßig die Auffahrt zur Pfarrei hinauf- und hinuntergerollt war. Seit Jahren hatte er keins von Con Tonans Kindern mehr gesehen, da sie, eins nach dem andern, zu schwer geworden waren, um auf der Lenkstange ihres Vaters mitgenommen zu werden.

»Ach, Seamus, mein Beileid. Komm doch rein, komm rein.«

Sein vormaliger Gärtner war einem Hirnschlag erlegen, eine Wohltat, dass er nicht lange hatte leiden müssen: Der Junge drückte sich klar aus, übermittelte die traurige Botschaft langsam, aber deutlich.

»Eines Tages konnte er nicht mehr sprechen, Mr Fitzmaurice. Das war das Ende.« Seine Mutter hatte ihn geschickt, und Grattan war gerührt, dass man sich seiner erinnert hatte. Das Begräbnis finde am Montag statt.

»Natürlich komme ich, Seamus.«

Er machte Tee und stellte Kekse hin. Er fragte Seamus, ob er ein gekochtes Ei wolle, doch Seamus verneinte. Sie unterhielten sich eine Weile, bis der Tee, den er ausgeschenkt hatte, abgekühlt und ausgetrunken war. Seamus arbeitete für die Kelly Brothers, die an der Fenit Bridge zwei Bungalows bauten.

»Und Sie, kommen Sie zurecht, Mr Fitzmaurice?«, erkundigte er sich, ehe er sich aufs Fahrrad schwang, das jetzt ihm gehörte. Nun diente es schon der dritten Generation, war auf dieselbe Weise in seinen Besitz übergegangen wie früher in den seines Vaters.

»Ach ja, Seamus, es geht.«

»Dann mach ich mich jetzt auf den Weg.«

Am nächsten Morgen überbrachte Mrs Bradshaw die gleiche Kunde. Ein anständiger, ruhiger Mann, sagte sie, etwas, was sie zu Con Tonans Lebzeiten nicht gesagt hatte. Ein bescheidener Mann, der die Tragödie, die sein Leben verändert hatte, ohne Bitterkeit akzeptiert habe. »War er hier etwa nicht glücklich?«, lautete ihr Kommentar, und ihr Tonfall fügte einem abschließenden Urteil ein weiteres hinzu. Sie wusch ihre beiden Kaffeetassen in der Spüle ab und räumte die Untertassen weg. Sie habe Eier mitgebracht, sagte sie, die Hennen hätten wieder zu legen begonnen.

Am Montag wohnte er der Beerdigung bei. Hinterher drückte er sich vor der großen Kirche herum, die noch immer wie neu wirkte, und wartete darauf, dass er an die Reihe kam, um der Witwe sein Beileid auszusprechen. Er kannte sie nicht sehr gut; konnte sich nur an eine einzige Begegnung mit ihr erinnern, vor langer Zeit.

»Er ist immer so gern zum Pfarrhaus gefahren«, sagte sie, und als ob irgendetwas in der Miene des Geistlichen Verwunderung erkennen ließ, wiederholte sie es noch einmal und umklammerte seine Hand. »Ach, das ist er wirklich, Mr Fitzmaurice«, beteuerte sie. »Am Ende hat er's gut getroffen gehabt, sagte er immer. Hätte er nicht den Unfall gehabt, hätte er die Pfarrei in Ennismolach nie kennengelernt. Auch Sie hätte er nie kennengelernt, Sir.«

Erwärmt von ihren Worten, fuhr Grattan Fitzmaurice von der Beerdigung weg. Als er mit seinem Hund durch den Garten spazierte, dessen Zustand sich in den letzten paar Jahren verschlechtert hatte, obwohl er längst nicht so vernachlässigt wirkte wie damals, bevor er Hilfe hinzuzog, dachte er über den verstorbenen Mann nach, der ihm ein Freund geworden war. Als Con Tonan das erste Mal kam, hatte er nicht gewusst, was Seidelbast war oder wie Choisya und Ceanothus auf Englisch hießen. Er hatte gestaunt, dass Himbeerstängel im Herbst bis zum Boden zurückgeschnitten wurden. Er hatte gelernt, wie man bei Rosen die Schösslinge entfernte, wann man die Eibenhecke stutzte und dass man das Laub, das im Herbst herabfiel, nicht etwa verbrannte, sondern vermodern ließ, um den Boden zu düngen. Die beiden Männer hatten sich über gewöhnliche Dinge wie das Wetter unterhalten, manchmal auch darüber, welche Absichten eine neue Regierung verfolgte, hatten gegrübelt, welche Wahlversprechen leicht zu halten wären und auf welche verzichtet werden müsse. In anderer Hinsicht waren sie grundverschieden gewesen, aber das hatte nie eine Rolle gespielt.

Als Grattan am Abend der Beisetzung seinen Hund gefüttert hatte, als er die beiden Eier gekocht hatte, die er stets um Viertel nach sieben mit Toast und einer Kanne Tee zu sich nahm, hörte er ein Auto vorfahren. Wenige Augenblicke später öffnete er die Haustür. Es war der jüngere der beiden Priester, die die Totenmesse gelesen hatten. Lächelnd, mit ausgestreckter Hand, sagte Father Leahy: »Ich dachte, ich schau mal vorbei.«

Er sagte es unbekümmert, als wäre es seine Angewohnheit, regelmäßig in der Pfarrei vorzusprechen, als wüsste er aus langer Erfahrung, dass dies der rechte Augenblick sei. Doch weder er noch Father MacPartlan waren je zuvor nach Ennismolach hinausgefahren.

»Kommen Sie rein, kommen Sie«, forderte Grattan ihn auf. Der Händedruck des Kuraten war fest gewesen, von der Art, der man die Freundlichkeit anmerkt.

»Ist es nicht ein wunderschöner Abend, Mr Fitzmaurice? Kommt eine Hitzewelle auf uns zu?«

»Das könnte durchaus sein.«

Das Mobiliar im großen Salon war alt, aber nicht alt genug, um als kostbar zu gelten: Lehnsessel und ein abgewetztes Sofa, Pflanzenständer und wacklige kleine Tische mit Büchern und Zierrat, sonnenvergilbte, mit Gemälden und Fotos vollgehängte Tapeten, ein riesiger trüber Spiegel über dem weißen Marmorsims, ein Kartenspieltisch mit einer Schreibmaschine. Die langen Vorhänge – früher einmal zwei Blautöne – waren fast verblichen und mussten dringend ausgebessert werden.

»Eine Tasse Tee, Hochwürden?«

»Ach nein, nein. Aber trotzdem danke, Mr Fitzmaurice.«

»Tja, wir haben den armen Con verloren.«

»Gott schenke ihm Frieden.«

»Ich habe ihn vermisst, als es ihm am Ende zu viel wurde, hier herauszukommen.«

Als er sich beim Hinsetzen kurz umblickte, bemerkte Grattan die *Irish Times*, die er zuvor auf den Tisch neben seinem Lehnsessel gelegt hatte. Dabei war sein Blick so wie jetzt auf die lächelnde Miene Father Brendan Smyths gefallen, der von einem Kriminalbeamten mit grimmigem Gesicht in Gewahrsam genommen worden war. *Pädophiler Priester wird ausgeliefert*, lautete die Schlagzeile. Er griff nach der Zeitung und drehte sie um.

»Natürlich vermissen Sie Con.« Es entstand eine Pause, dann setzte Father Leahy hinzu: »Sie sind hier fernab der Welt.«

»Ich habe mich daran gewöhnt.«

Er überlegte, ob sein Griff nach der Zeitung bemerkt worden war. Er hatte es als Höflichkeitsgeste gemeint, aber auch eine Höflichkeitsgeste konnte kränkend wirken. Fernab der Welt oder nicht, man konnte nicht umhin, von dem Prämonstratenserpriester zu wissen, der zwanzig Jahre lang in Belfast Kindern nachgestellt hatte. Nachdem er bereits eine Strafe im Magilligan-Gefängnis in der Grafschaft

Derry verbüßt hatte, befand er sich jetzt auf dem Weg nach Dublin, wo er sich vierundsiebzig ähnlich lautenden Anklagen ausgesetzt sah. Die Nachrichten vom Vortag waren voll davon gewesen.

»Es war nett von Ihnen, dass Sie zum Begräbnis gekommen sind, Mr Fitzmaurice.«

»Ich habe Con gern gemocht.«

Der Trauergottesdienst hatte ihn beeindruckt. Dem Zeremoniell und dem Ritual, den feierlichen Stimmen Father MacPartlans und Father Leahys, der versammelten Gemeinde wohnte Zuversicht inne. Ebenso den Gebärden der beiden Priester, die mit erhobenen Händen den Segen spendeten, der langen Schlange der Kommunikanten und dem auf Schultern fortgetragenen Sarg, der mahnenden Grabrede. Auf einen Fels gebaut, hatte Grattan gedacht: Hier spürte man es. Die lackierten Kirchenbänke waren hässlich, die Christusfigur an den Stationen des Kreuzwegs schien leblos, aber die Zuversicht und den Fels spürte man dennoch.

»Auch Mrs Tonan hat gesagt, wie nett von Ihnen es war, dass Sie gekommen sind. Manchmal ist es einem Gemeindemitglied schwer verständlich, dass jemand aus Ihrer Kirche teilhaben möchte.«

»Aber natürlich wollte ich das.«

»Sag ich ja.«

Es trat Schweigen ein. Dann sagte Father Leahy:

»Ein prächtiger Hund.«

»Ohne Oisín wäre ich verloren.«

»Sie hatten schon immer einen Hund. Stets habe ich dasselbe Bild vor Augen: Sie mit einem Hund im Auto.«

»Zur Gesellschaft.« Und Grattan dachte, einen Priester mit Hund sieht man nicht oft. Vielleicht hin und wieder, aber nicht oft. Er sprach es nicht aus, für den Fall, dass es zudringlich klang. Er erinnerte sich an Father Leahy, als der noch ein Kind gewesen war, eins von den Leahys aus dem weiß gekalkten Bauernhaus an der Straße nach Ballytoom. An drei Brüder erinnerte er sich, die ihre Beine von einer getünchten Mauer baumeln ließen und ihm zuwinkten, wann immer er vorbeifuhr. Der Priester dürfte der jüngste sein, der Jüngste in der Familie, hatte ihm einmal jemand gesagt. Auch vier Mädchen gab es.

»Keiner von uns beiden ist weit herumgekommen«, sagte er, und mit einem Nicken bestätigte Father Leahy, dass er verstand, welchen Verlauf das Gespräch nahm.

»Das ist freilich wahr«, sagte er.

Grattan fragte sich, weshalb der Kurat gekommen war. Hatte er beschlossen, ihm einen Besuch abzustatten, als er bei der Beerdigung die einsame Gestalt wahrnahm? War er gekommen, um ihm eine halbe Stunde Gesellschaft zu leisten, womöglich aus Mitleid? Hatten die beiden Priester nach dem Gottesdienst vielleicht gesagt, für einen protestantischen Geistlichen, der keine Gemeinde mehr habe, sei der Anlass schwer zu ertragen gewesen?

»Ihre Familie lebt verstreut?« Aus dem Gefühl heraus, dass es von ihm erwartet wurde, hielt er das Gespräch aufrecht.

»Zum größten Teil.«

Der Bauernhof wurde noch immer von dem Bruder bewirtschaftet, der ihn geerbt hatte, von Young Pat. Ein weiterer Bruder wohnte in Cleveland, Ohio. Die Schwestern waren alle fort, verheiratet in verschiedenen Gegenden der Grafschaft, zwei in Cork.

»Früher sind wir Weihnachten immer zusammengekommen, zumindest einige von uns. Die Mädchen würden ja auch jetzt noch zum Hof zurückkehren, aber inzwischen haben sie selbst Familie. Sie möchten nicht so weit reisen.«

»Ich erinnere mich daran, wie Sie immer auf der Mauer gesessen haben.«

»Wir haben die Nummernschilder auswendig gelernt. Nicht dass es viele gegeben hätte, vielleicht zwei am Tag. ZB 726.«

»War das mein alter Morris?«

»Der grüne Morris mit dem Buckel. Wenn Sie vorbeifuhren, haben Sie immer einen Winker ausgeklappt und uns zugewinkt. Wissen Sie noch? Das kleine orangene Teil?«

»Den Wagen hatte ich Mr Keane in der Bank of Ireland abgekauft. Kannten Sie Mr Keane?«

»Aber natürlich. War es nicht Keane, der meinem Vater das Geld für den Melkstall geliehen hat? Ein anständiger Mann.«

Protestanten wurden oft anständig genannt. Man wusste, woran man mit ihnen war: So sagte man damals oft. Gemeint war ein reeller Handel. Der Filialleiter war Kirchenvorsteher in Ennismolach gewesen.

»Father MacPartlan erinnert sich noch an Ihren Vater. Auch an Ihre Mutter.«

Grattan stellte sich vor, wie Father MacPartlan sie erwähnt, seinem Kuraten von den alten Zeiten erzählt hatte, als die Herrenhäuser niedergebrannt und die Familien aus ihnen vertrieben wurden, die Pfarreien indes verschont blieben. »Wollen Sie den Alten nicht irgendwann einmal abends aufsuchen?«, stellte er sich Father MacPartlans Drängen vor. »Falls es nicht falsch aufgefasst würde?« Und der raue, aber herzliche Ton des älteren Priesters brachte Grattans Gedanken nach wie vor durcheinander: wie er den Kuraten in verständnisvoller Barmherzigkeit unterwies und ihn an den Geist einer neuen Zeit erinnerte. Schließlich, auch das wurde festgehalten, war der geistliche Stand allen dreien gemeinsam.

»Hätten Sie etwas gegen einen Spaziergang durch den Garten, Hochwürden?«

»Das wäre herrlich.«

Die Abenddämmerung war hereingebrochen. Die beiden Männer, ein paar Schritte hinter ihnen der Hund, gingen langsam schlendernd von Weg zu Weg, und Grattan machte ihn auf Sträucher und Blumen aufmerksam. Father Leahy, wie einst Con Tonan, wusste kaum einen Namen.

»Con hat den Garten für mich in Schuss gebracht.«

»Seine Frau sagte, Sie hätten ihm alles erklären müssen.«

»Anfangs schon. Aber am Ende wusste er besser Bescheid als ich. Er liebte den alten Garten, bevor er mit ihm Schluss machte.«

»Er war lange hier.«

»Das war er.«

»Er muss etwa zu derselben Zeit zu Ihnen gekommen sein, als Father MacPartlan in den Priesterstand eintrat.«

Die Luft war erfüllt vom Duft der Nachtlevkojen, sie hörten Oisín im Unterholz stöbern. In den Garten kamen öfters Kaninchen, und jetzt hoppelte eins davon.

»Father MacPartlan stammt wie ich von einem Bauernhof. In Irland stammen viele Priester von einem Bauernhof.«

»Das tun sie auch heute noch, höre ich.«

»Zu Beginn ziemlich schlichte Burschen.«

»Ja.«

Grattan wollte es vorkommen, als redeten sie von etwas anderem. Er ertappte sich bei dem Gedanken, dass nichts je ganz so war, wie es schien, und wusste nicht, warum er das dachte.

»Anders als Sie, würde ich sagen, Mr Fitzmaurice.«

Grattan lachte. »Ach ja, ich wusste, worauf ich mich einließ.«

Am Ende des Gartens blieben sie vor dem Stacheldrahtzaun stehen und blickten hinaus auf das dunkle Weideland dahinter. Dort grasten Färsen, aber sie waren kaum zu erkennen. Selber schattenhaft, wandten sich die beiden schwarz gekleideten Gestalten um und kehrten auf demselben Weg zurück, den sie gekommen waren. Es war nicht wahrscheinlich, überkam Grattan plötzlich die Erkenntnis, dass die Priester so von ihm gesprochen hatten, wie er angenommen hatte, dass der Kurat in verständnisvoller Barmherzigkeit unterwiesen worden war. Wenn man sich etwas lediglich vorstellte, irrte man oft, und wieder fragte er sich, weshalb sein Besucher wohl gekommen war.

»Es ist ein großes altes Haus«, sagte Father Leahy. »Bestimmt hat es schon immer als Pfarrhaus gedient, oder?«

»O ja, es wurde als Pfarrhaus erbaut. 1791.«

»Es wird noch einige Jahre erleben.«

»Viele Geistliche heute würden etwas Kleineres vorziehen.«

»Aber Sie selbst nicht?«

»Man gewöhnt sich an einen Ort.«

Als sie wieder vor dem Haus ankamen, war die Dämmerung der Dunkelheit gewichen, und sie blieben bei Father Leahys Wagen stehen. Das Schweigen verdichtete sich, ihr harmloses Geplauder hatte sich erschöpft. Oisín trottete über den Kies und ließ sich geduldig auf den Eingangsstufen nieder. Father Leahy sagte:

»Ich habe noch nie ein so friedliches Haus kennengelernt.«

»Schauen Sie vorbei, wann immer Sie in der Nähe sind, Hochwürden.«

Ein Streichholz flammte auf, dann erglühte die Zigarette des Priesters, und in der Abendluft vermischte sich der Tabakgeruch angenehm mit dem Duft der Blumen.

»Ich nehme an, es war nicht leicht.« Father Leahys Gesicht blieb in der Dunkelheit verborgen, es bewegte sich nur die glühende Zigarettenspitze, und seine Stimme verlor sich.

»Leicht, Hochwürden?«

»Ich meine, für Sie.«

Grattan kam es vor, als ließe sich, was unausgesprochen geblieben war, im Dunkeln sagen, als könnte im Dunkeln die Wahrheit erblühen, als fiele die Verständigung im Dunkeln leichter.

»In Irland gab es Zeiten, in denen ein Priester nicht die *Irish Times* las. Father MacPartlan spricht immer davon. Aber jetzt haben wir sie abonniert.«

»Ich dachte, dass das Foto vielleicht –«

»Hinter alledem steckt mehr, als was dieses Foto verrät.«

Etwas an seinem ruhigen Tonfall verwirrte Grattan. Und es gab Andeutungen in einem Unterton, der ihn erschreckte. Father Leahy sagte:

»So weit ist es mit uns gekommen.«

Der Satz war so leise dahingesagt, dass Grattan ihn kaum vernahm, und dann wurde er noch einmal wiederholt, was seine Verwirrung nur noch steigerte. Wieso kam es ihm vor, als wollte man ihm sagen, dass die den Priestern eigene Zuversicht nur eine Oberfläche war, die ihren Tag überdauert hatte? Wieso hatte er beim Zuhören diesen Eindruck gewonnen? Wieso kam es ihm vor, als wollte man ihm sagen, dass die feierlichen Stimmen, die zum Segen erhobenen Hände, das Weihwasser, das in die Luft geschlagene Kreuz eine Selbsttäuschung bargen? Vor langer Zeit hatten in Ennismolach Einspänner jeglicher Bauart auf den Seitenstreifen geparkt, so wie heute die Autos vor der Kirche Mariä Himmelfahrt. Er hatte dieselbe Empfindung gehabt, genährt zu werden, sicher auf einen Fels gebaut zu haben, der nicht zerspringen könne. Weshalb fühlte er sich an jene Vergangenheit erinnert?

»Aber bestimmt –«, setzte er an, dann besann er sich eines anderen und ließ die beiden Wörter unnütz in der Luft hängen. In der Zeitung las er inzwischen des Öfteren, dass die Messe in den Städten nicht mehr so gut besucht war wie selbst noch vor ein paar Jahren. In den Städten hielt man sich nicht immer mit Heirat auf, Beichte und Sündenerlass wurden übergangen. Eine andere Kultur, nannten sie es, in welcher Zurückhaltung und Gebet nicht so verbreitet seien wie früher. In dieser anderen Kultur, hieß es, breitete sich das Verbrechen aus, Kinder nahmen Drogen, Frauen wurden vergewaltigt, Morde verübt. Es war eine Geißel, und bald würde es auf das flache Land übergreifen, fast war es schon so weit. In Dorfläden und Bauernküchen, auf den Anrichten der Cottages, bei Mahlzeiten gegen den Milchkrug gelehnt, lächelte der fidele Gottesmann, der Prämonstratenser, aus dem Zeitungsfoto, und dann lächelte er noch einmal von den Fernsehbildschirmen. Würde er behaupten, er habe nichts weiter getan als zugelangt und eingestrichen, was ihm zustand, Gott habe ihn so erschaffen? In dieser anderen Kultur hatte die Nachfolge Christi wenig zu bieten.

»Ich denke oft an die Mönche auf den Inseln«, sagte Father Leahy. »Zu jedem Flecken, den sie im Meer erspähten, sind sie hinausgerudert, um zu sehen, ob sie dort nicht eine Gemeinschaft gründen könnten.«

»So war es.«

»Mit Kutte und Kapuze bekleidet gegen den Wind. Oder gegen das, was sie zurückließen. Voller Angst, sagt Father MacPartlan. Wenn Father MacPartlan zum Frühstück kommt, kann man sehen, dass seine Augenränder gerötet sind.«

Einen Moment lang trat Grattan lebhaft das Bild des älteren Priesters vor Augen, sein Trauerschwarz, der Kragen, der ihm in die rosige Haut schnitt, das Haar, das sich in den Jahren ihrer Bekanntschaft gelichtet hatte und ergraut war. Dass dieser Mann nachts weinte, war schwer zu glauben.

»Ich bin noch nie aus Irland rausgekommen«, sagte Father Leahy. »Ich war noch nie im Ausland.«

»Ich auch nicht.« Das Schweigen, das folgte, gehörte dem Dunkel an, war sorglos, hatte nichts Betretenes. Und Grattan sagte: »Ich liebe Irland.«

Sie liebten es auf unterschiedliche Art: unausgesprochen im Dunkeln, eine weitere Andeutung. Für Grattan gab es die Erzählung der Geschichte, Bedauern, Unglück und Leid, die Stimmen nie eroberter Männer, den Lebensmut von Frauen, stolz wie Kaiserinnen. Für Grattan gab es die Flüsse, die er kannte, die Berge, die er nie bestiegen hatte, wilde Fuchsien am Meeresufer und die Schwalben, die zurückkehrten, den Torfrauch in der Luft der kleinen Städte, die Stille in den lang gestreckten Bergschluchten. Klang, Aussehen und Gestalt Irlands, und Irlands Regen und Irlands Sonnenschein, und Irlands Lebende und Irlands Tote: alles dies.

Sonntags, wenn die Messe gelesen wurde, wenn sie gelesen war, stand Father Leahy in der Menge und schaute den Männern aus Kildare und Kerry, aus Offaly und Meath zu, feuerte sie lautstark an und bedauerte das mangelnde Geschick eines Spielers. Und hinterher trank er wie jeder andere Mann auch seinen Pint und sprach die Spielbegegnung durch. Für Father Leahy gab es die Erinnerung an die Autos, die vorüberfuhren, die nackten Füße auf dem Kopfsteinpflaster des Gehöfts, das Opfer, das er dargebracht hatte, und die Gläubigen, die zu ihm kamen, das Kreuz, mit dem sein Ornat geschmückt war. Das gut katholische Irland, ein goldenes Zeitalter.

»Wo immer man ist«, sagte Grattan, »gibt's Veränderung. So wie der Tag zur Nacht wird.«

»Ich weiß. Natürlich weiß ich das.«

Father Leahys Zigarette fiel zu Boden. Als er den Funken austrat, der noch im Stummel glomm, war das Knirschen seines Schuhs zu hören, danach seine Schritte auf dem Kies. Als er die Autotür öffnete, leuchtete ein Licht auf.

»Man bleibt nicht allein zurück, wissen Sie«, sagte Grattan.

»Als Father MacPartlan heute Abend Zucker in seinen Tee gab, hat er über den Tisch geblickt und zu mir gesagt, Sie hätten Con Tonan das Leben wiedergeschenkt. Obwohl Con Tonan nicht einer der Ihren war.«

»Ach nein, nein, das habe ich nicht getan.«

»Wissen Sie, wie es manchmal ist, wenn man jemandem etwas mitteilen will?«

Bevor er den Motor anließ, streckte der Kurat ihm in dem kleinen Lichtkegel die Hand entgegen, und seinem Händedruck wohnte wieder die gleiche Freundlichkeit inne.

»Gestern Abend ist Father Leahy vorbeigekommen«, hörte Grattan sich schon zu Mrs Bradshaw sagen. »Soweit ich mich erinnern kann, das erste Mal, dass ein Priester das Pfarrhaus betreten hat.« Und den ganzen Morgen während der Arbeit würde Mrs Bradshaw erstaunt darüber nachdenken, und vermutlich würde sie, bevor sie ging, sagen, der Besuch des Kuraten sei ein Ausdruck jenes ökumenischen Geistes, von dem heutzutage alle Welt rede. Etwas dieser Art.

Grattan blieb noch ein paar Minuten länger draußen, ein Hauch des Tabakgeruchs hing noch im Garten, das ferne Brummen des Wagens war noch nicht ganz verhallt. Die Zukunft flößte Father Leahy Angst ein, wie einst den Mönchen, die aus Irland weggerudert waren, hinaus zu ihren Felsen; wie seinem Vater auf dem Totenbett. Aber die Mönche und sein Vater hatten entkommen können, ihnen war Barmherzigkeit gewährt worden. Das Goldene Zeitalter der Bischöfe ging in einem Drama verloren, das ebenso gewalttätig verlief wie die Brandschatzung der Herrenhäuser und die Flucht der Familien, und alte Priester wie Father MacPartlan machte der Verlust ganz schwermütig, und sie reichten ihre Schwermut weiter.

»Komm, Oisín«, rief Grattan, denn sein Hund strich im Garten umher. »Komm jetzt.«

Er hatte Con Tonan gezahlt, soviel er eben erübrigen konnte; war froh über seine Gesellschaft gewesen. Con Tonans Tätigkeit in seinem Garten hatte er nie für eine Aufgabe gehalten, die ihm übertragen worden war, für eine Ranke des Weinstocks, den er zu seinem machen sollte. Aber heute Abend war der Priester gekommen, um zu sagen, dass es sich genau so verhielt, und indem er es sagte, hatte er selber Trost gefunden. Jetzt kam es auf die kleinen Gesten an, und Äußerungen im Dunkeln waren eine Art, sich den Glauben zu bewahren, so wie die Mönche sich den ihren bewahrt hatten, in einem Irland, das gleichfalls anders war.

EINE GUTE NACHRICHT

»Hallo«, sagte der Kahlköpfige mit den Ohrringen. »Ich bin Roland.«

Er musterte Bea durch kleine, runde Brillengläser. Sie sah, wie sein Blick langsam über ihr Gesicht wanderte, über ihre Schultern, ihre Brust und ihre Hände, die zwischen ihnen auf dem Tisch lagen. Bea war neun, sie hatte langes dunkles Haar und braune Augen mit einem träumerischen Ausdruck, der bisweilen mit Traurigkeit verwechselt wurde.

»Magst du uns vorspielen, Leah?«, fragte der Mann mit den Ohrringen, und die junge Frau in marineblauem Pullover und Jeans, die neben ihm stand, fuhr mit dem Zeigefinger eine Liste auf ihrem Klemmbrett entlang und sagte ihm, der Name des Mädchens sei Bea.

»Lass dir Zeit, Leah«, sagte der Mann.

Bea hatte geübt; die Vorhänge waren zugezogen worden, damit es dunkel war, und plötzlich hatte Iris die Tischlampe angeknipst. Auf dem Sofa aufzuwachen und sich zu wundern, wo sie sei, war im Drehbuch als die Stelle markiert, die sie ihnen vorspielen sollte.

Sie ging auf die beiden Stühle zu, die zusammengerückt waren und das Sofa darstellten. Sie legte sich hin und wartete darauf, dass die junge Frau mit dem Klemmbrett sagte, sie habe das Licht eingeschaltet, so wie sie es angekündigt hatte. Daraufhin fuhren Beas Hände in die Höhe, und sie beschirmte die Augen, ohne indes die Geste zu übertreiben, ohne Effekthascherei. Man dürfe nie nach Effekt haschen, hatte Iris erklärt, Subtilität sei alles.

»Ziemlich gut«, sagte der Mann mit den Ohrringen.

Iris war Beas Mutter. Ihr Geburtsname war Iris Stebbing, aber aus beruflichen Gründen hatte sie sich in Iris Orlando umbenannt, und Iris Adams war sie geworden, als sie Dickie geheiratet hatte. Es war mehrere Jahre her, dass sie sich selbst um eine Rolle beworben hatte – »Frau in Massagesalon« –, eine Rolle, für die sie, wie man ihr in letzter Minute mitgeteilt hatte, nicht recht geeignet war. Gelegentlich rief sie wegen einer bevorstehenden Produktion an, von der sie in *The Stage* gelesen hatte, und stets versprach man ihr, sie im Hinterkopf zu behalten. Aber nie rief jemand zurück.

Bea war anders, ihr stand noch alles bevor. Und Bea hatte Talent, davon war Iris überzeugt. Sie konnte sie sich irgendwann einmal als Ophelia vorstellen, als die Jungvermählte in *Die Überfahrt*, die sie selbst auch schon gespielt hatte, oder als Rachel-Elizabeth in *Bring on the Night*. Iris hatte Bea alles beigebracht, was sie wusste.

Ein weiteres Kind kam herein, um zu warten, zusammen mit einer beleibten jungen Frau, vermutlich ebenfalls eine Mutter. Iris fand, dass sie ungesund aussah. Das Kind war schüchtern, was natürlich genau den Wünschen der Filmemacher entsprach, aber von häschenhaftem Aussehen, was ihren Wünschen bestimmt nicht entsprach, keinen Moment lang. Bea war zwar still, war es schon immer gewesen, wirkte aber nicht halb tot. Wichtiger noch, sie hatte nicht solche Zähne.

»Hallo«, sagte die Mutter.

Iris kräuselte ein wenig die Lippen, das Lächeln, das sie

Fremden schenkte. Natürlich würden auch noch andere dazustoßen. Im Fünfzehn-Minuten-Rhythmus würden sie eintreffen, den ganzen Vormittag über. Sie war mit der Prozedur vertraut.

Iris selbst war keine junge Mutter. Eigentlich hatte sie keine Kinder haben wollen, doch als sie die vierzig erreichte, geriet sie plötzlich in helle Panik, was ihr natürlich – wie sie freimütig zugab – ganz ähnlich sah. Damals hatte sie einen Part in einer Krankenhaus-Serie, befürchtete aber, nie wieder einen anderen zu bekommen. Es war das letzte Jahr in Wanstead. Damals war Dickie noch geschäftlich unterwegs, Bürobedarf.

Wieder kam eine Mutter mit Kind herein, die Mutter noch jünger als die dicke, das Kind dreist, überhaupt nicht das Richtige. Alle waren überpünktlich, mindestens eine halbe Stunde zu früh, und diesmal wurde nicht gegrüßt, nicht gesprochen, nicht gelächelt. Ihr Wetteifer war geweckt; Iris verspürte ihn in sich selbst, eine wachsende Abneigung gegen diejenigen, mit denen sie das kleine Wartezimmer teilte.

»So, das hätten wir«, sagte die junge Frau in dem marineblauen Pullover und Jeans, die Bea zurückbrachte. »Möchtest du jetzt hereinkommen?«, forderte sie das häschenhafte Kind auf und schüttelte den Kopf, als die Mutter Anstalten machte, sie zu begleiten. »Wir rufen Sie heute Abend an«, sagte sie zu Iris, »falls Bea es geschafft hat. Aber nicht vor fünf. Also nach fünf, in Ordnung?«

Iris bejahte und reichte Bea ihren Mantel. Man sagte nicht mehr: »Rufen Sie bitte nicht an«, das war zum Witz geworden. Aber sie konnte sich noch an Zeiten erinnern, da es kein Witz war.

Als sie den Raum verließen, trat eine weitere Mutter mit

Kind ein, und Iris starrte kurz auf das Kind: plump, anders konnte man es nicht nennen, und dünne Haare mit einem Anflug von Grau.

»Komm, wir gehen einen Kaffee trinken«, sagte Iris auf der Straße.

Bea dachte über Dickie nach. Als Iris den Hörer aufgelegt und gesagt hatte, es gebe eine Vorspielprobe, hatte sie über ihn nachgedacht; und seitdem – während sie probten und das Drehbuch durchgingen –, war er ihr immer wieder in den Sinn gekommen. Der Streit wegen der Hemden lag jetzt zwei Jahre zurück, als Iris gesagt hatte, jetzt reiche es ihr aber, und Dickie hinausgestürmt war, vorletzten Sommer, an einem Montag.

»Haben sie gesagt, wie sie dich fanden?«, fragte Iris im Café. »Haben sie irgendwas gesagt?«

Bea schüttelte den Kopf, dann strich sie die Haare zurück, die ihr in die Stirn gefallen waren. Das Café hieß John's und war ganz in Grün gehalten, was Bea gefiel, weil Grün ihre Lieblingsfarbe war. Sie saßen an einer Theke, die an den Fenstern verlief, und ein Mädchen brachte ihnen Cappuccini.

»Nur übers Aufwachen haben sie was gesagt«, erzählte Bea.

Als sie Dickie auf ihrem Spaziergang über das staubige Gras des Wildparks von der Vorspielprobe erzählt hatte, war er plötzlich stehen geblieben. Sie hatte ihm davon erzählt, weil Iris sie dazu angehalten hatte, als der Termin am Sonntag längst feststand. Er hatte sich nicht gerührt und auf die Bäume in der Ferne gestarrt, dann hatte er sich umgedreht und auf sie niedergeblickt. Das sei wunderbar, hatte er gesagt.

»Wollten sie, dass du's mit Bewegungen spielst?«, fragte Iris. »So, wie ich's dir vorgemacht habe?«

Bea schüttelte den Kopf. Sie wollten keine Bewegungen, sagte sie. Der Mann habe sie Leah genannt.

»Leah? Mein Gott, der hat dich wohl mit einer anderen verwechselt! Mein Gott!«

»Er hat ›Bea‹ nicht richtig verstanden.«

Sie hatte gewusst, was Dickie im Wildpark durch den Kopf gegangen war, als er die Neuigkeit hörte. Sie hatte es gewusst, wegen der anderen Male, wenn eine gute Nachricht eingetroffen war – als Iris bei der Losziehung des Milchmanns fünfzehn Pfund gewann und Dickie wieder eine Anstellung fand, als Iris' Tante starb und ein Testament hinterließ. Am Sonntag nach der Losziehung des Milchmanns war Dickie eingeladen worden, und es hatte eine Flasche Wein gegeben. »Behält er die Stelle?«, fragte Iris immer, aber er hatte sie nicht behalten, nicht lange; und das Testament hatte ihnen gerade mal das Fischbesteck eingebracht. Dennoch, was Dickie und Iris betraf, hellten gute Nachrichten, wenn sie denn kamen, die Stimmung auf, und irgendwann würde sie sich nicht einfach wieder verflüchtigen. Dessen war Bea sich ganz gewiss.

»Aber du hast es dem Mann doch gesagt? Das mit dem Namen hast du ihm gesagt?«

»Die junge Frau wusste ihn.«

»Hast du ihn ihr genannt? Bist du sicher?«

»Sie hatte ihn aufgeschrieben.«

Es war Juli, warm, ja schwül, keine Spur von Sonne. Es freute Bea, dass all das kurz vor den Sommerferien zustande gekommen war und niemand in ihrer Klasse erfahren würde, dass sie an einer Vorspielprobe für eine Fernsehsendung teilnahm. »Natürlich musst du's ihnen sagen«, hatte

Iris gemeint, »wenn du die Rolle bekommst. Weil sie dich sehen werden, wenn der Film im Fernsehen läuft.«

Bea glaubte eher nicht, dass sie etwas sagen würde. Vielleicht würden sie sie gar nicht erkennen. Das wäre ihr nur recht. Sie wusste nicht, warum, wo sie die Rolle doch unbedingt ergattern wollte, Dickie zuliebe. »Was für eine Art Geschichte ist es denn?«, hatte Dickie im Wildpark gefragt, und sie hatte geantwortet, es werde eine Frau darin ermordet.

»Üben wir noch ein bisschen?«, fragte Iris, als sie wieder in der Wohnung waren und Muschelsuppe und Salat gegessen hatten.

Bea hatte keine Lust, jetzt, wo das Probespielen ausgestanden war, aber Iris sagte, es würde ihnen helfen, die Zeit herumzubringen. So übten sie eine Stunde, dann setzten sie sich ans offene Fenster, lauschten auf den Verkehrslärm, der von der Chalmers Street heraufbrandete, und beobachteten die Passanten, und am Nachmittag wurde es endlich sonnig. »Sei nicht enttäuscht«, sagte Iris immer wieder, und als um Viertel vor sechs Uhr das Telefon klingelte, sagte sie, das könnte jeder X-Beliebige sein. Es könnte Dickie sein, wegen morgen, oder die Leute von der Telefongesellschaft, die oft an einem Samstag um diese Zeit anriefen, um irgendein Sonderangebot zu erläutern und kostenlose Anrufe anzubieten, falls man tat, was sie wollten.

Aber es war die junge Frau in dem marineblauen Pullover, die mitteilte, Bea habe die Rolle bekommen.

Die Proben fanden in einer Exerzierhalle der Armee statt. Iris musste mitkommen, ebenso zu den Filmstudios, wo sich der Szenenaufbau befand, und zu den Originalschauplätzen. Sie hatte sich eigens Urlaub genommen; und es beunruhigte Bea, dass sie vorhatte, sich krankzumelden, wenn ihr Urlaub zu Ende ging. »Die Halle kenne ich doch!«, rief sie aus, als sie am ersten Morgen hineingingen, und blickte sich aufgeregt in der Exerzierhalle um.

»Schon eine Weile her«, hörte Bea sie zu der Frau sagen, die erklärt hatte, sie spiele die Stadtstreicherin. Sie habe große Ambitionen gehabt, sagte Iris, aber die Heirat und all das hätten sie weit zurückgeschlagen. Sechs Jahre oder doch fast annähernd so lange sei er ohne Arbeit gewesen, und natürlich auch später wieder. Das sei zum Dauerzustand geworden, und sie habe das bisschen Arbeit annehmen müssen, das in einer Schreibstube für sie abfiel. Mörderisch sei es gewesen, wie sie vorausgeahnt habe, wie sich jeder im Metier denken könne.

»Das Kind wird Sie für alles entschädigen«, prophezeite die Stadtstreicherin. »Ganz bestimmt«, fügte sie hinzu, als wolle sie wettmachen, dass sie nicht interessiert genug geklungen habe.

»Als der Anruf kam, hab ich's zuerst nicht glauben können. ›Ruf Dickie an‹, hab ich gesagt. Das gehört sich so, Vergangenheit hin oder her.«

»Ein Vater möchte Bescheid wissen. Jeder Vater.«

»Sie musste sich die Haare abschneiden lassen.«

Bea hörte sich den Wortwechsel an, weil es nichts anderes zu tun gab. Als sie Dickie angerufen hatte, um es ihm zu erzählen, hatte er spontan gesagt, er sei ganz aus dem Häuschen, und sie wusste, dass es stimmte. »Sag Iris, das hat sie gut gemacht!«, hatte er gesagt, und wie sie es manchmal tat, hatte sie sich sogleich ausgemalt, er würde wieder zu ihnen in die Wohnung zurückkehren, mit seinen beiden alten Koffern vor der Tür stehen. »Ach, was weiß man schon?«, hatte er am Telefon immer wieder gesagt. »Ich hätte es nie gedacht!«

Er mochte es, wenn Bea ihn Dickie nannte, denn sie nannte auch Iris Iris, und wie er sagte, mochte er die Wärme, die darin lag. »Weißt du noch damals, als wir im Hotel übernachtet haben?«, rief er ihr oft ins Gedächtnis. Einmal hatte er sie für eine Nacht nach Brighton mitgenommen. »Weißt du noch, wie wir den Unfall gesehen haben, den Bus, der zu schnell gefahren war? Erinnerst du dich noch an das erste Mal im Wildpark?«

Er war groß und unbeholfen, neigte dazu, Gegenstände umzustoßen. Er hatte ein weiteres Kind, ein dunkelhäutiges, das auch nicht bei ihm wohnte. »Sag ihr: Gute alte Iris«, trug er ihr am Telefon auf, »Ehre, wem Ehre gebührt«, denn er wusste, dass Iris schon seit Jahren auf dieses Ziel hingearbeitet hatte. »Wirst du es auch nicht vergessen, altes Mädchen?«

Ihm wäre jeder Vorwand recht gewesen, um zurückzukehren. Dass er ganz aus dem Häuschen sei, hatte er deshalb gesagt, weil dies die Gelegenheit sein mochte, die alles von Grund auf verändern würde. Bea sah ihn alle zwei Wochen, Sonntag in einer Woche wäre das nächste Mal, und er hatte gesagt, er könne es nicht erwarten.

»Hallo, Bea«, sagte der Mann namens Roland, als alle an dem langen Tapeziertisch in der Exerzierhalle saßen, und diesmal sprach er ihren Namen richtig aus. Die junge Frau in dem marineblauen Pullover hatte ein Walkie-Talkie an ihrem Klemmbrett befestigt und trug ein Namensschild, auf dem *Andi* stand. Ein Junge mit einem Wuschelkopf reichte Kekse und Pappbecher mit Kaffee herum. »Der beste Kaffee in London«, sagte er pausenlos, und manchmal lachte jemand.

Bea sah zu, wie die Drehbücher durchgeblättert wurden, einige waren mit Kugelschreiber angestrichen. Sie wendete die Seiten ihres eigenen Drehbuchs um und fand Seite vierzehn, wo sie ihren Auftritt hatte, auch wenn sie im ganzen Film keinen einzigen Satz von sich gab. »Mr Hance«, stellte sich der Mann vor, der sich auf den Stuhl neben ihr gesetzt hatte, er nannte den Namen der Figur, die er verkörperte. Er war lang und dünn, mit milchigen Augen unter einer gedrungenen Stirn, sein grauer Anzug leicht befleckt, die Krawatte an seinem unbequem wirkenden Kragen zu einem engen Knoten gebunden. »Die Kleidung passt zu deiner Rolle«, hörte Bea Andi zu ihm sagen.

»Von vorn«, rief Roland, und es wurde still in der Exerzierhalle. Dann setzten die Stimmen ein.

Es war die alte Frau mit dem gefärbten roten Haar, die ermordet wurde. In der Exerzierhalle war ihre Ältlichkeit mit hellrotem Lippenstift und Henna im Haar getarnt. Mr Hance tat das Gift in den Jogurtbecher, der ihr mittwochs und freitags zusammen mit der Milch vor die Haustür gestellt wurde. All das hatte Iris ihr erklärt, aber jetzt, wo Bea die Stimmen in der Exerzierhalle hörte, begriff sie es besser.

Nicht dass sie alles begriff. Im Drehbuch hieß es, dass Mr Hance mit ihr Murmeln spielte, ein Spiel, das niemand, den Bea kannte, spielte oder interessant fand. »Das ist ein sehr einsamer Mann«, hatte Iris gesagt, aber es kam Bea sonderbar vor, dass ein einsamer Mensch nicht in die Kneipe oder in eine Billardhalle ging, sondern stattdessen auf einem Parkplatz mit einem Kind Murmeln spielte. Das Drehbuch sah vor, dass auch sie sich einsam fühlte. »Mein kleines Schlüsselkind«, nannte Mr Hance sie, weil nie jemand zu Hause war, um sie einzulassen. Im Drehbuch hieß es, die alte Frau habe wohlfrisiertes weißes Haar und einen Gehstock, ohne den sie nicht auskam.

Iris war glücklich, kaum dass sie die Exerzierhalle betreten hatte. Bea merkte es ihr an. Sie könne sich noch so gut erinnern, hörte Bea sie zur Stadtstreicherin sagen und später zu Ann-Marie, der Tochter des Zeitungshändlers. Der Branchenklatsch, die Strickerei, während man auf sein Stichwort wartete, das unfreiwillige Ziehen an einer Zigarette, wenn etwas schiefging: Iris war wieder in ihrem Element, unter den Freunden, die sie hätte haben können.

Am späten Nachmittag kam die Beerdigungsszene dran: Der Geistliche ließ seine Worte erklingen, die Trauergäste umstanden ein mit Kreide auf den Fußboden gezeichnetes Rechteck, die ermordete alte Frau löste das Kreuzworträtsel im *Daily Telegraph*. Als die Bestattung vorbei war, wurde der Junge mit dem Wuschelkopf damit betraut, Bea und Mr Hance beizubringen, wie man Murmeln spielte.

»Bist du so weit, Bea?«, fragte Andi mehrere Male, und Bea sagte Ja. Vermutlich war es die fehlende Körpergröße, dachte sie, die Andi das schwerfällige Aussehen verlieh, über das sie zuvor geklagt hatte. Sie mache eine Abmagerungskur, hatte sie gesagt, aber die schien nicht anzuschlagen. Von allen Leuten in der Exerzierhalle mochte Bea sie am liebsten.

»Noch mal von vorn«, rief Roland, als Bea schon dachte, die Probe sei bestimmt zu Ende, und sie gingen ein weiteres Mal das gesamte Drehbuch durch. Die Freude ihrer Mutter über den Verlauf des Tages hatte sie nicht geteilt. Sie hatte nicht gewusst, was sie erwartete, so wie sie auch nicht gewusst hatte, was sie auf der Vorspielprobe erwartete. Als das Drehbuch eingetroffen war, hatte Iris gesagt, die einzige Enttäuschung sei, dass Bea keine Sprechrolle habe. Während der Beerdigungsszene hatte sie die gleiche Bemerkung an Ann-Marie gerichtet, im Flüsterton, um nicht zu stören. Und Ann-Marie, die, wie Bea fand, missmutig wirkte, aber sehr hübsch war, wartete mit ihrer Antwort, bis die Beerdigungsszene zu Ende war, dann sagte sie, Beas Rolle sei umso vielsagender, gerade weil es eine stumme Rolle sei. Bea war froh gewesen, dass sie nichts zu sagen brauchte, aber inzwischen fragte sie sich, ob es vielleicht weniger langweilig wäre, wenn sie wenigstens ein kleines bisschen was zu sagen hätte.

»Wie geht's voran, Beasie?«

An Dickies braunem Jackett war die Seitentasche, die zu ihr zeigte und die sich genau auf Augenhöhe befand, eingerissen. Weiter eingerissen als noch vor zwei Sonntagen, als sie ihn das letzte Mal gesehen hatte. Er sei außerstande, auf seine Kleidung zu achten, sagte Iris.

»Es geht«, antwortete Bea. Seit dem ersten Tag in der Exerzierhalle waren drei Wochen vergangen, und die Exerzierhalle hatten sie längst hinter sich. Sie waren in eins der Studios umgezogen, wo ein Set aufgebaut worden war, und an anderen Tagen war an Originalschauplätzen gefilmt worden.

»Hast du Iris ausgerichtet, was ich letztes Mal gesagt hatte, Beasie? Hast du ihr ausgerichtet, dass sie es gut gemacht hat?«

Sie nickte. Ihr war kalt auf der Straße, in der sie spazieren gingen, obwohl es August war. Sie vergrub die Hände in den Taschen ihres Mantels, den Iris ihr mitzunehmen aufgetragen hatte, falls es regnete. Schon am vorletzten Sonntag hatte sie erzählt, sie habe es Iris ausgerichtet.

»Ich hab's ihr ausgerichtet«, sagte sie abermals.

Heute hatte er Iris nicht gesehen. Auch letzten Sonntag hatte er sie nicht gesehen. Er hatte geklingelt, Bea hatte über die Gegensprechanlage geantwortet, und er hatte draußen auf sie gewartet, beide Male.

»*The Stage* war ihre Bibel«, sagte er auf der Straße, »all die Jahre über.«

»Ja.«

Und am Ende hatte *The Stage* ihr doch noch Erfolg gebracht. Dickie redete weiter davon, und Bea stellte sich vor, dass ihre Mutter ihn in die Wohnung bat. Diesen Sonntag oder nächsten, sagte sie sich, früher oder später. »Wir müssen Dickie davon erzählen«, hatte Iris während der drei Wochen, die verstrichen waren, immer wieder gesagt: von Ann-Marie, die frühmorgens schlaftrunken war, die die Stöße Zeitungen, die sie eben aufgeschnitten hatte, vom Tresen fallen ließ und die verschiedenen Teile aufs Geratewohl wieder ineinanderlegte, von Mr Hance und den Murmeln, von dem Kanarienvogel im Käfig, der noch sang, als die alte Frau schon tot dalag.

»Es macht dir doch nicht etwa Angst, das ganze Zeug?«, hatte Dickie im Wildpark gefragt, als sie ihm im Drehbuch die Stelle mit dem Mord gezeigt hatte. »Wenn's dir Angst macht, musst du's mir sagen, altes Mädchen.«

Das würde sie nie. Auch Iris erzählte sie nicht davon, wenn sie von dem Hund auf der Müllhalde träumte, von den Mikroben, die man in der betreffenden Szene durch seine Eingeweide krabbeln sah. Zusammen mit den anderen hatte sie im Tonaufnahmestudio gesessen, vor dem das rote Lämpchen aufleuchtete, und nicht gewusst, wonach die Polizei auf der Müllhalde suchte. Sie hatte hingeschaut, als die Kamera sich langsam über die Eingeweide des Hundes bewegte. Sie wusste nicht, weshalb die alte Frau mit ihrem Stock dauernd gegen das Fenster pochte, weshalb sie dort saß und dauernd wieder klopfte. »Sie ist eine Schnüfflerin«, mehr hatte Mr Hance laut Drehbuch nicht gesagt, und während der langen Wartezeiten, wenn Bea nicht beteiligt war, machte ihre Verwirrung die Langeweile nur noch schlimmer.

»Wie ist denn dieser Hance so?«, fragte Dickie.

»In Ordnung.« Bea sagte nicht, dass sie ihn nicht leiden konnte. Sie sagte, jeder nenne ihn zum Scherz Mr Hance. In sein Drehbuch seien zusätzliche Seiten eingefügt worden, zuerst gelbe Seiten, der zweite Schwung rosa. Ihr selbst waren keine ausgehändigt worden, doch wenn er auf der Fahrt zu den Filmstudios oder zu dem Drehort neben ihr im Bus saß, konnte sie die Farben am Seitenrand sehen. Er saß immer neben ihr. Um sie kennenzulernen, meinte Iris.

»Findet Iris, dass er was taugt?«, fragte Dickie.

»O ja.«

Das taten sie alle. Er gebe sich große Mühe, sagten sie; er habe seinen Stil gefunden. »Sie war nicht sehr nett, weißt du«, sagte er von der alten Frau. Er redete über sie in dem Zimmer, in dem Bea auf dem Sofa aufwachen musste. Er sah einem nicht oft in die Augen, wenn er sprach, und wegen seiner Flüsterstimme konnte man ihn manchmal nicht verstehen. Bea wusste nicht, weshalb Mr Hance sie nervös machte, schon vom ersten Tag an, vor allem wenn er im Bus neben ihr saß. Mit einem Finger zeichnete er wieder und wieder die Umrisse des kleinen Etiketts nach, das am Rand seines schlichten braunen Schals eingenäht war. Am Ende jeder Fahrt wandte er seine milchigen Augen vom Busfenster ab, und seine Finger wurden reglos. Stumm blickte er Bea an, und zuerst dachte sie, er übe seinen Part. Das hatte sie auch die anderen tun sehen, sie probierten etwas aus, nahmen einander den Text ab, doch im Bus kam es ihr nicht wie Proben vor. Das Zimmer mit dem Sofa befand sich in seinem Haus; dorthin brachte er sie, als die alte Frau tot war, das Sofa alt und durchgesessen, auf dem Fensterbrett zwei leere Milchflaschen, auf dem Fußboden darunter Katzendreck. Sie mussten die Szene, in der sie aufwachte, mehrmals wiederholen, um sie richtig hinzukriegen.

»Wollen wir uns einen Film anschauen?«, schlug Dickie vor. »Die zeigen wieder *Die große Liebe nebenan*. Als sie im Kino saß und den Songs lauschte, versuchte Bea nicht daran zu denken, dass sie sich am nächsten Tag wieder langweilen oder dass Mr Hance sie im Bus wieder nervös machen würde. Sie versuchte, die Schweißperlen auf seiner gedrungenen Stirn nicht zu sehen, wenn er sich vors Sofa kniete und sie um Verzeihung bat. Sie versuchte, nicht hinzuhören, wenn er im Bus etwas sagte, das sie nicht hören konnte, oder wenn er nichts sagte, während er sie ansah.

»War das nicht toll?«, fragte Dickie, als Judy Garland zum letzten Mal sang und *The End* über die Leinwand rollte. »Ich habe Rosinenbrötchen«, sagte er, als sie wieder auf der Straße standen, obwohl gar nicht Ostern war, eine völlig verkehrte Jahreszeit. In seinem Wohnschlafzimmer rösteten sie die Rosinenbrötchen, weil sie schon etwas altbacken waren. Sie hockten sich auf den Fußboden und drückten ihre Brötchen, jeder mit einer Gabel, an den Glühstab des Heizöfchens.

Es war warm im Wohnschlafzimmer. Dickies Mantel hing an einem Haken an der Rückseite der Tür, unter den schrägen Fenstern stand sein Bett, und ein Vorhang war zugezogen, damit man die Spüle nicht sah. Er hatte kleine

Marmeladenportiönchen, Schwarze Johannisbeere und Erdbeere, und überließ ihr die Wahl.

»Es gibt auch eine Biskuitrolle«, sagte er und lachte. Oder was davon noch übrig sei, meinte er. Er habe ihr etwas aufgehoben. »Ist Iris heute Abend beschäftigt?«, fragte er, als sie alles aufgegessen hatten. »Geht sie aus?«

Bea schüttelte den Kopf, doch als sie zur Wohnung kamen, bat Iris ihn nicht herein. Iris ist sich noch nicht im Klaren, sagte sich Bea, und später, als sie im Bett lag, ging sie in Gedanken die Signale durch, die Iris gegeben hatte – sie hatte gesagt, sie müssten Dickie von der Vorspielprobe erzählen, dann von Ann-Marie und den Zeitungen und von dem singenden Kanarienvogel. Doch als Bea einschlief, war es nicht der zurückgekehrte Dickie, der ihr in ihren Träumen erschien. In dem Zimmer mit den Milchflaschen auf dem Fensterbrett zeigte Mr Hance ihr das Etikett an seinem Schal, und sie sagte, sie müsse jetzt gehen. Immerfort versuchte sie, vom Sofa aufzustehen, vermochte es aber nicht.

»Es ist, als hättest du Mitleid mit Mr Hance«, sagte Roland im Tonaufnahmestudio und drehte einen Stuhl herum, sodass er Bea gegenübersaß. Er ließ ein Bein über die Stuhllehne baumeln – seine Lieblingsposition. Seine Ohrringe waren Kruzifixe, bemerkte Bea zum ersten Mal. »Der Film handelt von so ’nem Kram, Mäuschen.«

Gestern war Mr Hance auf dem Bildschirm von der Beerdigung weggegangen und immer weitergelaufen, die Straßen am Fluss entlang und an den Gasometern vorbei. Auf beunruhigende Weise hatten seine Gesichtszüge plötzlich den ganzen Bildschirm ausgefüllt, auf seinen mageren Wangen hatten Tränen geglänzt.

»Wir machen auf Mitgefühl«, sagte Roland.

Bea versuchte, Mr Hances verweintes Gesicht zu vergessen, das sie noch immer vor Augen hatte, obwohl der Bildschirm inzwischen leer war. Die Tränen rannen ihm bis zu den Mundwinkeln, wo kleinere Tropfen hängen blieben oder in die Falten seines Kinns weiterliefen.

»Wie ein armer verwundeter Vogel«, sagte Roland. »Ein kleiner Spatz mit zerquetschtem Flügel. Und er tut dir leid, weil die anderen Spatzen vielleicht schneller sind und ihm die Krümel wegpicken. Verstehst du, Bea?«

Ihre Mutter sah sie scharf an, was sie an den knopfäugigen Blick eines Spatzen erinnerte. Bea wusste, Iris sah sie deswegen so scharf an, weil sie nicht wollte, dass sie zugab, keine Federn zu mögen, und dass sie deshalb nie Brotkrumen streuten. Damals auf dem Trafalgar Square hatten die Tauben sie geängstigt, weil sie so dicht vorüberjagten und einem mit den Flügeln ins Gesicht klatschten. »Nie wieder«, hatte Dickie versprochen. »Gib deine Nüsse dem kleinen Jungen da.« Doch selbst das wollte sie nicht. Sie hatte die Nüsse nicht eine Sekunde länger in der Hand behalten können.

»Wollen wir's versuchen?«, fragte Roland. »Die Mitleidschiene?«

Bea nickte zögerlich. »Warum musste er sie ermorden?«, fragte sie, denn das hatte sie schon die ganze Zeit wissen wollen.

»Weil ihm die Freundschaft entzogen zu werden droht.« Roland schwang sein Bein von der Stuhllehne. »Weil die alte Dame etwas in die falsche Kehle bekommen hat. Kapiert, Mäuschen?«

Bea bejahte, denn es schien nicht viel Zweck zu haben, noch etwas zu sagen. Sie hatte Iris gefragt, was es mit dem

Kadaver des Hundes auf der Müllhalde auf sich habe, ob der Hund der alten Frau gehört habe oder was, und Iris hatte geantwortet, das würden sie erst dann verstehen, wenn der ganze Film zusammengeschnitten sei. Dann würden sie verstehen, welche Bewandtnis es mit Ann-Marie hatte, die die Zeitungen zusammenlegte, mit der Stadtstreicherin, die in den Abfalleimern bei den Laternenpfählen nach weggeworfenen Essensresten stöberte, mit den Arbeitern, die einen Gehsteig ausbesserten, und mit dem Mann in dem kastanienbraunen Auto. Das Dumme ist, sagte Iris, dass die Szenen nicht in der richtigen Reihenfolge gedreht würden, was das Verständnis naturgemäß erschwere. Der Joghurt, in den das Gift gegeben worden war, hatte Bananen- und Guave-Geschmack, und Bea nahm sich vor, nie wieder in ihrem Leben Bananen-Guave-Joghurt zu essen. Eines Morgens fragte Mr Hance sie im Bus, welche Farbe ihre Schuluniform habe, und sie wurde nervös, auch wenn sie nicht wusste, warum, es war doch nur eine einfache Frage. Sie wollte aufstehen und sich einen anderen Sitzplatz suchen, aber wenn sie im Bus umherlief, würde sie die Aufmerksamkeit auf sich lenken, und das wollte sie nicht. »Es ist alles nur gestellt«, sagte Mr Hance ein andermal. »Nur gestellt, Bea.« Es mutete seltsam an, das zu sagen, etwas zu sagen, was sie bereits wusste, und sie fragte sich, ob sie sich verhört hatte, weil Mr Hance so leise sprach.

Einmal, als der Bus vorfuhr und sie alle ausstiegen, als Bea mit Iris zum Drehort ging, wollte sie so unendlich gern sagen, dass sie sich vor Mr Hance fürchte, dass sie es beinahe getan hätte. Sie setzte an, aber glücklicherweise hörte Iris nicht zu. Bea wusste sofort, was für ein Glück das war. Alles wäre im Eimer gewesen.

»Dann wollen wir mal, Mäuschen«, sagte Roland am letzten Tag und begann mit der letzten Aufnahme. Als der Junge mit dem Wuschelkopf die Take-Nummer genannt und die Klappe geschlagen hatte, konnte Bea das sanfte Surren der Kamera hören. Sie hatten die Szene vor der Kaffeepause geübt und dann noch einmal danach. Roland hatte aufs Neue alles wiederholt, was er über das Mitleid gesagt hatte.

Bei der Aufnahme kriegte Bea ihren Part auch nicht besser hin als bei der Probe. »Aus!«, musste der Junge mit dem Wuschelkopf immer wieder rufen, und Roland kam aufs Set gelaufen und redete erneut auf Bea ein, und Iris kam ebenfalls herbei, da er sie darum gebeten hatte. »Tut mir leid«, sagte Bea immer wieder.

Zum Schluss traten die Maskenbildnerinnen heran. Sie schminkten ihr künstliche Tränen auf, und der Kameramann meinte, das sei schon sehr viel besser. Der Beleuchter veränderte die Beleuchtung, machte sie um einiges weicher.

»Jetzt wird's ernst«, sagte Roland, und der Junge mit dem Wuschelkopf hielt die Klappe vor die Kamera und rief eine weitere Nummer. »Einmal noch«, sagte Roland, als Bea schon die Übersicht über die Anzahl der Takes verloren hatte.

Die Aufnahmen zogen sich bis in die Mittagspause hin, erst fünfzehn Minuten später gingen sie auseinander und machten sich auf den Weg zur fahrbaren Kantine. Bei einem Hühnersalat und Pommes frites erzählte Iris der Stadtstreicherin und dem Polizeikommissar von der Rolle, die sie – damals selbst noch ein Kind – in einer Episode von *Z Cars* gespielt hatte, das war 1962 gewesen. Bea hatte sich die Geschichte schon mehrere Mal anhören müssen, und da ihr der Bohnen-Würstchen-Auflauf, den sie gewählt hatte, nicht schmeckte, sah sie sich um, ob sie ihn wegschütten könnte, ohne dass jemand, besonders Iris, es bemerkte. Iris riet ihr immer, in der fahrbaren Kantine tüchtig zu essen, damit sie nicht so viel kochen mussten, wenn sie in die Wohnung zurückkamen. Aber es gab keine geeigneten Vasen oder Feuerlöscheimer, in die Bea den Pappteller mit ihrer Portion hineinkippen konnte. Draußen, wo die Autos geparkt waren, fand sie endlich die Mülleimer.

Danach wollte sie nicht wieder zum Stellplatz der Kantine zurückgehen, denn dann würden die anderen sehen, dass sie nichts gegessen hatte, und ihr eine Menge Zeug aufdrängen, das sie nicht wollte. Sie lief zwischen den menschenleeren Kulissen umher, die sie bis dahin noch nie für sich gehabt hatte. Sie wanderte von Zimmer zu Zimmer und dachte, wie schade es sei, dass sie bald wieder abgebaut würden, wo doch die Obdachlosen, die in Häusereingängen schliefen, sie so gut hätten gebrauchen können, und sei es nur für eine Nacht.

»Hallo«, sagte eine Stimme, noch bevor Bea Mr Hances Schritte gehört hatte, und sie wusste, dass er gekommen war, um sie zu suchen.

Zur Party am selben Abend kam auch Dickie. »Du fragst deinen Vater«, hatte Iris gesagt. »Das gehört sich so.« Dickie hatte sofort zugesagt.

»Zeit und Budget unterschritten!«, verkündete Roland in seiner Dankesrede an die Mitwirkenden, und alle applaudierten.

Sie waren alle auf dem Set – die Stadtstreicherin, Ann-Marie, der Polizeikommissar, die alte Frau, der Mann in dem kastanienbraunen Auto, die Arbeiter, die den Gehsteig ausgebessert hatten, die Polizisten, die die Müllhalde durchsucht hatten, Mr Hance.

Sie machten viel Wind um Mr Hance. Es sei sein Film, sagten sie, seine Show. »Ich habe viel von Ihnen gehört«, sagte Dickie zu ihm, und Bea dachte, dass das eigentlich gar nicht stimmte, aber Dickie war gut im Höflichsein. Der Riss an seiner Jackentasche war noch immer nicht geflickt. Bea hatte gesehen, dass er auch Iris aufgefallen war, als Dickie zu ihnen herüberkam, um Hallo zu sagen.

»So, was steht als Nächstes auf dem Programm?«, fragte der Polizeikommissar Bea. »Hat sich schon 'ne andere Rolle ergeben?«

»Sie hat die Qual der Wahl«, sagte Iris, aber Bea wunderte sich darüber, und Dickie fragte, was das heißen solle? Eine gewisse junge Dame sei auf dem besten Wege, das solle es heißen, erwiderte der Polizeikommissar.

Sämtliche Techniker und Angehörigen des Produktionsteams waren zur Party gekommen: der Tonmeister, der Kameramann und der Kamera-Assistent, der Ausstatter, die Maskenbildnerinnen, die Kostümbildnerinnen, das Scriptgirl. Sie tranken Wein, weißen oder roten, und zum kalten Büfett gab es Coca-Cola oder Orangensaft. Dickie fragte, wer die mollige Frau mit der Brillenkette sei, und Iris antwortete: »Die Produzentin.«

»Erinnerst du dich noch an die Produzentin von *Emergency Ward 10*?«, fragte Dickie.

»O Gott, bloß nicht!«

Musik setzte ein. Bea führte Dickie zwischen den Kulissen herum: Mr Hances Zimmer, wo noch immer der Katzendreck herumlag, die Treppe, die Diele mit den Hirschgeweihen, das Wohnzimmer des anderen Hauses, wo die alte Frau dauernd mit ihrem Gehstock gegen die Fenster gepocht hatte. »Unglaublich!«, rief Dick immer wieder aus. Ein Teil des Szenenbilds war bereits abgebaut, und Iris kam hinzu, um alles zu erklären.

Andi und der Junge mit dem Wuschelkopf brachten den Wein und das Essen. Roland klopfte mit dem Gehstock der alten Frau auf den Boden: Auch wenn es noch früh sei, sagte er, er müsse gehen. Sie seien großartig gewesen, beglückwünschte er jeden. Die Produktion habe unter Strom gestanden, das Gütesiegel der Haushaltsführung.

Gelächter und noch mehr Applaus. Roland winkte zum Abschied mit dem Gehstock, dann überreichte er ihn Andi. Als er gegangen war, stellte jemand die Musik lauter.

Als niemand hersah, klappte Bea das Sandwich auf, das sie genommen hatte. Es schien mit Rührei zu sein, deshalb warf sie es in einen leeren Pappkarton neben sich. Sie stand allein da, verdeckt von den Topfpflanzen, die alle auf einen Tisch gestellt worden waren, damit sie an *Flowers Etc.* zurückgehen konnten. Der Name war auf einen Zettel gekritzelt, der an einer von ihnen festgebunden war. Sie sah Dickie, Iris und Mr Hance, der Tonmeister schien ihnen eine Geschichte zu erzählen. Als er sie zu Ende erzählt hatte, lachten sie, besonders Iris, die den Kopf zurückwarf, wie sie es immer tat. Der Junge mit dem Wuschelkopf, der nach wie vor Wein ausschenkte, sah in die Richtung, aus der das Gelächter gekommen war, und musste ebenfalls lachen, dann ging er auf sie zu, um ihre Gläser nachzufüllen.

Als Bea durch die fleischigen grünen Blätter spähte, sah sie, dass Mr Hance ernst geworden war. Dickie hielt den Kopf vorgebeugt und hörte ihm zu. Kurz zuvor hatte Iris sich an Dickies Arm festgehalten, nur für eine Sekunde, als sie mit einem ihrer hohen Absätze umgeknickt war. Sie hatte die Hand ausgestreckt und sich auf ihn gestützt, er hatte sie angelächelt, und sie hatte zurückgelächelt. Sie standen ganz in der Nähe der Stelle, wo Bea gestanden hatte, als Mr Hance am Nachmittag Hallo zu ihr sagte.

Auf der anderen Seite des Sets saß die alte Frau allein für sich, eine glühende Zigarette in der Hand, das Weinglas halb voll. Mit ihrem geschminkten Gesicht und ihrem hell gefärbten Haar sah sie überhaupt nicht wie die alte Frau am Fenster aus, und trotzdem war sie's, und plötzlich wollte Bea zu ihr hinübergehen und sagen, dass sie recht gehabt hatte. Sie wollte, dass sie Bescheid wusste. Sie wollte, dass wenigstens ein Mensch Bescheid wusste.

»Hallo, Bea«, sagte Andi. »Dann ist das wohl dein Papa?«

»Ja.«

»Sieht nett aus. Hat 'ne nette Art.«

»Ja.«

»Ist aber nicht beim Film? Wie deine Mama?« Andi griff nach einem der Blätter, um es zu befühlen. Sanft rieb sie es zwischen Zeigefinger und Daumen. »Er könnte eine Komparsenrolle bekommen, dein Papa. Man weiß nie.«

Ohne Klemmbrett und Handy wirkte Andi verloren. Sie trug denselben blauen Pullover, den sie während der ganzen sechs Wochen der Produktion getragen hatte. Sie trank keinen Wein; sie aß nichts, aber das hatte wohl mit ihrer Abmagerungskur zu tun.

»Wirst du mal zum Film gehen, Bea? Was meinst du?« Sie hatte es selbst versucht, aber es war nichts daraus geworden. Für die schauspielerische Seite des Filmgeschäfts war sie nicht die Richtige, obwohl sie sie ursprünglich angestrebt hatte. »Bei dir ist das was anderes«, sagte Andi.

»Ja.«

Es wäre besser, Andi davon zu erzählen. Es wäre leichter, ihr zu sagen, es sei ein Geheimnis, sie wolle lediglich, dass wenigstens ein Mensch Bescheid wisse. Es schien gemein, Andi nicht davon erzählen, wo sie doch eigens herübergekommen war, um nett zu ihr zu sein.

»Vielleicht kreuzen sich unsere Wege ja noch einmal«, sagte Andi. »Jedenfalls hoffe ich das.«

»Ja.«

»Du hast deine Sache gut gemacht.«

Bea schüttelte den Kopf. Durch das Blattwerk sah sie, dass Mr Hance seine Hand hinhielt, erst ihrer Mutter, dann Dickie. Sie lächelten ihn an, dann bahnte er sich einen Weg durch die Menge der Partygäste und trat über das Stromkabel, das von einem Raum der Kulisse zum anderen verlief. Hin und wieder blieb er stehen, um Hände zu schütteln oder sich umarmen zu lassen. Die alte Frau lachte zu ihm auf und machte eine scherzhafte Bemerkung.

»Ich muss mich verabschieden.« Andi küsste Bea und sagte noch einmal, sie hoffe, dass ihre Wege sich irgendwann einmal kreuzen würden.

»Ich auch.« Dann versuchte Bea, Andi davon zu erzählen. Doch falls Andi davon wüsste, würde vielleicht ihr Gesicht etwas verraten, selbst wenn sie es gar nicht wollte. Vielleicht würde es ihr schwerfallen, das Geheimnis zu bewahren, und wenn jemand sie fragte, was los sei, mochte es ihr aus Versehen herausrutschen.

»Tschüss«, sagte Andi.

Auch die Stadtstreicherin ging. In der Ecke, wo noch die Kameras standen, vor dem Szenenaufbau selbst, tanzte Ann-Marie mit einem der Polizisten. Dickie hielt Iris ihren durchsichtigen Plastikregenmantel hin und wartete, dass sie hineinschlüpfte. »Bis demnächst«, rief der Junge mit dem Wuschelkopf Mr Hance nach, und dieser drehte sich um und winkte ihm zu, bevor er aus der Helligkeit der Party ins Freie trat.

Im Zug erzählte Iris Dickie, wer jeder war, welche Rolle sie gespielt hatten, wer von den Technikern wer war. Dickie stellte ihr Fragen, um sie in Gang zu halten.

Es war das erste Mal, dass Bea die Fahrt von den Studios mit dem Zug unternahm. Bis dahin hatte stets der Bus bereitgestanden, zu den Studios und zurück, wo auch immer die Dreharbeiten stattfanden. Der Zug war bequemer, die Häuser, deren Rückfront an die Gleise grenzte, waren erleuchtet, hier und da saßen noch Leute in den Gärten, obwohl es bereits dunkel war. Manchmal hielt der Zug an einem Vorortbahnhof, die Fahrgäste, die ausstiegen, schienen müde, als sie den Bahnsteig entlanggingen. »Ich muss sagen, ich hab's genossen«, sagte Dickie.

Sie nahmen den letzten Bus zur Chalmers Street und gingen, alle drei, zur Wohnung. »Kommst du mit rein, Dickie?«, lud Iris ihn ein.

Sie hatte die Getreideflocken besorgt, die er gern aß, sie standen auf dem Küchentisch, der schon zum Frühstück gedeckt war. Bea sah, dass er es bemerkt hatte.

»Gute Nacht, altes Mädchen«, sagte er, und Bea küsste ihn und küsste auch Iris, denn Iris hatte gesagt, sie sei zu erschöpft, um noch bei ihr reinzuschauen und Gute Nacht zu sagen.

Bea wusch sich, faltete ihre Kleider zusammen und putzte sich die Zähne. Sie schaltete das Licht aus und überlegte, ob ihre Träume jetzt anders verlaufen würden. Sie ermahnte sich, keinen Schrei auszustoßen, damit sie in ihrer Schlafmützigkeit nicht alles zuschanden machte.

TRAUER

Sie lebten in einem Eckhaus der grauen Wohnsiedlung an der Dunmanway Road. Dort hatten sie schon immer gelebt. Mrs Brogan hatte sechs Kinder zur Welt gebracht und aufgezogen. Brogan, der für den Stadtrat arbeitete, baute noch immer Gemüse und ein paar Ringelblumen in dem kleinen Garten an. Jetzt wohnte nur noch Liam Pat bei ihnen, mit dreiundzwanzig der Jüngste in der Familie. Er arbeitete für O'Dwyer, den Bauunternehmer. Seine Mutter – sein Vater ebenfalls, wenngleich auf andere Art – war bestürzt, als Liam Pat verkündete, er spiele mit dem Gedanken, weiter wegzuziehen. »Nach Cork?«, fragte seine Mutter. Aber Liam Pat schwebte England vor.

Dessie Coglan sagte, er könnte ihm Arbeit und Unterkunft verschaffen. Er würde selbst gehen, wenn er keine Frau hätte und wenn nicht ein weiteres Kind unterwegs wäre, sagte Dessie Coglan. Rosita würde sich nicht von der Stelle rühren, auf gar keinen Fall würde sie sich auch nur fünf Schritte aus der Siedlung hinausbewegen, wo ihre Mutter nur zwei Türen entfernt wohnte. »Da drüben wirst du schnell Fuß fassen«, sagte Dessie Coglan ihm zuversichtlich voraus. »Und ob du das wirst.«

Liam Pat besaß keine wilden Ambitionen; aber er wollte doch seine Möglichkeiten nutzen. Bei den Christlichen Schulbrüdern war er der Ordentlichste in der Klasse gewesen. Immer aufmerksam, auch wenn er nicht alles mitbekam. Father Mooney hatte ihn stets zu dem Anzug beglückwünscht, den er zur Messe trug und der von Kind zu Kind vererbt worden war, und zu der Krawatte, die er sich sonntags umband. »Ja, ja, Respekt, Liam Pat«, sagte Father Mooney dann. »Es ist ermutigend für deinen alten Priester, dass du Respekt zeigst, dass du deine Stiefel bürstet.« Dabei trug Liam Pat zur Sonntagsmesse Schuhe, schwarze und geflickte Schuhe, auch diese vererbt. Obwohl sie die Nässe nicht abwiesen, hielt ihn das nicht davon ab, sie auch bei Regen zu tragen, dann stopfte er sie, wenn er wieder zu Hause war, mit Zeitungspapier aus. »Ach, das lernst du im Handumdrehen«, sagte O'Dwyer, als Liam Pat ihn fragte, ob er ein Handwerk erlernen könne. Er werde alles von der Pieke auf lernen – Klempnern, Maurern, Schreinern, Streichen. Alles werde er aus dem Effeff beherrschen; wenn er sich nur für ein bestimmtes Handwerk entscheide, werde er es nicht halb so weit bringen. Insgeheim war O'Dwyer der Ansicht, dass Liam Pat nicht genug auf dem Kasten hatte, um ein Handwerk zu meistern, und wenn's darauf ankam, was war schon so schlimm daran, die Betonmischmaschine zu bedienen? »Der Betonmischer muß sich drehen und Liam Pat Brogan dahinterstehen« lautete eins von O'Dwyers gutmütigen Schlagwörtern auf den Baustellen, wo seine Arbeiter für ihn Häuser bauten. »Typisch O'Dwyer«, urteilte Dessie Coglan verächtlich. Wenn Pat Liam bei O'Dwyer bliebe, würde er für den Rest seiner Tage nassen Zement schaufeln müssen.

Auch Dessie wohnte in der Siedlung. Er hatte in sie eingeheiratet und, als das zweite Kind zur Welt kam, ein Haus zugewiesen bekommen. Bei den Schulbrüdern war Dessie immer von großen Ideen beseelt gewesen; nach ein, zwei Gläschen kamen sie wieder zum Vorschein. Dann redete er von den »Jungs«, von seinen »Verbindungen« zur extremen Republikanischen Bewegung, und plusterte sich als Geschäftemacher auf. Von Beruf war er Gipser.

»Ruf mal den Mann hier an, sobald du drüben bist«, wies er Liam Pat an, und Liam Pat notierte sich die Nummer. Er hatte Dessie stets bewundert, seine unbekümmerte Art, wie er mit Rosita Drudy umging, bevor er sie heiratete, die Art, wie er den Ausgang eines Hurlingspiels voraussagen konnte, obwohl er noch nie einen Hurlingstock in der Hand gehabt hatte, die Art, wie er durch die Zigarette sprach, die er rauchte. Seine Stimme wurde so leise, dass man kaum hören konnte, was er sagte, und seine Augen verengten sich, um dem vertraulichen Inhalt dessen, was er weitergab, Gewicht zu verleihen. Einige Leute sagten, Dessie Coglan habe eine große Klappe und nichts dahinter, aber Liam Pat war da anderer Meinung.

Es ist gar nicht so schlecht hier, schrieb Liam Pat auf eine Postkarte, als er eine Woche in London gewesen war. *Es gibt einen Typen aus Lismore und einen andern aus Westmeath.* Unter einem Polier namens Huxter bediente er eine Betonmischmaschine und goss Fundamente. Dass er einsam war, fügte er seiner Grußbotschaft allerdings nicht hinzu. *Der Lohn ist doppelt so hoch wie bei O'Dwyer*, quetschte er stattdessen unten auf die Karte, die einen Gardisten in einem Wachhäuschen zeigte.

Mrs Brogan stellte sie auf den Kaminsims. Sie selbst fühlte sich ebenfalls einsam, wie sie es vorausgeahnt hatte, nun, da das Nesthäkchen aus dem Haus war. Mr Brogan ging in den Garten und versuchte, nicht daran zu denken, was für eine Art Stadt London war. Liam Pat war halsstarrig wie seine Mutter, überlegte er. Gutmütig, aber halsstarrig, das gleiche rote Haar, zumindest bis ihres grau geworden war. Er hatte Father Mooney gebeten, mit Liam Pat zu reden, aber das hatte auch nichts gefruchtet.

Danach rief Liam Pat alle vier Wochen oder so an einem Samstagabend an. Sie machten sich Hoffnung, er werde bald zurückkehren, doch er sprach immer nur von einer gekündigten oder einer neu angetretenen Stelle, davon, wie er jeden Morgen darauf warte, in der Gegend, wo er ein Zimmer hatte, vom Minibus abgeholt und durch halb London kutschiert zu werden. Wie Dessie Coglan vorausgesagt hatte, hatte der Mann, den er kannte, Liam Pat Arbeit verschafft. »Ein Mr Huxter sucht junge Burschen«, hatte der Mann mit Namen Feeny gesagt, als Liam Pat ihn anrief, kaum dass er in London angekommen war. Während seiner Samstagstelefonate – jedes Mal zuerst mit seiner Mutter und danach, kürzer, mit seinem Vater – verriet Liam Pat nicht, dass er Huxter, den Polier, danach gefragt hatte, ob er ein Handwerk erlernen könne; dieser hatte entgegnet, sie brauchten einen Handlanger, er solle sich entscheiden. Liam Pat berichtete auch nicht, dass Huxter gleich am allerersten Morgen in der Kolonne eine, soweit Liam Pat beurteilen konnte, völlig unbegründete Abneigung gegen ihn gefasst hatte. Es sei Huxters Art, immer einen der Arbeiter zu schikanieren, hieß es in der Kolonne.

Sie fragten sich nicht nach dem Grund, auch Liam Pat nicht. Sie wussten nicht, dass ein Sündenbock die notwendige Entschädigung für die Unzulänglichkeiten in Huxters Leben war: für die regelmäßige Weigerung seiner Frau, ihm zu gewähren, was er für sein eheliches Recht hielt, für die Niederlage eines Rennpferdes oder eines Windhundes; eine Entschädigung auch für den Sarkasmus der Bauaufsicht und die Pingeligkeit der Architekten in ihren modischen Stiefeln. Huxter, ein kräftiger Mann mit schwarzem

Schnurrbart, arbeitete so hart wie nur irgendeiner der Männer unter ihm. Dann zog er sich bis aufs Unterhemd aus, und an dem Gürtel, der seine Hose hielt, sah man eine Messingschnalle. »Was soll denn das für ein Name sein?«, fragte er, als Liam Pat sich vorstellte, und nannte ihn stattdessen Mick. Irgendetwas an Liam Pats Sommersprossengesicht irritierte Huxter, und obwohl er mit irischen Akzenten durchaus vertraut war, redete er sich ein, diesen einen nicht verstehen zu können. »Ach ja, sehr irisch«, sagte Huxter selbst dann, wenn Liam Pat etwas Vernünftiges tat, etwa wenn er Bretter in den Schlamm legte, damit sich die Schubkarren besser rollen ließen.

Als Liam Pat sechs Wochen mit Huxter zusammengearbeitet hatte, nahm der Mann namens Feeny eines Sonntags wieder Kontakt mit ihm auf. »Na, wie läuft's?«, erkundigte sich Feeny am Telefon. »Hast du dich eingelebt, mein Junge?«

Liam bejahte, und ein paar Tage später, als er mit den beiden anderen irischen Jungs aus der Kolonne am Tresen eines Pubs namens Spurs and Horse stand, erschien Feeny persönlich. »Na, wie läuft's?«, fragte er abermals und stellte sich vor. Er hatte ein verschrumpeltes Gesicht und schwarze Haare mit Geheimratsecken. Sein Aussehen hatte etwas von einem Geistlichen, doch wie er bald betonte, war er kein Priester. Er arbeite in einer Glasfabrik, sagte er.

Er schüttelte allen dreien die Hand, Rafferty und Noonan ebenso herzlich wie Liam Pat. Dann spendierte er ihnen eine Runde, und als sie sich revanchieren wollten, schlug er es aus; er könne nicht zulassen, dass junge Burschen ihm einen ausgäben. Er sei lediglich auf ein bisschen Gesellschaft aus, sagte er. »Das hält den armen Exilanten in Schwung, was?«

Diese Gefühlsregung konnten alle nachvollziehen. Es gab welche, sagte Feeny, die herüberkamen und es nicht länger als ein paar Tage aushielten. »Vermissen die Mama«, sagte er und zog flüchtig die dünnen Lippen zurück, um sich ein Lachen zu genehmigen, von dem Rafferty hinterher bemerkte, es habe ihn an das Bellen eines Hundes erinnert. »Einmal ist ein junger Bursche aus dem Zug gar nicht erst ausgestiegen«, sagte Feeny.

Danach schaute Feeny des Öfteren im Spurs and Horse vorbei. Im Lauf ihrer Unterhaltungen, bei denen er Fragen stellte und Interesse zeigte, erfuhr er, dass Huxter Liam Pat schikanierte. Er kenne Huxter nicht persönlich, sagte er, aber sowohl Rafferty als auch Noonan versicherten ihm, dass Liam Pat mehr Grund zum Klagen habe, als er zugebe; wenn Huxter erst einmal in Fahrt gerate, sei es gar nicht mehr lustig. Feeny bekundete sein Mitgefühl; auf die ihm eigentümliche Art verzog er den Mund und schüttelte angewidert den Kopf. Vielleicht war das der Grund, folgerten Rafferty und Noonan, dass Feeny sich besonders mit Liam Pat anfreundete, viel enger als mit ihnen, was unter den gegebenen Umständen nur billig war.

Feeny nahm Liam Pat mit zur Windhundrennbahn; er verschaffte ihm eine bessere Unterkunft; einmal, als Liam Pat knapp bei Kasse war, lieh er ihm Geld und drängte nicht auf baldige Rückzahlung. Nach ein paar weiteren Wochen wäre für Liam Pat alles in Ordnung gewesen, hätte es da nicht Huxter gegeben. »Ach nein, mir geht's prima«, beteuerte er nach wie vor, wenn er samstags zu Hause anrief, und erwähnte noch immer nicht die Schwierigkeiten, die er mit dem Polier hatte. Dabei war ihm schon mehrere Male durch den Sinn gegangen, dass er eines Montagmorgens nicht mehr dastehen und auf den Minibus warten würde, der ihn abholte, dass er die Schnauze voll hätte.

»Aber was würdest du dann anfangen?«, fragte ihn Feeny in Bob's Dining Rooms, wo er und Liam Pat sich an den Wochenenden oft zu einer Mahlzeit trafen.

»Nach Hause fahren.«

Feeny nickte; dann seufzte er, und nach einer Pause sagte er, so weit könne es kommen. Das habe er schon oft erlebt: ein tyrannischer Polier, der sich eigens einen jungen Kerl aussuche, um ihn zu piesacken.

»Es ist so schlimm geworden, dass ich ihn richtig hasse.«

Wieder ließ Feeny zu, dass Schweigen eintrat. Dann sagte er:

»Die sehen auf uns herab.«

»Wie meinen Sie das?«

»Auf jeden Mann mit einem irischen Akzent. So, wie die Dinge stehen.«

»Meinen Sie die Bomben und all das?«

»Ich meine, du atmest ihre Luft, und die wollen dir dafür noch was berechnen. Als ich dir das erste Mal über den Weg gelaufen bin, Liam Pat, haben deine Freunde da nicht erzählt, dass du in einer anderen Bar nicht bedient worden bist?«

»Ja, im The Hop Poles. Die bedienen einen nicht in Arbeitskluft.«

Feeny lehnte sich über seinen Teller mit Leber und Kartoffeln. Er senkte die Stimme zu einem Flüstern. »Die waschen das Geschirr nach uns gleich zweimal ab. Teller, Tassen, das Glas, aus dem du trinkst. Einmal war ich in einem Waschsalon, und als ich mit meiner Wäsche fertig war, bot ich einer Frau meine Waschtrommel an. ›Nein, danke‹, hat sie gesagt, sobald ich den Mund auftat.«

Liam Pat hatte dergleichen noch nie erlebt, aber freundlich waren die Leute nicht. In der Kolonne lief es einigermaßen; ebenso, wenn er mit Rafferty und Noonan oder mit Feeny ausging. Aber die Leute lächelten nicht, sie nickten und grüßten nicht, wenn sie einen kommen sahen. Die erste Frau, von der er ein Zimmer gemietet hatte, war argwöhnisch und stand immer in der Diele, wenn er aus dem Haus ging, als glaubte sie, er könne bei Nacht und Nebel ausziehen und ihre Sachen mitgehen lassen. In der Unterkunft, die Feeny ihm besorgt hatte, kam jeden Sonntagmorgen ein Mann vorbei, der nicht dort wohnte und dessen Namen er nicht wusste; man bezahlte ihm die Miete, und er stellte eine Quittung aus. Er sagte nie etwas, und Liam Pat fragte sich, ob er vielleicht einen Sprachfehler habe. Obwohl Lebensmittel von anderen Leuten in der Küche herumlagen, obwohl er auf der Treppe und manchmal im Zimmer über ihm Schritte hörte, hatte Liam Pat in den Wochen, seit er dort wohnte, nie auch nur einen anderen Mieter gesehen oder Stimmen gehört. In einem der Zimmer im Erdgeschoss waren, wie man von außen sehen konnte, immer die Vorhänge zugezogen, was zu der Grabesstimmung im Haus beitrug.

»Es ist immer dasselbe«, sagte Feeny. »Dumm wie Sau. Können die überhaupt ihren Namen schreiben? Man sieht richtig, wie sie das denken.«

Huxter sagte es frei heraus. »Komm endlich in die Hufe!«, schrie er Liam Pat an, und einmal, als wieder etwas nicht nach seinem Geschmack war, sagte er, eine irische Rübe habe mehr Verstand. »Schleppt die verdammte Insel hinaus aufs Meer«, sagte er ein andermal. Man sollte es ihnen mit gleicher Münze heimzahlen, sagte er.

»Ich hab dich nicht woanders unterbringen können«, sagte Feeny. »Wenn ich's könnte, würde ich es tun.«

»In einer anderen Kolonne?«

»Vielleicht ergibt sich in zwei Wochen was.«

»Das wäre prima, 'ne andere Kolonne.«

»Bist du schon mal McTighe begegnet?«

Liam schüttelte den Kopf. Er sagte, Feeny habe ihm die gleiche Frage schon einmal gestellt. Ob McTighe eine Kolonne leite, fragte er.

»Der arbeitet bei einem Buchmacher. Wäre 'ne gute Sache, wenn du McTighe kennenlernen könntest. Gut in jeder Hinsicht, Liam Pat.«

Zehn Tage später, als Liam Pat mit Rafferty und Noonan im Spurs and Horse trank, gesellte sich Feeny zu ihnen, und anschließend verließ er den Pub zusammen mit Liam Pat.

»Nehmen wir noch einen Absacker?«, schlug er zu Liam Pats Überraschung vor, denn sie waren gegangen, nachdem bereits die Sperrstunde ausgerufen worden war, und woanders sähe es genauso aus. »Kein Problem«, sagte Feeny und wischte damit den Einwand beiseite.

»Aber ich muss den letzten Bus kriegen. Der kommt in zehn Minuten.«

»Da, wo wir hingehen, kannst du auch pennen. Überhaupt kein Problem, mein Junge.«

Liam Pat fragte sich, ob Feeny betrunken war. Er haue sich lieber in die eigene Falle, beharrte er, aber Feeny schien ihn nicht zu hören. Sie bogen in eine Nebenstraße ein und gingen zur Rückseite eines Hauses. Feeny klopfte leise an eine Fensterscheibe, und das Gewirr von Fernsehstimmen erstarb fast umgehend. Die Hintertür des Hauses wurde geöffnet.

»Hier ist Liam Pat Brogan«, sagte Feeny.

In dem Rechteck aus Licht stand ein untersetzter Mann mittleren Alters, mit grobem blondem Haar über einem gleichmütigen geröteten Gesicht. Er trug einen schwarzen Pullover und eine schwarze Hose.

»Ah, der zähe Bursche«, begrüßte er Liam Pat und streckte eine Hand mit einer Schnittwunde am Daumen aus.

»Mr McTighe«, beendete Feeny die gegenseitige Vorstellung. »Wir sind zufällig vorbeigekommen.«

Mr McTighe führte sie in die Küche. Er riss zwei Dosen Bier auf und reichte jedem seiner Gäste eine. Dann nahm er eine dritte vom Kühlschrank. Carling Black Label.

»Wie läuft's, Liam Pat?«, fragte Mr McTighe.

Liam Pat antwortete, es laufe ganz gut, aber Feeny berichtigte ihn sanft. Immer wieder das Gleiche, erzählte er: Ein Polier mache einem irischen Burschen das Leben schwer. Mr McTighe machte mit seiner großen, eckigen Hand eine mitfühlende Geste. Er hatte eine heisere Stimme, die aus den Tiefen seiner Brust zu kommen schien. Aus Belfast, sagte sich Liam Pat, als er sich an den Akzent gewöhnt hatte. Ein Stadtkind.

»Ist dein Zimmer in Ordnung?«, fragte Mr McTighe, eine Frage, die Liam Pat überraschte. »Hast du dich eingelebt?«

Liam antwortete, das Zimmer sei in Ordnung, und Feeny sagte:

»Das hat dir Mr McTighe besorgt.«

»Das Zimmer?«

»Ja, natürlich.«

»Das Haus ist mir nicht unbekannt«, sagte Mr McTighe, ging aber nicht näher darauf ein. Stattdessen gab er ihnen einen Renntipp, Cassandra's Friend, beim ersten Rennen in Newton Abbot.

»Darauf kannst du dein letztes Hemd verwetten, Liam Pat«, riet Feeny und lachte. Sie blieben nicht länger als eine halbe Stunde und verließen die Küche, wie sie sie betreten hatten, durch die Tür zum Hinterhof. Auf der Straße sagte Feeny:

»Bei Mr McTighe bist du in guten Händen.«

Liam Pat verstand zwar nicht, aber er entgegnete nichts. Vermutlich hatte es etwas mit dem Renntipp zu tun, sagte er sich. Er fragte, wer der Mann sei, der jeden Sonntagmorgen wegen der Miete vorbeikam.

»Das weiß ich auch nicht, mein Junge.«

»Ich glaube, ich bin zur Zeit der einzige Mieter da. Ein paar sind ausgezogen, denke ich.«

»Dann ist es also ruhig?«

»Ruhig ist es schon.«

Liam Pat musste in dieser Nacht zu Fuß zum Haus zurücklaufen; bei Mr McTighe zu pennen war nicht in Betracht gekommen. Er brauchte fast zwei Stunden, aber die Nacht war schön, und es störte ihn nicht. In Gedanken ging er noch einmal das Gespräch durch und rief sich Mr McTighes Sorge um sein Wohlbefinden in Erinnerung, die ihn noch immer verwirrte. Als er sich hinlegte – es war so spät, dass er gar nicht erst seine Kleider auszog –, schlief er sofort ein.

Wochen vergingen, in denen Liam Pat Feeny nicht zu Gesicht bekam. Eins der anderen Zimmer in dem Haus, in dem er zur Miete wohnte, war inzwischen wieder besetzt, aber nur für ein Wochenende, danach schien er wieder allein zu sein. Eines Freitags gab Huxter Rafferty und Noonan die Papiere und beschuldigte sie, sich vor der Arbeit zu drücken. »Du kannst bleiben, wenn du willst«, sagte er zu

Liam Pat, und dieser merkte, dass der Polier ihn nicht entlassen wollte, weil er seinen Zweck als Huxters Zielscheibe erfüllte. Aber ohne seine Freunde war er einsam, und unaufhörlich nagte an ihm ein bitterer Groll, der seine Ursache darin hatte, wie der Polier ihn behandelte. Er erstreckte sich auf sämtliche Menschen, die ihm fremd waren, und verzerrte das Verhältnis zu ihnen.

»Ich glaube, ich gehe zurück«, sagte er, als er Feeny das nächste Mal eines Abends vor dem Spurs and Horse über den Weg lief. Zuerst hatte er gedacht, Feeny sei überempfindlich, wenn er von seinen Erlebnissen in einem Waschsalon erzählte oder davon, dass irgendwelche Teller gleich zweimal abgewaschen werden mussten; aber inzwischen hatte er das Gefühl, es könnte was dran sein. Man kaufte bei derselben Frau seine Zigaretten, und sie gab sich nicht einmal flüchtig mit einem ab, obwohl man erst am Vortag in ihrem Laden gestanden hatte. Das einzig Gute an dieser Stadt waren die Pubs, wo man Jungs aus Irland traf, fröhliches Geplänkel hörte und, wenn es gestattet war, gemeinsam Lieder sang. Doch sobald der Abend zu Ende ging, war man wieder allein.

»Warum willst du zurück, mein Junge?«

»Es passt mir nicht.«

»Ich weiß, was du meinst. Hab selbst oft dran gedacht.«

»Das ist doch kein Leben für einen jungen Kerl.«

»Die haben dich vergrätzt. Acht Jahrhunderte haben sie damit zugebracht, uns zu schinden, und jetzt sind sie schon wieder damit beschäftigt.«

»Er hat meine Mama eine Hure genannt.«

Huxter sei nicht würdig, Mrs Brogan die Schuhe zu binden, sagte Feeny. Das habe er alles schon erlebt, sagte er. »Die sind alle gleich, mein Junge.«

»Die paar Wochen auf der Baustelle, wo wir gerade sind, mach ich noch zu Ende.«

»Weihnachten wirst du wieder zu Hause sein.«

»So ist es.«

Sie gingen langsam durch die Straßen, die Pubs leerten sich, die Nachtluft war kalt und feucht. Feeny blieb in der Dunkelheit stehen, unter einer Straßenlaterne, die nicht brannte. Leise sagte er:

»Mr McTighe hat was für dich.«

Es hörte sich nach einem weiteren Renntipp an, aber Feeny verneinte. Schweigend ging er weiter, und Liam Pat dachte bei sich, bestimmt handele es sich um eine neue Arbeitsstelle, einen neuen Polier. Er dachte darüber nach. Huxter war das Schlimmste von allem, aber es ging nicht allein um Huxter. Liam Pat hatte Heimweh nach der Wohnsiedlung, nach der kleinen Stadt, wo einen die Leute grüßten. Seit er in London war, hatte er kaum je richtig gegessen: zum Frühstück und zum Mittagessen Sandwiches, die er am Vorabend gekauft hatte, später Hamburger und Fritten, sonntags in Bob's Dining Rooms. Vor seiner Ankunft hatte er sich gar nicht damit befasst – was er essen würde, wie ein Sonntag verlaufen würde. Manchmal sah er in der heiligen Messe ein Mädchen, das ihm gefiel, jedes Mal dasselbe Mädchen, ruhige Gesichtszüge, das Haar zurückgebunden. Doch als er, einige Wochen zuvor, nach der Messe auf sie zugegangen war, hatte sie sich wortlos abgewandt.

»Ich will keinen anderen Job«, sagte er.

»Warum solltest du, Liam Pat? Nach allem, was du durchgemacht hast?«

»Ich dachte, Sie hätten gesagt, Mr McTighe –«

»Ach nein, nein. Mr McTighe hat sich nur daran erinnert, dass ihr, du und Dessie Coglan, damals die kleine Zeitschrift verteilt habt.«

Sie gingen immer noch langsam. Feeny gab das Tempo vor.

»Aber damals waren wir noch Kinder«, sagte Liam Pat, erstaunt über das Gehörte.

»Trotzdem, damals hast du Farbe bekannt.«

Jetzt verstand Liam gar nichts mehr. Er wusste nicht, weshalb sie über eine Zeit sprachen, als er noch bei den Christlichen Schulbrüdern war, als Dessie Coglan und er die Freiheitszeitschrift in die Briefkästen gesteckt hatten. Sie taten es erst, wenn es dunkel geworden war, damit niemand sie sah. Verdeckte Arbeit, nannte es Dessie, und ein-, zweimal erwähnte er Michael Collins.

»Ich habe eine Nachricht von Mr McTighe«, sagte Feeny.

»Schauen wir wieder bei ihm vorbei?«

»Er wird uns ein Bier ausgeben.«

»Als wir die Zeitschrift ausgetragen haben, wollten wir doch nur den starken Mann markieren.«

»Man hat nicht vergessen, dass ihr sie ausgetragen habt.«

Liam Pat hatte nie gewusst, woher sie die Exemplare der Zeitschrift bezogen. Dessie Coglan sagte immer nur, von den Jungs, aber vermutlich war es der Herrenfriseur, Gaughan, ein älterer Mann, der 1921 vier Finger seiner linken Hand eingebüßt hatte. Liam Pat fiel auf, dass Dessie oft aus Gaughans Frisiersalon kam oder sich im Ladeneingang mit Gaughan unterhielt, unter dem Innungszeichen, der rot-weiß gestreiften Stange. Trotz seiner fingerlosen Hand konnte Gaughan noch immer einen Mann rasieren oder Haare schneiden.

»Kommt rein«, lud Mr McTighe sie ein und machte ihnen die Hintertür auf. »Eine unwirtliche Nacht.«

Sie saßen wieder in der Küche. Mr McTighe reichte Dosen Carling Black Label herum.

»Wirst du den Auftrag übernehmen, Liam?«

»Welchen Auftrag, Mr McTighe?«

»Feeny wird dich in alles einweihen.«

»Die Sache ist nur die, ich gehe zurück nach Irland.«

»Das hab ich mir schon gedacht. ›Der Mann will bestimmt nach Hause‹, hab ich mir gesagt. Hab ich das nicht gesagt, Feeny?

»Natürlich haben Sie das gesagt, Mr McTighe.«

»Ich habe mir nur gedacht, die Kleinigkeit könntest du für mich erledigen, bevor du dich auf den Weg machst, Liam. Wie wir es letztes Mal besprochen haben«, sagte Mr McTighe, und Liam fragte sich, ob er an dem Abend zu viel Bier getrunken hatte, denn er konnte sich nicht daran erinnern, dass sie irgendetwas besprochen hätten.

Feeny öffnete die Tür zu dem Zimmer, in dem die Vorhänge zugezogen waren, und holte das Zeug unter den Dielenbrettern hervor. Er schaltete nicht das Licht an, sondern leuchtete stattdessen mit einer Taschenlampe auf die Stelle, wo er mehrere Dielen hochgenommen hatte. Liam Pat erblickte rote und schwarze Drähte und das cremefarbene Ziffernblatt eines Zeitzünders. Ein Kinderspiel, sagte Feeny und machte die Taschenlampe aus.

Liam Pat hörte, wie die Dielenbretter zurückgelegt wurden. Er trat wieder hinaus auf den Gang, von dem die Zimmertür abging. Feeny und er durchquerten die Eingangshalle und stiegen die Treppe zu Liam Pats Zimmer hinauf.

»Lass das Rollo runter, mein Junge«, sagte Feeny.

Im Rahmen des Spiegels über dem Handwaschbecken steckte ein Foto von Liam Pats Mutter; bei dem von seinem Vater genau darüber hatten sich die Ecken eingerollt. Der billige braune Koffer, mit dem er aus Irland angereist war, stand geöffnet auf dem Fußboden, die Kleidungsstücke, die er im Waschsalon abgeholt hatte, waren unordentlich hineingestopft. Er hatte den Koffer bei Lacey's in der Emmet Street gekauft, am Tag nachdem er bei O'Dwyer gekündigt hatte.

»Jetzt hör mir gut zu«, sagte Feeny und setzte sich aufs Bett.

Die Matratzenfedern quietschten laut. Feeny streckte die Hand aus, um den jähen Ruck des Kopfbretts abzufangen. »Das freut mich«, sagte er und deutete mit dem Kopf auf eine Karte. Liam Pats Mutter hatte ihm das Versprechen abgenommen, sie in jedweder Bleibe, die er finden würde, aufzuhängen. In den Armen der Jungfrau hob das Jesuskind zwei plumpe Finger zum Segen.

»Ich will mit dem, was Sie sich da ausdenken, nichts zu schaffen haben«, sagte Liam Pat.

»Mr McTighe hat dich hergeholt, mein Junge.«

Feenys verschrumpeltes Gesicht war ausdruckslos. Sein priesterlicher Anzug hatte seine Form verloren und war an einem Ellbogen durchgescheuert. Von dem beschmutzten Kragen seines Hemdes hing eine Krawatte, dünn wie ein Schnürsenkel, der winzige Knoten hart und glänzend. Er starrte auf seine Knie, als er sagte, Mr McTighe habe Liam Pat aus Irland geholt. Liam Pat entgegnete:

»Ich bin aber von ganz allein gekommen.«

Feeny musterte noch immer den dunklen Stoff, der seine Knie bedeckte, als fürchte er auch dort eine Beschädigung, und schüttelte den Kopf.

»Mr McTighe hat dir das Zimmer besorgt. Mr McTighe hat sich um dein Wohlergehen gekümmert. ›Liam Pat Brogan, dem seine Art gefällt mir.‹ Das waren seine Worte, mein Junge. Als wir ihn das erste Mal besucht haben, hat er sich da nicht gleich am nächsten Tag telefonisch bei mir gemeldet, um acht morgens? Willst du wissen, was er damals gesagt hat?«

»Nein, lieber nicht.«

»›Liam Pat Brogan ist unser Mann‹, hat er gesagt.«

»Ich könnte trotzdem nicht tun, was Sie von mir verlangen.«

»Hör mir gut zu, mein Junge. Die kennen deine Vergangenheit nicht. Für die bist du nur ein Paddy, der zu Weihnachten nach Hause fährt, wie jeder andere auch. Verstehst du, was ich dir sage, Liam Pat?«

»Vor meiner Ankunft hatte ich von Mr McTighe noch nie gehört.«

»Er ist dir ein Freund, Liam Pat, genau wie ich. Bin ich dir etwa kein Freund gewesen, Liam Pat?«

»Doch, natürlich.«

»Mehr sage ich nicht.«

»Ich hätte nie den Mumm zum Bombenleger.«

»Glaubst du etwa, irgendjemand möchte Bombenleger werden? Gibt es irgendeinen Mann auf Gottes weiter Erde, der diese Wahl treffen würde, mein Junge?« Feeny verstummte. Er nahm ein Taschentuch aus seiner Hosentasche und führte es zur Nase. Zum ersten Mal, seit sie Liam Pats Zimmer betreten hatten, sah er ihn direkt an. »Es wird niemand zu Schaden kommen, mein Junge. Keine Gefahr für Leib und Leben. Nichts dergleichen.«

Liam Pat legte die Stirn in Falten. Er schüttelte den Kopf und deutete noch größere Verwirrung an.

»Mr McTighe möchte nicht, dass es zu Blutvergießen kommt«, fuhr Feeny fort. »Eine Sonntagnacht. Kannst du mir folgen? Sonntags ist die Stadt wie ausgestorben. Aber du darfst nicht das Geringste aufschreiben. Weder Datum noch Uhrzeit. Nichts, sage ich dir.« Er tippte sich an die Schläfe. »Nichts, du musst dir alles merken.«

Dann redete Feeny weiter. Da es im Zimmer keinen Stuhl gab, setzte sich Liam Pat mit dem Rücken zur Wand auf den Fußboden. Ein Kinderspiel, sagte Feeny abermals. Er sprach über Mr McTighe und über die Mission, von der er erfüllt war wie jeder Ire, der etwas taugte; je weiter man von zu Hause weg war, desto stärker wurde es. »Verstehst du?«, fragte Feeny und unterbrach seinen langen Redefluss häufig mit dieser Frage, er hatte Sorge, dass Unverständnis herrschte, wo Klarheit herrschen sollte. »Wolfe Tones Traum«, sagte er. »Isaac Butts und Charles Stewart Parnells Traum. Lord Edward Fitzgeralds Traum.«

Die Namen riefen in Liam Pat Erinnerungen an seine Schulzeit wach, an den Laienlehrer Riordan, der Informationen über sie verlangte. Seine dicke Oberlippe war von einem zerbissenen Schnurrbart verdeckt, auf seinem Nadelstreifenanzug hatte Kreidestaub gelegen. »War dieser Fitzgerald bei der Flucht der Grafen dabei?«, hatte Hasessy einmal gefragt, und Riordan war voller Verachtung gewesen.

»Das Massaker an den Unschuldigen«, sagte Feeny. »Bloody Sunday.« Er sprach von Lug und Trug, von Unwahrheiten und gebrochenen Versprechen, von einer Tyrannei, die sich kaum von Huxters Tyrannei unterschied. »O'Connell«, sagte er. »Pearse. Michael Collins, der Big Fellow. Das waren Männer, Liam Pat, und du wirst als einer von ihnen davongehen. Du wirst erhobenen Hauptes davongehen.«

So wie ein Fisch sich von einem Wurm ködern lässt, obwohl er misstrauisch ist, genauso ließ sich Liam Pat von

Feenys Beredsamkeit verlocken. An einem der Abende, als sie die Zeitschriften ausgetragen hatten, hatte Dessie Coglan ihm das Kompliment gemacht: »Mein Gott, du könntest der Big Fellow selbst sein.« Er hatte das Wegkreuz gesehen, mit dem Leben und Tod des Big Fellow geehrt wurden; erst vor ein paar Wochen hatte er sich den Film angeschaut. Er lehnte den Kopf gegen die Wand, und während er Feeny anblickte, sah er sich ausschreiten mit Michael Collins schwungvollem Schritt. Die Flut von Feenys Versicherungen und Versprechungen, die Verbindungen, die er herstellte, bewegten ihn. Dennoch sagte er:

»Aber es könnte jemand vorbeikommen.«

»Es wird niemand vorbeikommen, mein Junge. Deswegen ist die Wahl ja auf eine Sonntagnacht gefallen – um sicherzugehen. Nichts als leere Büros, keine Wachleute auf dem Gelände. Alles genauestens ausgetüftelt.«

Feeny erhob sich vom Bett. Er gab ein Zeichen mit der Hand, und auch Liam Pat stand auf. Bis zu dem gewählten Zeitpunkt, sagte Feeny, werde außer Liam Pat niemand im Haus sein. Schreib nichts auf, ermahnte er ihn nochmals. »Du wirst verhört werden. Vielleicht werden Polizisten den Zug besteigen. Oder sie werden am Hafen warten, wenn du dort ankommst.«

»Aber was soll ich ihnen sagen?«

»Nur, dass du über Weihnachten nach Hause fährst, in die Grafschaft Cork. Nur, dass du nicht in der Nähe des Ortes warst, nach dem sie dich fragen werden. In deinem ganzen Leben nicht. Nie davon gehört.«

»Werden sie fragen, ob ich Sie kenne? Werden sie fragen, ob ich Mr McTighe kenne?«

»Sie kennen diese Namen nicht. Falls sie dich nach Namen fragen, nenne ihnen die Namen der Burschen in deiner Kolonne, nenne Rafferty und Noonan, nenne ihnen irgendwelche Namen, die du in Pubs gehört hast. Nenne ihnen Feeny und McTighe, wenn dir sonst niemand einfällt. Die werden nicht wissen, von wem du redest.«

»Sind denn das nicht Ihre Namen?«

»Wie kommst du denn darauf, mein Junge?«

Liam Pats Protest, er könne das einfach nicht, schwächte sich zunächst nicht ab, doch als Feeny immer weiterredete und die Worte sich in Liam Pats Einbildungskraft zu Bildern verdichteten, er stets im Mittelpunkt von allem, wurde er von einer gewissen Erregung erfasst. Huxter würde nicht mitbekommen, was bevorstand; Huxter würde ihn ansehen und annehmen, er sei noch der Alte. Die Leute, die ihn nicht grüßten, wenn er Zigaretten oder eine Zeitung kaufte, würden ebenfalls keinen Unterschied wahrnehmen. Der Erregung wohnte eine Kraft inne, eine Energie, wie sie Liam Pat noch nie erlebt hatte. Jeden Morgen auf dem Weg zur Baustelle würde er ein Geheimnis in sich tragen. Er würde damit durch die Straßen gehen, eine Macht verspüren, wo vorher Leere war. »Du handelst ganz wie ein Mann aus Cork«, sagte Feeny, und in dem Zimmer mit den zugezogenen Vorhängen erläuterte er Liam Pat den Auftrag.

Bis zu dem ausersehenen Sonntag sollten noch sechzehn Tage vergehen. Während dieser Zeit wollte Liam Pat im Spurs and Horse auf dieselbe Art wie Feeny und Mr McTighe reden, auf eine verhaltene, rätselhafte Art, sodass die Worte, die er benutzte, eine geheime Bedeutung bekamen. Er war sich seiner gehobenen Stimmung und seines zuversichtlichen Auftretens bewusst, und leichter als früher ließ er sich ins Gespräch ziehen. Eines Abends fasste ihn die

Barkellnerin auf dieselbe Art ins Auge, wie Rosita Drudy es vor Jahren in Brady's Bar mit Dessie Coglan getan hatte.

Liam Pat sah Feeny nicht wieder – genau wie dieser es angekündigt hatte. Auch Mr McTighe sah er nicht wieder. Es kam auch keiner mehr, um die Miete abzukassieren, und sechzehn Tage lang war Liam Pat der einzige Mensch im Haus. Er hielt sich in seinem Zimmer auf, außer wenn er zu den durchgesägten Dielenbrettern ging und sie wegnahm, um sich mit der bevorstehenden Aufgabe vertraut zu machen und sich zu vergewissern, dass in der Sporttasche auch dann genügend Platz war, wenn der Zeitzünder so darin verstaut war, dass er sich mühelos einstellen ließ. In der Küche kochte er nicht, denn Feeny hatte ihm davon abgeraten. Zwar wusste er den Grund nicht, aber trotzdem gehorchte er dem Befehl. So fasste er den Ratschlag auf, als einen Befehl, der nicht zu hinterfragen war. Sein Abendbrot machte er sich in seinem Zimmer, butterte eine Scheibe Brot und bestreute sie mit Zucker, öffnete Dosen mit Bohnen oder Suppe und verzehrte den Inhalt kalt. Insgesamt fünf Mal hatte er die Fahrt hinter sich gebracht, die er an dem ausersehenen Sonntag antreten sollte. Wie Feeny angeregt hatte, stoppte er die Zeit, gewöhnte sich an die Fahrtstrecke und achtete auf die kleinste Abweichung.

Am Samstag vor dem Sonntag packte er seinen Koffer, fuhr, noch immer Feenys Anweisungen folgend, durch die Stadt und verstaute ihn in einem Schließfach in der Euston Station. Als er ins Haus zurückkehrte, sammelte er die Dosen, die er geöffnet hatte, sowie die Essensreste ein und füllte damit eine Tragetüte, die er in einer anderen Straße in einen Abfalleimer stopfte. Am nächsten Tag um ein Uhr nahm er in Bob's Dining Rooms eine Mahlzeit ein, die letzte, die er dort zu sich nehmen würde. Die Leute waren freundlicher als zuvor.

Als er das Haus zum letzten Mal verließ, blieb nichts von dem, was ihm gehörte, darin zurück. Feeny hatte ihm aufgetragen, sein Zimmer gründlich mit dem Philips-Staubsauger zu reinigen, der zum allgemeinen Gebrauch unter der Treppe stand. Er hatte ihm geraten, sämtliche Oberflächen zu saugen, und Liam Pat tat, wie ihm geheißen. Er benutzte keine Verlängerungsdüse, sondern nur die kleine runde Bürste am Saugrohr. Zu seinem eigenen Schutz. Als letztes wischst du die Türklinken mit einem Papiertuch ab, hatte Feeny geraten, wo immer er sie angefasst haben könnte.

Um kurz nach sieben übte er noch einmal die Einstellung des Zündzeitpunkts. Im unteren Zimmer wollte er eine Zigarette rauchen, unterließ es aber, weil Feeny es untersagt hatte. Er zog den Reißverschluss der Sporttasche zu und trat mit ihr aus dem Haus. Draußen zündete er sich eine Zigarette an.

Auf dem Weg zu der zwei Straßenzüge entfernten Bushaltestelle warf er die Hausschlüssel in einen Gully, auch dies eine Anweisung. Als Feeny ihm riet, die Oberflächen zu reinigen und sicherzustellen, dass nichts zurückblieb, was seine Identität verraten könnte, hatte Liam Pat den Eindruck gehabt, dass Mr McTighe sich mit so etwas nicht abgegeben hätte, dass Mr McTighe nur daran interessiert war, dass der Auftrag ausgeführt wurde. Im Bus ging er aufs Oberdeck und setzte sich nach hinten. An der nächsten Haltestelle stieg ein Pärchen aus, sodass er allein war.

In diesem Augenblick bekam Liam Pat es mit der Angst zu tun. Es war eine Sache, sich an Huxter zu rächen, zu wissen, dass Huxter nichts wusste; es war eine Sache, von einer Barkellnerin angelächelt zu werden. Aber eine ganz andere Sache war es, mit einer Sprengladung in einem Bus zu sitzen. Die Erregung, die ihn gewärmt hatte, solange er Feeny zuhörte, solange er auf dem Fußboden saß und den Kopf gegen die Wand lehnte, hatte sich verflüchtigt. Dass Mr McTighe ausgerechnet ihn auserwählt hatte, bedeutete ihm nichts mehr, und als er versuchte, sich selbst in Michael Collins' Trenchcoat vorzustellen, mit Michael Collins' schwungvollem Schritt, so herrschte auch da nur Leere. Feenys Gerede, er handele ganz wie ein Mann aus Cork, klang sinnlos.

Er stellte die Sporttasche auf den Boden und klemmte sie sich zwischen die Füße. In seinen Armen breitete sich eine Schwäche aus, und einen Moment lang glaubte er schon, die Tasche nicht mehr anheben zu können, doch als er es versuchte, schien alles in Ordnung zu sein, obwohl die Empfindung der Schwäche noch anhielt. Einen Augenblick später zwang ihn ein Schwindelanfall, die Augen zu schließen.

Der Bus schlingerte und rüttelte durch die menschenleeren Sonntagabendstraßen. Wenn er an den Haltestellen im Leerlauf stand, vibrierte der Motor, und Liam musste wiederholt zwischen seine Knie langen und die Sporttasche am Griff festhalten, damit sie nicht noch weiter erschüttert wurde. Er wollte aussteigen, die Treppe, die sich neben seinem Sitzplatz befand, hinunterhasten, vom Bus abspringen und die Tasche stehen lassen, wo sie stand. Er ahnte, was er nicht begriff: dass all dies schon einmal geschehen war, dass ihn deshalb ein so plötzliches Entsetzen gepackt hatte, weil er etwas erlebte, was er schon einmal erlebt hatte.

Zwei Mädchen kamen plappernd die Treppe herauf und

gingen bis ganz nach vorn durch. Lachend setzten sie sich hin, eine von ihnen beugte sich vor, weil sie nicht länger an sich halten konnte. Die andere fuhr in ihrer Erzählung fort, auch sie lachte, aber Liam Pat konnte nicht hören, was sie sagte. Der Schaffner kam, um ihr Fahrgeld entgegenzunehmen, und als er gegangen war, stellten die beiden fest, dass sie kein Feuer für ihre Zigaretten hatten. Die eine, die so viel gelacht hatte, saß am Fenster. Die andere stand auf. »Danke«, sagte sie, als sie Liam Pat fragte, ob er ein Feuerzeug habe, und er ihr seine Schachtel mit Streichhölzern reichte. Weil seine Hände zitterten, riss er keins an, aber sie musste es wohl trotzdem gesehen haben. »Danke«, sagte sie noch einmal.

Es hätte auch ein Traum sein können. Ebenso gut hätte er träumen können, dass er mit der Tasche in einem Bus saß. An dem Abend, als er Feeny zum letzten Mal gesehen hatte, hatte er vielleicht einen Traum gehabt, in dem er in einem Bus saß, und als er anderntags aufwachte, versuchte er, sich zu erinnern, aber es gelang ihm nicht.

Das Mädchen, das am Fenster saß, blickte über ihre Schulter, als habe sie erst eben erfahren, dass er ihrer Freundin die ganze Schachtel gereicht hatte, statt ein Streichholz für sie anzureißen. Deswegen würden sie sich an ihn erinnern. Die andere, die ihn angesprochen hatte, würde sich an die Sporttasche erinnern. »Tschüss«, sagte sie, als die beiden ein paar Haltestellen später ausstiegen.

Es war kein Traum. Es war die Zeitung *The Examiner*, die einige Monate zuvor ausgebereitet auf dem Küchentisch gelegen hatte. Sein Vater hatte wegen des Begräbnisses den Kopf geschüttelt und mit Bitterkeit in der Stimme gefragt, warum man die Leute nicht ihrem Leid überlassen konnte, warum Fremde kamen, die den Sarg schultern wollten.

»Mein Gott! Mein Gott!«, hatte seine Vater ungestüm ausgerufen.

Beim ersten Mal war die Sache nicht gut ausgegangen. Auch da eine Sonntagnacht, ein anderer Bursche, ein anderer Bus. Liam Pat versuchte, sich an den Namen des Jungen zu entsinnen, aber er fiel ihm nicht ein. »Armer blutiger Held«, hatte sein Vater gesagt.

Ein anderer Dessie Coglan hatte den Big Fellow gespielt, alles arrangiert, in Verbindung mit einem anderen Gaughan, in Verbindung mit den Jungs, die gekommen waren, um am Grab vorbeizudefilieren. Ein anderer Huxter war auserwählt worden. Ein anderer Feeny hatte gesagt, es bleibe genügend Zeit, um hinterher sicher zur Euston Station zu gelangen, keine Gefahr für Leib und Leben, der Zug gehe genau um zehn. Die Leichenfetzen waren vom Bürgersteig und von der Straße geschabt worden, Haut und Knochen, fünfzig Meter entfernt ein Stück von einer Geldtasche.

Big Ben schlug eben acht, als er ausstieg. Er trug die Sporttasche in einigem Abstand von seinem Körper, obwohl er wusste, dass die Vorsichtsmaßnahme zwecklos war. Seine Hände zitterten nicht mehr, das Gefühl der Übelkeit in seinem Magen war abgeklungen, aber er hatte noch immer Angst, die gleiche Angst, die ihn im Bus erfasst hatte, kalte Angst.

Unweit der Glockenschläge von Big Ben führte eine Brücke über den Fluss. An seinem ersten Wochenende in London hatte er sie gemeinsam mit Rafferty und Noonan überquert, in dem Glauben, sie seien auf dem Weg nach Fulham, dabei hatten sie sich völlig verlaufen. Er wusste, welchen Weg er einschlagen musste, doch als er die Flussmauer erreichte, musste er warten, weil Menschen herumstanden und Autos vorbeifuhren. Und als der Augenblick gekommen war, als er die Tasche auf die geschwungene Mauerkrone gehoben hatte, fuhr ein weiteres Auto vorbei, und er dachte schon, dass es anhalten und umkehren würde, da die Insassen wüssten, was er vorhatte. Doch der Wagen fuhr weiter, und die Tasche fiel mit einem kaum wahrnehmbaren Platschen in den Fluss, und es passierte nichts.

O'Dwyer hatte Arbeit für ihn, er müsse sich aber bis März gedulden, bis der alte Hoyne das Ruhestandsalter erreiche. Er würde wieder die Mischmaschine bedienen, Dächer teeren, nach Feierabend den Hof ausfegen. Er werde es noch zu etwas bringen, sagte O'Dwyer. Warte nur ein Weilchen, man weiß nie; warte nur ein Weilchen, Liam Pat könne noch seine rechte Hand werden. Er sei ihm nicht böse, nur weil er sich eine Weile aus dem Staub gemacht habe.

»Sag lieber nichts«, hatte Mrs Brogan ihren Mann an dem Abend, an dem Liam Pat so unerwartet zurückgekehrt war, in einem ruhigen Augenblick gewarnt. Es hatte sie beide überrascht, dass er diese Route gewählt hatte, einen Umweg, wo er doch dieselbe Strecke hätte nehmen können wie auf der Hinfahrt, die Passage nach Wexford. »Ich hab den Sieben-Uhr-Zug verpasst«, log er, und Mrs Brogan wusste, dass er log, denn bei ihren Kindern trog ihr Instinkt sie nicht. Vielleicht hatte seine plötzliche Rückkehr etwas mit einem Mädchen zu tun, sagte sie sich. Aber auch das ließ sie unerforscht.

»Ach, das ist halt nicht für jeden«, sagte Dessie Coglan in Brady's Bar. Rosita stand kurz vor der Niederkunft, und er redete von nichts anderem. Er habe noch nie eine Frau gekannt, die so schnell schwanger werde wie Rosita, sagte er. Er fragte Liam Pat nicht, ob er die Telefonnummer verwendet habe, die er ihm gegeben hatte, ob er auf diese Weise Arbeit gefunden habe. »Es könnten gut und gerne vierzehn werden«, sagte er. Rosita war eins von elf Kindern.

Liam Pat sagte nicht viel, weder zu O'Dwyer noch daheim oder zu Dessie Coglan. Die Zeit schlich, während der alte Hoyne die wenigen Monate abarbeitete, die ihm von all den Jahren mit O'Dwyer noch verblieben. Der alte Hoyne war nie zu einer höheren Position als der eines Handlangers aufgestiegen, und Liam Pat wusste, dass ihm dasselbe bevorstand.

Jeden Nachmittag lief er die Straße nach Mountross entlang, die eisige Luft einer bitterkalten Jahreszeit biss ihm in die Hände und ins Gesicht. Wenn er im Januar und im milderen Februar täglich an dem verrosteten Tor der Mountross Abbey vorbeikam und an dem Wegweiser nach Ballyfen, dachte er an das Begräbnis und an die unerwünschte Anwesenheit der Jungs, und so manches Mal stellte er es sich als sein eigenes vor.

Sein ganzes Leben lang würde er niemandem davon erzählen können. Nie würde er das stumme Haus oder die gleichmütige Miene Mr McTighes beschreiben, Feenys Reden wiedergeben können. Nie würde er von den Mädchen im Bus berichten können, davon, dass er das Streichholz nicht hatte anreißen können oder wie jäh ihm aufgegangen war, dass dies der zweite Versuch war. Nie würde er erzählen können, wie er mit der Sporttasche an der Flussmauer gestanden hatte und dass, als sie auf der Wasseroberfläche aufschlug, nichts passiert war. Auch nicht, dass er geweint hatte, als er davonging, dass ihm die Tränen über die Wangen gelaufen und auf seine Kleidung getropft waren, dass er um den Bombenleger geweint hatte, der er selbst hätte sein können.

Ebenso gut hätte er die Tasche auch im Bus liegen lassen können, wie es ihm durch den Kopf gegangen war. Er hätte die Treppe hinunterhasten und rasch abspringen können. Doch in seiner Angst hatte er eine Spur Mut gefunden, und die hatte mit dem Jungen zu tun: Das wusste er jetzt und konnte sich an das Gefühl erinnern. Es war seine Trauer um den Jungen, so wie er um sich selbst hätte trauern können.

Auf seinen Spaziergängen oder wenn er sich zu den Mahlzeiten an den Tisch setzte und dem Gespräch seiner Eltern lauschte, war die Trauer noch immer da, einsam und heimlich. Sie war in Brady's Bar und in den Läden der Stadt, wenn er für seine Mutter Besorgungen erledigte. Sie würde da sein, wenn er O'Dwyers Betonmischer übernahm, wenn er nassen Zement schaufelte und bei jeder Witterung malochte. Auf der Straße nach Mountross schritt Liam Pat nicht mit Michael Collins' schwungvollem Schritt aus, vielmehr wunderte er sich über den Mut, den seine Angst ihm gestattet hatte, und flehte darum, dass seine Trauer nie enden möge.

EIN GESCHÄFTSFREUND

Sie verliebten sich, als einen ganzen Sommer lang *A Whiter Shade of Pale* gespielt wurde. Sie heirateten, als Tony Orlando *Tie a Yellow Ribbon Round the Old Oak Tree* sang. Diese Melodien sind nur mehr blasse Erinnerungen, kaum noch vorhanden; Procol Harum, Suzi Quatro und Brotherhood of Man haben sie längst vergessen und sich Brahms zugewandt.

Um ihre Ehe steht es gut, sie hat die Stadien des Bundes fürs Leben mühelos durchlaufen und allen Stürmen getrotzt. Wenn Clione zurückblickt, kommt es ihr lächerlich vor, dass sie sich einst erregte, weil ihr Mann auf ihrer ersten Abendgesellschaft die unschuldige Bemerkung von sich gab, sie habe die Windbeutel nicht selbst gebacken. Es sei seinerseits lächerlich gewesen, hatte James sich entschuldigt, dass er, als sie Kaffee über Pedburys *Der optimistische Gärtner* geschüttet hatte, aus dem Haus gestürzt war, lächerlich, dass er nicht die Ruhe bewahrt hatte, als sie in der Gare de Lyon den Nachtzug verpassten, lächerlich, dass sie sich gestritten hatten, als die Handwerker die verkehrten Fliesen legten.

Heftige Leidenschaft und rasch aufkommende Empfindlichkeit waren den Freuden und den Zwängen des Familienlebens gewichen – drei heranwachsende Kinder, alternde Großeltern. Als die Kinder noch ein Stück erwachsener wurden, als Sunset Home einen Großvater, Caring Fold eine Großmutter aufnahm, kehrte Ruhe ein. Geben und Nehmen lautete der Grundsatz der mittleren Ehejahre; die Ehe stellte sich allen Widrigkeiten und obsiegte. Nun, da die Schlachten geschlagen, die Hundstage des Ennui ausgestanden sind, scheint ihre Liebe ungefährdeter als zuvor.

Clione ist so schlank wie eh und je, sie hat große blaue Augen, die, gelegentlich, noch immer etwas Verschrecktes an sich haben. Bislang hat die Schönheit nicht mit ihr abgeschlossen: Ihre zarten Gesichtszüge – klassisch gerade Nase und schön geformte Lippen – sind, wie sie schon immer waren, und Krähenfüße haben einen eigenen Reiz. Sie ist froh, dass sie keinen anderen geheiratet hat, und wäre nicht ein Mal versucht gewesen, ihm untreu zu werden. Sie weiß – sie braucht ihn nicht zu fragen –, dass auch ihr Mann nicht treulos gewesen ist.

Er handelt mit Erstausgaben und Autografen. Außerdem betreiben sie gemeinsam die Asterisk Press und veröffentlichen Verse von Dichtern, die gerade in Mode sind, Novellen, Kurzgeschichten, von Zeit zu Zeit ein Dutzend Seiten mit den Erinnerungen eines Autors, dessen Ansehen das Interesse der Sammler garantiert. Sie betreiben ihr Geschäft in ihrem Haus, einem alten Vorstadthaus im Südwesten Londons, unweit des Flusses. Auf der Jagd nach vergessenen Folianten, nach der Korrespondenz von Literaten, lebenden und toten, besuchen sie Auktionen in der Provinz. Die Anforderungen der Asterisk Press – Auswahl von Schriftart und Bindung, Papier von genau passendem Farbton und Gewicht, Versandbestellungen – sorgen für Kontrast. Etwa alle sechs Monate erscheint ein Katalog, in dem beide Erwerbsquellen zusammengefasst sind.

Vor Jahren hat der Handel mit Erstausgaben und anderen Raritäten Michingthorpe auf den Plan gerufen, der sich hauptsächlich auf, wie er sie bezeichnet, Notate aus dem 19. Jahrhundert spezialisiert hat. »Ein Geschäftsfreund«, nennt ihn James, doch diese Bezeichnung sagt längst nicht alles. Schon vor der Geburt der Kinder, vor der Beisetzung der Großeltern ist Michingthorpe regelmäßig in dem Haus am Fluss zu Gast gewesen. Mitgebracht hat er die Begeisterung für flüchtige Notizen, mit denen es eine besondere Bewandtnis hat; am meisten entzückt ihn ein Fund, der gegen die vorherrschende akademische Meinung verstößt, ihr widerspricht. Doch für ihn kommt alles infrage, denn alles hat eine besondere Bewandtnis oder bekommt sie in Michingthorpes Besitz. Liebevoll werden Brieffetzen ausgebreitet; der Anfang eines Kapitels von Dickens, das der Autor nicht weiterführte; frustrierte Verszeilen von Coleridge, durchgestrichen und neu begonnen; eine Notiz an einen Schneider, Initialen auf einer Rechnung. Sie alle sind James und Clione zur Prüfung und Bewunderung vorgelegt worden.

Michingthorpe redet meist über sich selbst. Wenn er sich über die besondere Art auslässt, wie ein bedeutender viktorianischer Autor seine Ls oder Ys schnörkelt, versteht er es, der Sache eine persönliche Bedeutung abzugewinnen, und führt im Weiteren aus, dass er selbst seine Buchstaben auf die gleiche Art schnörkelt oder auch nicht. Wenn er auf eine Bemerkung zur Wetterlage oder auf eine Wettervorhersage eingeht, erinnert er sich gleich daran, wie er einmal in Venedig war – einer Kritzelei von John Cross auf den Fersen – und ein sechs Tage anhaltender Regenfall den Wasserstand der Kanäle so erhöhte, dass er in seinem Hotel eingesperrt war und nichts Besseres zu lesen hatte als, zum wiederholten Male, Chestertons Browning-Biografie, die ihm schon bei der ersten Lektüre nicht zugesagt hatte. Ist Frost angekündigt, fällt ihm prompt ein, dass Frost Unpässlichkeit auslöst. Er hatte einen Onkel, der bei einem Sturm ums Leben kam, vom Ast eines Kirschbaums erschlagen.

Schon als er ihr Geschäftsfreund wurde, hat Michingthorpe zu Jugendspeck geneigt; inzwischen ist er richtig dick. Das Fleisch, das die Konturen seines Gesichts verwischt, ist blass. Die Augen, hinter Brillengläsern, sind schieferfarben und klein. Als er noch jünger war, trug er die Haare konventionell kurz geschoren; inzwischen sind seine Ohren auf so unverwechselbare Art von einer grauen Matte bedeckt, dass Clione ihren schadenfrohen Sohn hat sagen hören, Michingthorpe gleiche einem der Jünger aus dem Neuen Testament. Wäre es Michingthorpe selbst zu Ohren gekommen, er hätte nichts dagegen einzuwenden gehabt; möglicherweise hätte er sich daran erinnert, wie er als Schuljunge einen Aufsatz über das Letzte Abendmahl verfasst und einen Preis dafür bekommen hat. Er begrüßt es, wenn über ihn geredet wird, nachteilige Bemerkungen fasst er selten als solche auf.

Als ihr mittleres Kind drei Jahre alt war, kam Clione eines Tages ins Wohnzimmer und hörte, wie Michingthorpe erklärte, weshalb er keine Austern vertragen könne. Er erzählte, bei bestimmten Anlässen wäre es fast zu einer Katastrophe gekommen, bis ihm endlich klar wurde, dass er keine Austern vertrug. Noch immer mit dem Thema seiner Verdauung befasst, sprach er als Nächstes von einer Damenschneiderin, die ihn, als er noch ein Kind war, ins Herz geschlossen hatte und ihm immer hart gebackene Brötchen hinstellte, wenn er bei ihr vorbeischaute. Die Brötchen erwiesen sich als bekömmlich, obwohl er bei einer Gelegenheit gleich sieben auf einmal verdrückt hatte.

Dann wechselte er, ohne Gesichtsausdruck oder Tonfall zu ändern, das Thema und berichtete darüber, wie er zum ersten Mal eine Brille aufgesetzt habe: Alles sei umgekippt – ganze Zimmer, Laternenpfähle und der Bürgersteig, auf dem er ging. Dies führte zu einer weiteren Erinnerung an einen Ausspruch, den jemand getan hatte: »Wir sehen Gottes Welt, wie Gott will, dass wir sie sehen.« Einmal hatte er in einem Zoo miterlebt, wie ein Gorilla entfloh. Ein andermal hatte er auf der Straße den verstorbenen Boris Karloff erkannt. Oft redet er von Kellnern: wie geschickt oder nachlässig einer letzte Woche war, was er bei dieser Gelegenheit aß, in wessen Gesellschaft er sich befand. Seine Restaurantbegleiter gehören stets der Branche an, Geschäfte werden bei Suppe, Vorspeise und Dessert abgewickelt.

Seit einiger Zeit schien Michingthorpe sich legerer zu kleiden: Kleidungsstücke, die an Jugendlichen kaum ins Auge stechen – Jeans und T-Shirts –, wirken bei seinem langen grauen Haar auffälliger, als wollten sie etwas unterstreichen oder eine Illusion verewigen. Dazu dicke Pullover mit Hirschhornknöpfen auf der Brust.

»Ich denke, wir alle haben Freunde, in deren Augen wir nicht gerade vorzeigbar sind«, hat Clione gesagt und ihren Mann und ihre Kinder zum Lachen gebracht, weil Clione alles andere als nicht vorzeigbar ist.

Die Kinder, die inzwischen erwachsen sind – der schadenfrohe Sohn, zwei jüngere Mädchen –, haben längst gelernt, Michingthorpe als Teil des Inventars anzusehen, wie die vertrauten Möbelstücke im Hause ihrer Eltern. Er ist etwas, das ebenso lange da gewesen ist wie das Sofa mit den Knöpfen in der Diele oder das hässliche Bild von den Karren ziehenden Maultieren an der Treppenwand, wie der kleine Sekretär auf dem Gang im Obergeschoss. Ihr ganzes

Leben hindurch ist er gekommen und gegangen, erwartet und unerwartet, hat sofort irgendeine Begebenheit, die er auf einer Reise erlebt hat, zum Besten gegeben. »O Gott, dieser Mann!«, haben die Kinder ausgerufen, als sie jung waren, als sie älter waren. Nicht dass Michingthorpe sie je wirklich wahrgenommen hätte, scheint er doch immer noch nicht in der Lage, sie auseinanderzuhalten. Untereinander überlegen sie, wie sie es schon immer getan haben, weshalb er überhaupt noch ein willkommener Gast im Hause ihrer Eltern ist. Das verwirrt sie, doch dann verbuchen sie es als eines jener kleinen Rätsel, die die Generationen auf mysteriöse Weise voneinander trennen.

Inzwischen sind die Kinder selber Gäste, kehren ins Haus zurück, wenn sie krank oder unglücklich verliebt sind, obwohl sie oft aus dem Haus gehen, ohne irgendetwas erwähnt zu haben; oder sie kehren zurück, weil sie, alle drei, ihrer Mutter und ihrem Vater liebevoll zugetan sind. An einem regenfeuchten Wochenende im Februar lockt der einundfünfzigste Geburtstag ihrer Mutter sie zum sonntäglichen Mittagessen, das letzte Mal, dass er in diesem Haus begangen wird, denn nach fast fünfundzwanzig Jahren steht ein Umzug bevor. »Wir trödeln herum wie zwei alternde Erbsen«, hat Clione gesagt, »jetzt, wo ihr aus dem Haus seid.« Zwei Tage zuvor haben sie ein Angebot für eine umgebaute Malzdarre in Sussex eingereicht. Morgen werden sie erfahren, ob es akzeptiert worden ist.

Falls es nicht akzeptiert wird, ist Clione insgeheim entschlossen, das zusätzliche Geld irgendwie doch noch aufzutreiben und den geforderten Preis in voller Höhe zu zahlen. Sie hat ihre Kindheit auf dem Land verbracht und überlegt bereits, ob sie wie früher einen Hund – einen Spaniel – halten soll. Seit ihre Kinder aus dem Haus sind, steht ihr mehr Zeit zur Verfügung; sie möchte wieder eigenes Gemüse anbauen, ein Spargelbeet anlegen, Anemonen, Klematis und Nieswurz züchten. Eine innere Stimme sagt ihr, dass sie große Freude daran haben wird.

Die Aussicht muntert Clione auf, nachdem die Kinder, alle auf einmal, am Spätnachmittag wieder fort sind und das Haus, in dem sie zur Welt kamen, wieder still geworden ist. Sie trägt ein Kleid, das sie sich eigens für ihr Geburtstagsessen gekauft hat, zwei Grüntöne, um den Hals ein seidenes Tuch mit Efeumuster. Das Wohnzimmer ist mit Geschenken vollgestopft, auf dem Fußboden liegen zerrissene Pappschachteln, vier verschiedene Sorten bunten Glanzpapiers, das zusammengefaltet werden muss: Weihnachten wird sie wieder Verwendung dafür finden. Ihre Grußkarten stehen auf dem Kaminsims. Neben ihr, auf dem Kaminvorleger, wo sie kniet, steht eine Pfeffermühle von Rösle, auf dem Sessel, in dem sie gewöhnlich sitzt, ihre neue gelbe Kaffeemaschine. Daneben eine CD mit Mahlers Sechster Symphonie. Die Glut rauchfreier Kohle strahlt ein wenig Wärme aus.

Clione vermisst ihre Kinder. Deswegen fühlte sie sich zu der Malzdarre hingezogen, zu den Gedanken an Gemüse und Zierpflanzen. Und immerhin besteht die Chance, dass auch ihre Kinder sich dorthin gezogen fühlen werden, dass sie häufiger zu Besuch kommen werden als in das Haus in London, dass sie sich an der sommerlichen Landschaft und an den Wochenendspaziergängen auf den Feldwegen erfreuen werden, an der winterlichen Kargheit, den skelettartigen Bäumen, den blattlosen braunen Hecken. Manchmal sehnt sie sich nach ihren Kindern, möchte die Uhr zurückdrehen bis zu dem Zeitpunkt, als es kindliche Sorgen gab, die sie mühelos zerstreuen konnte, als ihre Kinder ihr schenkten, was ein Ehemann nicht zu schenken vermag, nicht einmal der großzügigste. Dass ein Kind tot geboren wurde, darüber sprechen sie nicht, weder James noch sie selbst; ihre Kinder wissen nichts davon.

Sie verscheucht die aufsteigende Melancholie und denkt wieder an den Wechsel der Jahreszeiten in einem Garten, den es noch nicht recht gibt, daran, wie sie in den oberen Räumen das gesamte Zubehör der Asterisk Press unterbringen soll. Sie kniet nicht mehr, sondern lehnt sich zurück gegen die Sitzfläche des Sessels, die Beine hat sie bequem abgewinkelt. Ihre Lider erschlaffen.

Michingthorpe hat eine Art, die Türglocke zu läuten, die, zumindest in diesem Haus, anzeigt, wer es ist: ein einmaliges kurzes Klingeln, kürzer als das der meisten Menschen. Michingthorpe weiß, dass der Klang in sämtlichen Zimmern zu hören und, falls ihm auf sein Signal hin niemand öffnet, niemand zu Hause ist, selbst wenn einige Lichter brennen.

Clione, aufgeschreckt aus ihrem Nickerchen, stellt sich vor, dass er bereits im Zimmer steht und ihr, wie ihre Kinder, ein in Glanzpapier eingewickeltes Geschenk bringt. Die eher unwahrscheinliche schlaftrunkene Fantasievorstellung hält noch eine Weile an. Sie sieht sich Michingthorpe voller Dankbarkeit umarmen – was sie noch nie getan hat – und hört sich einen Ruf ausstoßen über das, was ihr Besuch da mitgebracht hat!

Die Dämmerung weicht der Dunkelheit. Sie schaufelt mehr Kohle auf das Kaminfeuer, dann zieht sie vor allen drei Fenstern die Vorhänge zu. Unten schlägt die Dielentür. Minuten später steht Michingthorpe in seinem langen schwarzen Mantel in der Wohnzimmertür, ohne Geschenk.

»Natürlich wusste ich, dass es dort war.« Er spricht zur Luft, wie er es immer tut, ohne jemanden anzureden. »Die Beerdigung vor zwei Monaten, die Auflösung der Bibliothek am achten. Die hatten ja keine Ahnung. All das Zeug und keine Ahnung. Ich brauchte nur zuzugreifen.«

Er legt seinen Mantel nicht ab. Es ist so eine Art von ihm, ihn manchmal anzubehalten. Er setzt sich, redet immer noch, sagt, er habe im alkoholfreien Hotel der Stadt übernachtet, die er besucht hat, dem einzigen Hotel am Ort. Er und der örtliche Buchhändler waren die einzigen Händler, und der Buchhändler wollte lediglich den Hardy haben. Michingthorpe sitzt schwerfällig auf dem Sofa, putzt seine Brille und setzt sie, während er spricht, bedächtig wieder auf.

»Scheußliche Fahrt. Zweimal umsteigen und bei Immington ein Baum auf den Gleisen. Natürlich musste ich die Grossmith-Sachen mit Anmerkungen versehen.«

James schenkt ein und nickt. Sein blondes Haar ist farblos und schütter geworden; in hellbraunen Cordhosen, kariertem Winterhemd, hellbraunem Pullover wirkt er ein wenig gebeugt.

»Cliones Geburtstag«, sagt er und hält Michingthorpe einen Kir hin.

Aber nichts, was außerhalb seiner selbst liegt oder Teil anderer Personen ist, kann Michingthorpe erschüttern. Seine Oberfläche reicht tief, denn die bessere Kenntnis seiner Person fördert auch nicht mehr zutage als das, was die Oberfläche gleich zu Beginn preisgibt. Sein Hobby sei es, im Internet zu surfen, sagte er manchmal.

Clione, die sich von dem Wein zum Mittagessen noch ein wenig benebelt fühlt, schüttelt den Kopf, als ihr ein Getränk gereicht wird, und räumt stattdessen das Zimmer auf. Michingthorpe sagt, er sei zu dem Schluss gelangt, dass Conrad eine Korrespondenz mit einer Frau namens Rosa Hoogwerf unterhalten hat.

»Damals wohnte sie in Argentinien, aber der Grund bleibt mir ein Rätsel. Ich habe den Namen im Netz eingegeben.«

Clione überlegt, ob ihm wohl aufgefallen ist, dass sie eine gelbe Kaffeemaschine durchs Zimmer getragen hat, oder ob er bemerkt, dass sie jetzt die Reste der Pappschachteln vom Boden aufliest. Sie räumt die Geburtstagskarten vom Kaminsims.

»Eine Frau in Ungarn«, sagt Michingthorpe. »Klingt ganz danach, als sei sie Rosa Hoogwerfs Enkelin.«

Er hat den Kir, der ihm eingeschenkt worden ist, entgegengenommen, und Clione fragt sich, warum er da ist, dann wird ihr klar, dass er ihnen von der Reise erzählen will, die er unternommen hat, und von der Beute, die ihm zugefallen ist. Jemand, der ihn einmal in seiner Wohnung aufgesucht hat, sah in dem geöffneten Kühlschrank eine einzige Flasche Milch, einen Teller mit rohen Würstchen und Butter, die noch in ihrer Folie steckte. Michingthorpe ist unverheiratet, hat anscheinend noch nie eine Beziehung mit irgendjemandem – ob Mann oder Frau – gehabt, die den Namen verdient hätte. Das wird allgemein vermutet, allerdings mit einigem Recht, denn die bekannten Tatsachen widersprechen der Vermutung nicht.

Clione setzt sich wieder. Das Gespräch trübt sich zu einem grauen Gemurmel, dem sie nicht folgt. Sie verspürt keine Abneigung gegen Michingthorpe, das hat sie noch nie; er ist kein Feind. Manchmal denkt sie, dass er nicht einmal ein fader Kerl ist, sondern nur ein Schemen mit kleinen schieferfarbenen Augen und Teenagerhaar von biblischem Aussehen. Ihr ist nicht klar, woher sie weiß, dass er sie liebt.

»Nicht dass ich mich alt fühle«, hört sie ihn plötzlich sagen und fragt sich, ob er endlich mitbekommen hat, dass im Haus ein Geburtstag gefeiert wurde, ob er mitgeteilt hat, wann seiner ist, im August, wie er früher schon einmal erwähnt hat. »Die Frau wohnt in Miskolc. Sie spricht etwas Englisch.«

Solange Clione zurückdenken kann, hat er ihr noch nie in die Augen geblickt, denn das tut er bei niemandem; und doch weiß sie es. Seit mehreren Jahren – und schon vorher, denn sie spürt, dass es länger zurückreicht – gibt es etwas, was ihr selbst jetzt noch außerordentlich vorkommt: Kaum zu glauben, dass Michingthorpe jemanden lieben, kaum zu glauben, dass er ein Geheimnis haben kann. Als sie die eingesammelten Pappstücke verbrennt, hört sie dem Gespräch immer noch nicht zu, sondern fragt sich erneut, ob er wohl mitbekommen hat, dass sie seine Zuneigung spürt.

»Endlich können wir das Haus verkaufen.«

Sie hört, wie James die Information weitergibt, und als sie aufblickt, sieht sie die Ausdruckslosigkeit, die die Neuigkeit in Michingthorpes plumpen Gesichtszügen hervorruft, wie sie sich immer einstellt, wenn ein Gegenstand, an dem er nicht das geringste Interesse hat, seine Aufmerksamkeit erfordert.

»Wir haben eine Malzdarre gefunden«, sagt sie.

Jetzt erfolgt eine andere Reaktion. Zum ersten Mal, seit Clione mit ihm Bekanntschaft geschlossen hat, lässt Michingthorpe zu, dass ihm der Mund offen steht, anscheinend vor Schreck. Er schließt ihn auch nicht gleich. Seine kleinen Augen starren entgeistert in die Luft. Er sitzt völlig regungslos, eine Hand umfasst die andere, beide an die Brust gepresst.

»Auf dem Land?«

»Ja. In Sussex.«

Es entsteht eine Pause, dann erholt er sich wieder. Michingthorpe steht auf. »Meine Familie stammt ursprünglich aus Sussex. Aber das ist schon lange her. Michingthorpe Ales.«

»Wir werden Sie vermissen.« Clione merkt, dass sie sich genauso schadenfroh anhört wie ihre Kinder. Er beteuert nicht, dass er auch sie vermissen wird. Einen langen Augenblick bleibt ihr Besucher, der mit leeren Händen gekommen ist, stumm. Doch bevor er geht, lässt er sich noch einmal über das Internet aus.

Fünf Tage später, beim Kaffeeeinschenken am Frühstückstisch, wartet Clione darauf, dass James ihr von dem Inhalt eines frühen Anrufs berichtet: Nur Michingthorpe würde sich um fünf vor acht melden. Gelegentlich hat er sogar noch früher angerufen.

»Er ist da gewesen, um sie zu besichtigen.«

»Was? Um was zu besichtigen?«

»Die Malzdarre. Er ist da gewesen. Na ja, er war wohl in der Nähe, glaube ich. Jedenfalls hat er sich umgeschaut.«

»Aber wozu, um alles in der Welt?«

»Es sieht ihm zwar überhaupt nicht ähnlich, aber er hat's getan. Ich glaube, ich habe ihm die Lage beschrieben. Nicht dass er danach gefragt hätte.«

»Du meinst, er ist hingefahren und hat ohne jeden Grund die Leute belästigt?«

»Er hat nur gesagt, er hätte sich umgeschaut.«

Ein Schauer verstörenden Unbehagens durchläuft Clione. Vielleicht hätte sie sich belustigt gefühlt, wenn sie James je eingestanden hätte, dass Michingthorpe Gefühle für sie hege; doch wenn sie gleichzeitig eingestanden hätte, dass er diese nie offen gezeigt hat, dass es sich nur um eine weibliche Intuition handelt, hätte sie James und sich allzu leicht in Verlegenheit gebracht. Könnte alles nur Einbildung sein? Oder grausamer ausgedrückt: das Verlangen einer verblühenden Schönheit nach Beachtung? »Aber ja, ganz bestimmt«, hört sie James' Einwurf, die Belustigung jetzt in *seiner* Stimme. Schon immer hat sie gedacht, es bleibe besser unausgesprochen.

»Weiß er, dass man unser Angebot angenommen hat?«

»O ja, er weiß Bescheid.«

Zwei Tage später, am frühen Nachmittag, suchen sie erneut das Haus auf, das sie gekauft haben. Sie werden von einem älteren Mann empfangen, einem Mr Witheridge, den sie noch nicht getroffen haben, dessen Tochter und Schwiegersohn sie herumgeführt hatten. Sie dürfen die Zimmer vermessen und unterhalten sich im Flüsterton über die baulichen Veränderungen, die sie vornehmen wollen.

»Schön, dass das Haus auch Ihrem Freund gefallen hat«, sagt der alte Mann, und als sie fertig sind, wartet er unten mit einem Tablett und Teetassen auf sie.

Sie bieten überschwängliche Entschuldigungen und lahm klingende Erklärungen. »Ein alberner Kuddelmuddel«, murmelt James undeutlich.

»Gütiger Himmel, nein! Malzdarren liegen offenbar in Mr Michingthorpes Familientradition. Er erwähnte Michingthorpe Ales.«

Der Garten ist wenig mehr als eine Wiese mit ein paar Sträuchern. Die jetzigen Bewohner sind 1961 gekommen;

Mr Witheridge zog ein, als seine Frau starb. All das wird bei einer Tasse Tee besprochen, auch dass Mahonien hier gedeihen und Winterheide. Doch Clione und James sehen aus keiner Jahreszeit irgendwelche Heide, und die Kräuter in den mit Ziegelsteinen umgrenzten Beeten auf dem kopfsteingepflasterten Hof sind verdorrt.

»Hier nisten jedes Jahr Mauerschwalben, aber sie werden nicht lästig«, versichert ihnen der alte Mann. »Eigentlich würde ich am liebsten für immer hierbleiben.« Er nickt, dann tut er seinen Wunsch mit einem Achselzucken ab. »Aber wir können es uns nicht leisten, so weitab zu leben. Nicht dass wir ganz und gar abgeschnitten sind. Nein, eigentlich möchte ich überhaupt nicht wegziehen.«

»Tut uns leid, dass wir Ihnen das Haus wegnehmen.« James lächelt kleinlaut.

»Ach, gütiger Himmel, nein! Es ist nur so, das Haus steht unter einem Glücksstern, und wir wollen, dass auch Sie hier glücklich sind. Am Ende des Feldwegs gibt es einen Bus, der regelmäßig fährt. Ich habe es Ihrem Freund erklärt, als er sagte, er habe keinen Führerschein.«

»Ja, er wird uns bestimmt besuchen kommen.« Clione lacht, aber sie hat ihre Zweifel – und bemerkt, dass auch James sie hat –, dass Michingthorpe sie oft besuchen wird, da er nicht gerade ein Landkind ist. Die lange Bekanntschaft scheint bereits beendet, die Geografie ihres Lebens vermag sie nicht länger in sich aufzunehmen.

»Ihr Freund war an den Nebengebäuden interessiert.«

»Wollen Sie etwa bei uns wohnen?« Clione starrt in das aufgedunsene Gesicht, doch die schieferfarbenen Augen sind so ausdruckslos wie alles andere auch. Seine Stimme ist nicht lebloser als sonst, als er erklärt, er habe sich zufällig in der Nachbarschaft der Malzdarre aufgehalten, eine Bibliothek in Nettleton Court, die er durchsuchen musste.

»Nicht einmal fünfzehn Minuten entfernt. Nichts von Interesse. Eine vergeudete Reise, habe ich mir gesagt, und so was hasse ich.«

»Dem alten Mann gegenüber haben Sie erwähnt, Sie würden gern die Nebengebäude umbauen.«

»Ich führe das Leben eines Knirpses. Ich mag alles, was klein ist, hab's gern ordentlich um mich herum. Sachen werfe ich weg, horte keine Besitztümer. So hab ich's schon immer gehalten, bin ziemlich bekannt dafür.«

»Wir haben nicht die Absicht, die Nebengebäude umzubauen.«

Michingthorpe antwortet nicht. Er nimmt die Brille ab und betrachtet sie, indem er sie weit weghält. Dann setzt er sie wieder auf und sagt:

»Was, glauben Sie, bekomme ich für den Madox Ford? Erinnern Sie sich noch an den Madox Ford?«

»Wir haben nie davon gesprochen, dass Sie bei uns wohnen können.«

Es lässt sich unmöglich feststellen, ob der Satz zur Kenntnis genommen wird, ob Michingthorpe mit dem Kopf eine leise Geste andeutet. Michingthorpe Ales wurden in Maresfield gebraut, erfährt Clione, aber das ist schon lange her. In den dreißiger Jahren des 18. Jahrhunderts, und auch da nur für ein, zwei Generationen.

»Ich habe mich nie so richtig dafür interessiert. Es war bloßer Zufall, dass ich auf den Familiennamen gestoßen bin. Ich glaube, es war in Lockes *Provincial Byways*.«

»Wir ziehen im Mai hin.«

Ziemlich stockfleckig, der Ford, das Frontispiz fehlt. »Nun, Sie haben es selbst gesehen. Sechs Shilling fünf Pence, hätten Sie das gedacht?«

Später erzählt Clione alles weiter. Das leichte Unbehagen, das sie verspürte, als sie hörte, Michingthorpe sei in Sussex gewesen, ist gewachsen. Mehr als zwanzig Jahre lang hat er die Freizügigkeit eines Haushalts genossen, die Gastfreundschaft, die man einer zugelaufenen Katze gewährt oder Vögeln, die auf dem Fensterbrett landen. Hat er all das falsch aufgefasst? Clione kommt es so vor; was ihren Kindern und ihrem Mann wie ein Überfall aus heiterem Himmel erscheint, ist eine Projektion dessen, was schon vorher existierte. Michingthorpes linkische Anmaßung ist die Anmaßung des Unschuldigen, die seiner Ahnungslosigkeit entspringt. Sie sollte es aussprechen, stellt jedoch fest, dass sie es nicht kann.

Sie lauscht dem Gelächter der Familie, und als die Kinder nicht mehr da sind, nimmt sie die Schuld auf sich, sie hätte ahnen müssen, dass dergleichen eines Tages passieren würde.

»Natürlich bist du nicht schuld daran.«

»Es ist meine Schuld, dass er sich so etwas angemaßt hat.«

»Ich wüsste nicht, wieso.«

Sie sagt es ihm, weil sie nicht mehr anders kann, weil etwas, das unwichtig war, wichtig geworden ist. Ein Missverständnis nennt sie es. Sie wusste es und ließ es geschehen, ließ es zu.

»Aber das kann doch wohl nicht sein? Bestimmt nicht.«

»Ich hab's immer für harmlos gehalten.«

»Hast du dir's vielleicht eingebildet?«

Sie lässt sich die stechende Wut nicht anmerken. Ihr Mann lächelt ihr zu. Er steht an einem der Fenster des Wohnzimmers, das sie bald für immer zurücklassen werden. Sein Lächeln ist freundlich. Er spottet nicht, und er neckt sie nicht.

»Nein, ich hab's mir nicht eingebildet.«

»Der arme Narr!«

»Ja.«

Sie gesteht ihm nicht, dass es ihr nach ihrem jüngsten Gespräch mit Michingthorpe leidgetan hat, wie kühl sie zu ihm war, dass sie die letzten paar Nächte verwirrenderweise von seinem Schatten geträumt hat, von seinem Schatten auf dem Schnee, der im Garten der Malzdarre gefallen war, von seinem Schatten auf sonnenbeschienenem Gras, von einem verzerrten Spiegelbild in einer Lache auf den Kopfsteinen vor den Nebengebäuden. Er wärmte seine fleischigen Hände an einem Becher Kaffee, während er weiterredete, während sie ein Soufflé schlug, während er sich abermals an die Damenschneiderin erinnerte, die ihm hart gebackene Brötchen vorgesetzt hatte.

»Es ist abscheulich«, sagt sie. »Jemanden fallen zu lassen.«

»Ich weiß.«

James weiß es; es wird ihr bewusst, als sie sich in ihn hineindenkt, wie ihre Vertrautheit es ihr so oft erlaubt. Jemanden fallen zu lassen geht gegen James' Natur, und doch – warum sollten sie der peinlichen Selbstsucht eines Kauzes Vorschub leisten? Sie haben Erinnerungen, die bis zu *A Whiter Shade of Pale* zurückreichen, die Absprachen und Kompromisse der Ehe, die zu einem Erfolg zu machen sie fest entschlossen waren. Ihre Freunde waren nicht immer nach dem Geschmack ihres Mannes und seine nicht nach ihrem, und es gab weitere Unterschiede, die, mit der Zeit, gleichfalls ihre Bedeutung verloren hatten. Die Intimität, die ihnen beschieden war, ist wie die zweier Wurzelgeflechte, die sich ausbreiten und verästeln, bis sie fast eins geworden sind. Weshalb sollten sie jetzt peinlich berührt sein?

»Denn dazu würde es kommen«, hört sie James sagen. »Nach und nach.«

»Er lebt ein nichtiges Leben.«

Ehe sie weiß, was sie tut, entschuldigt sie ihn, dann merkt sie, dass sie dies schon früher getan hat. Als sie nach der überraschenden Mitteilung in der Malzdarre davongefahren waren, hatte sie im Auto gemeint, der alte Mann könnte sich verhört haben, möglicherweise habe er die Information über die Busse unverlangt erteilt, nicht als Antwort auf eine Frage. Ein Kind kann man bedauern, denkt Clione, einerlei, wie das Kind ist.

»Es ist eine andere Art von Liebe«, murmelt sie und zögert bei jedem Wort.

»Es ist ziemlich lächerlich, was immer es ist.«

»Seit wir ihn kennen, haben wir uns um ihn gekümmert. Du genauso wie ich.«

»Meine Liebe, bei einem ausgewachsenen Mann können wir unseren Fantasien keinen freien Lauf lassen.«

Wieder sieht sie den verzerrten Schatten aus ihrem Traum vor sich, der vor den Nebengebäuden übers Kopfsteinpflaster geht, den unförmigen Schatten, der auf den Küchenfußboden geworfen wird und dem mit Kochutensilien überladenen Tisch das Sonnenlicht nimmt. Dass er ein Schatten ist, passt zu ihm, wie die Tatsache, dass er früher eine Zielscheibe des Spottes war.

»Es war nur so eine Idee von ihm«, sagt sie.

An einem kühlen Maimorgen werden die Möbel Stück für Stück über den Gehsteig zu den Möbelwagen getragen. Die Männer bekommen Tee gereicht, die Türen der Möbelwagen werden zugeklappt. Clione geht von einem Zimmer zum andern, geht durch das leere Haus, in dem ihre drei Kinder zur Welt gekommen sind, das Haus, in dem sie aufwuchsen und das sie schließlich verlassen haben, und damit auch sie. Wer wird ihm jetzt zuhören? Wer wird ihm zuschauen, wenn er zur Luft spricht? Wer wird *nicht* wissen wollen, was für einen glänzenden Fund er bei einer weiteren Versteigerung gemacht hat? Wer wird *nicht* wissen wollen, dass er keine Austern verträgt?

Als sie abfahren, steht er da, winkt aber nicht, als kenne er sie bereits nicht mehr, als habe er sie nie gekannt. »Ach, der wird sich schon an jemand anderen dranhängen«, haben die Kinder gemeint, jedes von ihnen hat sich ähnlich ausgedrückt. »Er wird sich nicht viel draus machen, dass ihr umzieht.« Sie kann nicht abschätzen, wie viel er sich daraus macht und wie sich das äußern wird, wo sein Schmerz sitzen oder wie stark er sein wird. Aber der Schmerz ist da, denn sie kann ihn spüren.

Ihr nicht gerade vorzeigbarer Freund wird nicht kommen, kein einziges Mal. Weil er nicht Auto fährt, weil es keinen Sinn hat, weil der Schmerz zu stark wäre. Sie weiß nicht, weshalb er nicht kommen wird, nur, *dass* er nicht kommen wird. Sie weiß nicht, weshalb das Mitleid, das sie empfindet, sie so überwältigt, nur, dass es vorhanden ist und dass seine inhaltsleere Liebe nicht lächerlich ist.

WEISSER SONNTAG 1950

Sie stellte den Wein in die Sonne, auf das blendend weiße Fensterbrett. Neben der Porzellanfigur eines Bauernmädchens mit einer Getreidegarbe, dem einzigen Zierrat hier, warf die noch nicht entkorkte Flasche einen rötlichen Schimmer auf das Fensterbrett. Es kam Philippa wie eine Feier vor: Eine Flasche Wein, um die letzte Wärme eines Sonntagabends aufzufangen, und sie fragte sich, ob ihr Bruder möglicherweise vergessen hatte, welcher Sonntag es war, als er die Flasche am Freitag von Findlater's mitbrachte.

Im Haus herrschte Stille. Tom war oben und las vermutlich. An den Wochenenden las er immer um diese Tageszeit für eine Weile. So hatte sie ihn als Kind in Erinnerung, als er es sich in dem einzigen Sessel gemütlich machte, der in seinem Schlafzimmer stand. Damals hatte er ordentlicher dagesessen, die Beine untergeschlagen, den Oberkörper ums Buch geschmiegt; jetzt lümmelte er sich auf den Kissen, streckte die länger gewordenen Beine von sich, ließ einen Arm herabbaumeln und hielt in denselben Fingern, mit denen er die Seiten umblätterte, eine glimmende Zigarette.

Verglichen mit ihm war Philippa zierlich, blonde Haare, das stille Gesicht ernst und ruhevoll. Hübsch wurde es erst, wenn es sich belebte. Sie achtete auf ihre Kleidung, ohne sich wirklich gut zu kleiden. Heute hatte sie eine in zwei

Grüntönen gestreifte Bluse an, von denen der eine Farbton zu ihrem Rock, der andere zu ihren winzigen smaragdgrünen Ohrringen passte. Im Frühjahr 1950 war sie neununddreißig, ihr Bruder drei Jahre älter.

Keiner von beiden bereute die Früchte der Revolution, die ihr Leben verändert hatte, indem sie sie zu Opfern machte. Sie freuten sich an allem, was geschehen war, und waren stolz auf ihre zufällige Nähe zu der Revolution, die stattgefunden hatte. Sie hatten der Geburt einer Nation beigewohnt, später deren Kinderjahre erlebt, eher ärmlich, gewöhnlich und undramatisch. Dass eine schreckliche Schönheit das Land vergewandelt hatte, war ihnen entgangen.

Im Garten pflückte Philippa Lilientulpen, Hasenglöckchen und pinkfarbene Haselzweige. Toms Gemüsebeete waren geharkt, die Stellen, wo seine Saat noch nicht aufgegangen war, gekennzeichnet, doch bei den Kräutern schoss Estragon auf, Apfelminze und Liebstöckel. Der Schnittlauch stand hoch, der Salbei war voll dichter, weicher, frischer Blätter. Nächstes Wochenende, hatte er gesagt, sollten sie die lang gestreckte Rabatte jäten, die krustige Erde lockern.

Auf dem länglichen hölzernen Abtropfbrett in der Küche begann sie die Blumen in zwei Vasen zu arrangieren. Tom kaufte den Wein immer bei Findlater's, dann legte er die einzige Flasche in den Korb, der an der Lenkstange seines Fahrrads befestigt war. Sie machten nicht viel Aufhebens um das sonntägliche Mittagessen – eine Art, den Tag zu gliedern, die auf Tante Adelaide zurückging, als diese noch lebte –, und nur sonntags gab es zum Abendessen Wein. In dem anderen Haus, in dem Philippa und ihr Bruder gewohnt hatten, bevor sie nach Rathfarnham gezogen waren, hatten auf der Anrichte im Esszimmer Karaffen mit

Whiskey und Sherry gestanden, die regelmäßig aufgefüllt wurden und nicht nur da waren, um Eindruck zu schinden. »Du musst dir einen hinter die Binde kippen«, hatte ihr Vater an jenem Sonntag gesagt, der sich heute wieder jährte, und der arme kleine Joe Paddy hatte keine Antwort gewusst, sondern nur von Kopf bis Fuß gezittert, als hätte er eine Grippe. »Was hältst du von was Scharfem?«, war eine andere Ausdrucksweise – wenn Mr Tyson oder Mr Higgins ins Haus kamen – oder manchmal: »Wollen wir uns 'n Gläschen Whiskey genehmigen?« Wenn die Außenwände neu gestrichen wurden und die Arbeit abgeschlossen war, nachdem die Männer ihre Pinsel und ihre Leitern weggestellt hatten, waren sie ins Haus gebeten worden, und auf der Anrichte hatten die gefüllten Gläser bereitgestanden. »Ihr macht Sallymount Avenue alle Ehre«, hatte Philippas Vater gesagt und damit die Arbeit gemeint, die sie geleistet hatten, und darauf wurde angestoßen.

»So, das hätte ich ausgelesen«, sagte Tom, der wusste, wo sie zu finden war.

»Wie ist es ausgegangen?«

»Sie hat den Typ in der Marine geheiratet.«

»Sie werden's schon schaffen.«

»Natürlich.«

Sie fühlte sich beobachtet. Als sie die Stängel auf die gewünschte Länge zurückschnitt und die Haselzweige gruppierte, hörte sie das Klappern der Streichholzschachtel und wusste, wenn sie den Kopf wendete, würde sie in der einen Hand Zigaretten und Streichhölzer sehen, in der anderen den Aschenbecher. Er rauchte Players. Früher waren es Woodbines gewesen, mehr hatte er sich nicht leisten können. »Du hast geraucht, Tom!«, rief Tante Adelaide immer erbost. »Tom, du sollst doch nicht rauchen!«

Er trat in die Küche, leerte den Aschenbecher in den Mülleimer unter der Spüle, wusch ihn unter dem Wasserhahn aus und stellte ihn beiseite, um ihn später wieder mit nach oben zu nehmen.

»Wo steckt der alte Hund?«, fragte er. »Ist er schon zurückgekommen?«

Sie schüttelte den Kopf, dann hörten sie beide ihren Hund im Garten, ein kurzes Kläffen, das seine Rückkehr von den Ausflügen anzeigte, auf die sie keinen Einfluss hatten. Sie blickte durch das Fenster über der Spüle, und da stand er hechelnd auf dem Rasen, ein schwarz-weißer Terrier mit klatschnassem Fell.

»Er war in der Dodder«, sagte sie. »Oder sonst irgendwo.«

»Der bringt mich noch ins Grab, der Hund.«

Der Ausdruck durfte verwendet werden; keiner von beiden zuckte zusammen. Wenn man ihn so unbeschwert auf die Keckheit des Hundes bezog, hatte er einen anderen Klang. Wieder einen anderen, wenn man ihm in irgendwelchen Gedichtzeilen begegnete. Selbst die Osterpassion – wie sie erst unlängst am Karfreitagabend während des Gottesdienstes in der Christ Church Cathedral für sie zelebriert worden war – verlieh dem Tod eine geheiligte Bedeutung und milderte ihn durch das Wunder der Auferstehung. Doch der Tod, der ihr Leben in Mitleidenschaft gezogen hatte, schwärte noch immer, der Moment des Schmerzes, wenn sie ihn zuließen, war noch immer schauderhaft.

»Ich komm in einer Stunde oder so wieder«, sagte Tom.

Er schimpfte mit dem Hund, der erschöpft auf dem Rasen lag; er war eingeschüchtert, kauerte sich beschämt hin und wagte nur noch, mit dem Schwanz zu wedeln. Philippa sah vom Fenster aus zu und riet richtig, dass Tom,

Erschöpfung hin oder her, auf seinem Spaziergang einen Begleiter haben würde.

»Lass dir nur Zeit.« Sie entriegelte das Fenster, um ihm den Satz nachzurufen und um ihm zuzulächeln, denn plötzlich merkte sie, dass sie das während ihres Gesprächs versäumt hatte. Dieses Jahr würde sie ausziehen, dachte sie. Sie würde ausziehen, und Tom würde sein eigenes Leben führen.

In all den Jahren, seit er hier wohnte, hatte sich Rathfarnham kaum verändert; das stand noch bevor. An diesem Abend war niemand unterwegs, die wenigen Lädchen waren geschlossen, auch das Yellow House – wo er an Wochentagen manchmal ein Bier trank – hatte nicht offen. Die Sonne, die niedrig am Himmel stand, warf kaum Schatten.

»Wir sind nach Rathfarnham zum Tee eingeladen.« Tom erinnerte sich daran, wie oft seine Mutter ihnen das in der Sallymount Avenue verkündet hatte, ihr Tonfall spiegelte die Freude wider, die die Nachricht, wie sie wusste, auslösen würde. Erst die Straßenbahn und dann der lange Fußweg, für den man schönes Wetter brauchte, andernfalls entschied man sich in letzter Minute dagegen. »Ach, Tante Adelaide wird schon wissen, warum«, sagte ihre Mutter dann, und stets war es nur ein Aufschub. Zweimal, erinnerte sich Tom, war das passiert, vermutlich aber noch ein weiteres Mal, das ihm entfallen war. Die Freude, die die Ankündigung auslöste, galt dem reich gedeckten Esstisch, dem geheimnisumwitterten Haus – denn damals war es geheimnisumwittert. Tante Adelaide machte Sandwiches mit Ei oder Sardinen und buk zwei Sorten Kuchen – Obstkuchen und Biskuitkuchen –, es gab kleine, viereckige süße Brötchen, bereits mit Butter bestrichen, und Scones mit Rosinen. Im Garten, zwischen den Lorbeersträuchern, war ein Versteck.

Der Hund trottete ganz folgsam ohne jedes Anzeichen der Ermüdung so dicht neben Toms Beinen, wie es eben ging. »War das nicht ein herrlicher Tag, Sir?«, bemerkte ein alter Mann, den Tom nicht kannte, und der Hund lief zu ihm hin, um seine Hose zu beschnüffeln. »Ah, dich hab ich schon öfter gesehen«, sagte der alte Mann und tätschelte ihm den schwarzen Kopf.

Was für einen Umbruch Tante Adelaides Leben erfahren hatte! Nie und nimmer hätte sie sich vorstellen können, dass die beiden Kinder, die hin und wieder zum Tee gekommen waren, die sich nach oben geschlichen und verbotene Türen geöffnet hatten, die in den Lorbeersträuchern getuschelt und sich verstellt hatten, dass diese beiden Kinder Tag und Nacht da sein würden, das Haus nunmehr ihr Zuhause, alle Geheimnisse gelüftet. Auf seinen Wochenendspaziergängen dachte Tom oft darüber nach; bei seiner Rückkehr sprach Philippa oft mit ihm über die Reue, die derartige Gedanken in ihnen hervorriefen. Wie unbekümmert sie sich ihr aufgedrängt hatten, wie lässig, wie gedankenlos! »Ich muss mich hinlegen«, hatte Tante Adelaide immer gesagt, und Nelly, ihre Dienstbotin und Gesellschafterin, hatte ärgerlich erklärt, der Grund dafür sei eine Rüpelhaftigkeit oder ein Streit. Murphy, der den Garten besorgte und der jeden Tag kam – in Tante Adelaides jungferlichem Leben herrschte an nichts Mangel –, hatte ihnen erzählt, die Gestalt mit dem schwarzen Schnurrbart, die ernst und finster in ihrem Silberrahmen auf dem Fenstertisch im Wohnzimmer stand, sei ein Bewunderer aus alten Tagen. Sie hatten sich oft gefragt, um wen es sich handeln mochte.

Toms Schwester hatte sich geirrt, als sie annahm, er könne doch unmöglich vergessen haben, welcher Sonntag heute war, als er den Wein brachte. Tom hatte es vergessen, weil er, wie er vermutete, es vergessen wollte; als er am Freitagabend vor Findlater's vom Fahrrad gestiegen war, hatte er an ihre Sommerferien gedacht, und so war es ihm entfallen. Gleich darauf war es ihm wieder eingefallen, aber er hätte es töricht gefunden, die Flasche zurückzugeben, und als er zu Hause ankam, dachte er, dass es hinterhältig wäre, den Wein nicht in die Küche zu bringen, wie er es immer tat, wenn er eine Flasche gekauft hatte. Natürlich hatte er Philippas Staunen bemerkt, aber es war ihnen zur Gewohnheit geworden, dass sie das Verhalten des anderen nicht kommentierten.

Als er die letzte kurze Häuserzeile passierte, ehe er das offene Land erreichte, sang Tom leise die ersten paar Zeilen von *She is Far from the Land*. Das Lied kam ihm jedes Mal in den Sinn, wenn er in der Gegend jenes Liebespaars war, das es besang; hier waren auch schon Robert Emmet und Sarah Curran spazieren gegangen. In der Ferne erhellten die letzten Sonnenstrahlen nicht länger den Stechginster auf den Hängen des Kilmashogue, wo ihre heimliche Liebesaffäre noch Glückseligkeit gewesen war. Der feurige, gut aussehende Robert Emmet, ein närrischer Rebell; die sanftmütige Sarah. In ihrer Gesellschaft dachte Tom an sie wie an Freunde – hier oder in dem Wildpark unterhalb der fernen stechginsterbewachsenen Hänge. Sie hatten im Gartenhaus gesessen und über Irland geredet, wie es eines Tages sein würde, und über sich selbst, wie es um sie bestellt wäre. Sie waren in die Zukunft gewandert, so wie Tom jetzt in die Vergangenheit wanderte, um zum Schein heimlich zu lauschen. Beides gehörte dem Heute an, der Spaziergang und das Zusammensein mit ihnen.

Er zündete sich eine Zigarette an. In ihrer Liebe, für die sie nichts konnte, war auch Sarah zu einem Opfer des Zufalls geworden, zwar nicht auf dem Schlachtfeld, jedoch als Hinterbliebene, die, für niemanden sichtbar, an den schmerzenden Narben litt: Der unbeugsame Robert Emmet wurde gehenkt.

Als Tom weiterging, waren seine Gedanken von der Vergangenheit erfüllt. Falls Schönheit über Irland gekommen war, war ihre Form die der Stille: eine friedliche Stille im Dunkel Irlands, eine Oase, die den Liebenden nicht vergönnt gewesen war. Sein Mitleid galt ihnen.

Philippa deckte den Tisch. Zuerst breitete sie das gebleichte Leinentischtuch aus. Es stammte aus dem Haus in der Sallymount Avenue, ebenso wie die zusätzlichen Messer und Gabeln, die Gläser aus Galwayer Kristall und der Tisch in der Diele. Doch jeder größere Gegenstand – der Esstisch mit den Ausziehbrettern, die Stühle, die Teppiche, die Kleiderschränke, die Anrichte – musste versteigert werden, da die Zimmer ihrer Tante auch so schon zum Bersten gefüllt waren. »Ein Versehen«, hatte Tante Adelaide den Vorfall genannt, als wolle sie sie trösten, da es keinen anderen Trost gab. Oft wiederholte sie den Ausdruck und wiederholte ihn auch dann, wenn Besuch kam, jemand, der neu im Viertel war, oder jemand aus tiefster Vergangenheit: eine Bemerkung, mit der die Anwesenheit zweier Kinder in ihrem Haus erklärt werden sollte. »Ein schreckliches Versehen.«

Es würde Würstchen geben, natürlich die von Hafner, die Philippa unter dem Vorwand, in der Henry Street Einkäufe erledigen zu müssen, gestern eigens besorgt hatte. Würstchen mit Kartoffelbrei und glasierten Karotten. Vor kurzem hatte sie gelernt, wie man sie zubereitete. Danach gedünsteten Feigenpudding, der schon seit einer Stunde vor sich hin dampfte, dazu Vanillesoße. Philippa fragte sich oft, ob es anders wäre, wenn sie einen Ehemann zu bekochen hätte. Sie ahnte, dass es anders wäre, so wie sie ahnte, dass auch Toms tägliche Heimkehr anders wäre, aber sie wusste nicht, auf welche Weise. »Er ist ihr mehr als nur ein Bruder«, hatte ihre Tante immer mit gesenkter Stimme zu einem Besucher gesagt. »Wo er doch älter ist.«

Sie rührte den Senf an und gab ihn in das kleine blaue Glas, das in den silbernen Behälter eingelassen war. Als Joe Paddy wild gegen die Tür hämmerte, hatten sie am Geländer gehorcht. Eigentlich hätten sie schon im Bett liegen müssen, doch sie kauerten sich hin, und ihr Vater sagte, Joe Paddy brauche erst einmal einen Whiskey. Joe Paddy brüllte in einem fort, ein Mann sei hinter ihm her, ihre Mutter suchte ihn zu beruhigen und sagte, die Wirren seien jetzt ein für alle Mal vorbei. Er sei in der Stadt gewesen, um sich selbst davon zu überzeugen, sagte ihr Vater: Nach dem Gemetzel habe Dublin sich beruhigt. Er habe der Kapitulation im Namen des Friedens beigewohnt; jetzt bestehe kein Grund mehr zur Angst. Doch Joe Paddy wiederholte, ein Mann sei hinter ihm her.

Sie stach die Würstchen an und legte sie auf das Fett, das in der Pfanne zerlaufen war. »Wenn der Mann kommt, werden wir ihm alles erklären«, hatte ihre Mutter gesagt. »Wir werden ihm erklären, dass du nichts damit zu tun hattest, Joe Paddy.« Dann verschwammen die Stimmen zu einem Gemurmel, das von der Diele nach oben drang. Sie hatte geschlafen, als sich im Garten Geschrei erhob, und konnte sich nicht erinnern, was es damit auf sich hatte. Sie liefen ans Fenster, um hinauszuschauen, und da stand der Mann, in Soldatenuniform. »Wir werden alles erklären«, wiederholte ihre Mutter, wieder in der Diele. »Du bleibst, wo du bist, mein Junge«, sagte ihr Vater. »Trink noch einen Whiskey.«

Die Würstchen brieten langsam an. Sie stellte die Kartoffeln auf den Herd. Wenn sie gekocht wären, würde Tom sie zerstampfen, einen Klacks Butter und Schnittlauch hinzugeben. »Ich werde versuchen, eine Stelle bei der Bank of Ireland zu bekommen«, hatte Tom gesagt und Tante Adelaide damit eine Freude gemacht, weil auch ihr Vater versucht hatte, eine Stelle bei der Bank of Ireland zu bekommen, und zeit seines Erwachsenenlebens in der architektonischen Pracht der Filiale am College Green angestellt gewesen war, so wie Tom jetzt. »Natürlich werdet ihr das Haus erben«, hatte Tante Adelaide Monate vor ihrem Tod gesagt.

Vom Küchenfenster aus sah Philippa Tom wieder im Garten stehen. Oft kam er von seinen Spaziergängen durch die Seitentür. Er ging nicht gleich ins Haus, sondern schlenderte umher und entfernte, je nach Jahreszeit, verwelkte Blüten von den Pflanzen. Sie wusch die Petersilie, die er für sie im Garten geschnitten hatte, und zerkleinerte sie fein, damit sie für die Karotten bereitlag, die beiden hellen Farben der irischen Trikolore – es war ihr nie aufgefallen, bis Tom es eines Abends beim Essen gesagt hatte.

Er hatte sie vom Fenster weggezogen, und sie hatte geflüstert: »Der arme Joe Paddy!«, denn sie war verwirrt gewesen, und er hatte gesagt, nein, nicht Joe Paddy ist erschossen worden. Da hatte sie nachgefragt, und er hatte ihr geantwortet. Er hatte ihr antworten müssen, weil sie es wissen musste. Er hatte ihr nicht erlaubt hinzusehen.

»Möchtest du einen Sherry?« Plötzlich stand Tom da, wie zuvor, als er gesagt hatte, er habe sein Buch ausgelesen.

»Sherry wäre fein«, sagte sie.

Anglesea Street, dachte sie, eine kleine Wohnung in der Anglesea Street, mitten im Zentrum von Dublin. Sie hatte sich schon immer zu der schmalen Straße hingezogen gefühlt, unweit von Toms Büro, unweit von Jury's Hotel, wo sie sich während seiner Mittagspause manchmal auf eine Tasse Kaffee trafen. Natürlich würden sie das beibehalten, und sie würde Rathfarnham besuchen, sooft sie dort willkommen wäre – an Wochenenden, zum Sonntagsessen, was immer ihm recht wäre. Jetzt würde sie es aussprechen; jetzt, während sie ihren Sherry tranken, war der richtige Zeitpunkt dafür.

»An der Brücke stand ein alter Mann, den ich hier, glaube ich, bisher noch nicht gesehen habe«, sagte Tom.

»Er ist bei den Mulcahys eingezogen. Ihr Vater.«

»Aha.«

Im Garten würden wieder Kinder umherspringen. Es würde Gelächter geben und Familiengeburtstage. Sie würde ihnen Geschenke mitbringen, und im Lauf der Jahre würde Tom in die Rolle ihres Vaters schlüpfen und sich wie dieser benehmen, sorglos, immer einen Scherz auf den Lippen. Die Kinder würden ihr Geschichten erzählen, Geheimnisse mit ihr teilen, wie Kinder es bei Tanten manchmal taten.

Sie hörte das Klirren des Karaffenstöpsels, der Sherry wurde ausgeschenkt, und dann brachte Tom die beiden Gläser aus dem Esszimmer. Es war ungewöhnlich, dass der Offizier, der gekommen war, vor ihren Augen geweint hatte. Er hatte sie erschreckt, als er so plötzlich, so unnatürlich zu weinen begann, die ziegelrote Haut seines schweren Gesichts ganz zerfaltet vor Kummer und Bestürzung. »Was für eine Verschwendung«, hatte er gemurmelt. »Was für eine Verschwendung.« Der Soldat, der wie ein

Berserker gewütet hatte, als er Joe Paddy mit jemand anderem verwechselte, litt an einer Kriegsneurose. Der Offizier – sein unmittelbarer Vorgesetzter und, wie er jämmerlich beteuerte, für ihn verantwortlich – konnte den Sachverhalt kaum erklären, so oft blieb ihm die Stimme weg vor lauter Emotion. Da es ihn nichts anging, wusste er nicht, dass Joe Paddys Verbindung mit dem Haus, in dem er Schutz gesucht hatte, als er durch die Straßen verfolgt wurde, genauso flüchtig war wie die zwischen dem seelenkranken Soldaten und Joe Paddy: Alle zwei Monate oder so kam Joe Paddy vorbei, um die Fenster zu putzen. Wahnsinn und Tod: So gehe es zu im Krieg, hatte der groß gewachsene, rotgesichtige Offizier gesagt. Solange er lebe, hatte er versprochen, werde er nicht vergessen können, was sich in einem Vorstadtgarten zugetragen habe.

»Es ist gleich so weit«, sagte Philippa in der Küche, doch ihr Bruder nötigte sie dazu, einen Augenblick innezuhalten und ihren Sherry nippen, solange er die Kartoffeln zerstampfte und sie mit dem fein gehackten Schnittlauch bestreute.

»Tom«, sagte sie, es fiel ihr schwer, fortzufahren, und er lächelte sie an, als habe er ihre Gedanken genau gelesen. Er schüttelte sogar leicht den Kopf, obwohl sie sich dessen nicht ganz sicher war. Auf seine Aufgabe bedacht, wandte er sich ab, und sie fuhr nicht fort.

Sie stellte sich ein leise zischendes Kohlenfeuer in einem kleinen, niedrigen Wohnzimmer vor, eine einzige blaue Flamme inmitten schwacher orangefarbener Feuerstrahlen. In der Angelsea Street wohnten nicht viele Leute, es war keine Wohngegend, aber das wäre ihr nur recht – von unten das Geratter von Handkarren, gedämpfte Rufe.

»Danke«, sagte sie, und als sie sah, dass Tom seinen

Sherry ausgetrunken hatte, leerte auch sie ihr Glas. Sie spülte die Gläser aus. Vierunddreißig Jahre ist es her, rechnete sie nach; wenn die gleiche Zeitspanne noch einmal verstrich, wäre sie dreiundsiebzig, Tom sechsundsiebzig. 1984 wäre das, sechzehn Jahre bis zum Ende des Jahrhunderts, so wie 1916 sechzehn Jahre nach dessen Beginn.

Er half ihr, die Schüsseln ins Esszimmer zu tragen, dann schenkte er den Wein ein. Inzwischen kam es ihr nicht mehr wie ein Irrtum vor, dass er ihn gekauft hatte. Der Wein würde ihr die Zunge lösen, der Sherry und der Wein.

»Man munkelt über eine neue Straße«, sagte er. »Draußen bei Marley.«

»Davon hab ich noch nichts gehört.«

»Ach, irgendwann in Zukunft, heißt es.«

»Vielleicht kommt es ja nicht dazu.«

An einem dieser Sonntage hatte er mehr Krieg vorhergesagt, und mehr Krieg war gekommen; er hatte Irlands kluge Neutralität vorhergesagt und recht behalten. Eine breite neue Straße dort draußen würde er verabscheuen. Er verabscheute die Motorräder, die oben in Tibradden vorbeiknatterten, durch Farne, Unterholz und kleine Wäldchen brachen, die Bäche verschmutzten. Eines Tages würden kriechende Lastwagen der Luft die Frische nehmen.

»Tom«, sagte sie erneut. Sie frage sich, setzte sie an und verstummte wieder, eine natürliche Pause, wie es schien. *13 Anglesea Street*, stand auf einem Umschlag, und vom Trinity College aus überquerten sie den College Green, dann hörte sie ihre Schritte auf der Treppe. Sie machte ihnen Kaffee, denn sie tranken gern Kaffee, und schnitt den Kuchen von Bailey's an, damit sie gleich zugreifen konnten. Wieso dreizehn?, fragte sie sich, und dann fragte sie sich, ob vielleicht auch heute noch eine Wohnung dort leer stand, ob irgendeine Vorahnung sie ihr in den Schoß gelegt hatte. Lange Beine hätte ihr Neffe, wie sein Vater; ihre Nichte wäre bereits eine Schönheit.

»Diesen Sommer?«, fragte Tom. »Port-na-Blagh, was meinst du?« Er war geduldig gewesen, hatte nichts gesagt. Das war eine Freundlichkeit, und auch sein Lächeln war eine Freundlichkeit. »Port-na-Blagh?«, fragte er erneut.

Sie nickte, zwang sich dazu, weil er freundlich gewesen war. Sie sprach vom Sommer, denn er wollte es so. Drei Wochen Urlaub von Dublin und Rathfarnham, der unveränderte Sandstrand von Port-na-Blagh, das weiße Bauernhaus, die Hühner, die auf dem Hof herumpickten. Auch sie liebte es, wenn sie alles abschlossen und nach Donegal verreisten, genau wie er. Selbst wenn es regnete und ihre Sommerkleider unausgepackt blieben, wenn sie aus den Fenstern auf ihre verunglückten Ferientage starrten oder knirschend über Kieselsteine schritten, die nie trocken wurden. Stets nahmen sie mehr Bücher mit, als sie lesen konnten, räumten die Regale der Argosy-Leihbibliothek leer, der sie bei ihrer Rückkehr einen geringfügigen Betrag schuldeten.

»Oder irgendwo anders, was meinst du?«, fragte er.

Einmal waren sie nach Glandore gefahren, ein andermal nach Rossleague, doch Port-na-Blagh gefiel ihnen noch immer am besten. »Ich frage mich, was aus den verwitweten Brüdern geworden ist«, sagte Tom, und sie wusste sofort, wen er meinte: zwei Buchhalter bei Guinness, die beide im selben Jahr Witwer geworden waren und die im Speisesaal der Pension kaum ein Wort über die Lippen brachten; das war auf Achill Island gewesen. Und für ein paar Tage kam der Irisch sprechende Schulinspektor nach Glandore.

»Wieder im Juli?«, fragte sie.

»Ich fürchte, ja.«

»Oft ist es dann ja ganz schön.«

Er nickte, und sie merkte, dass er Lust auf eine Zigarette hatte. Aber es war nicht seine Art, während der Mahlzeit zu rauchen; sie hatte es nie erlebt.

»Ja, natürlich ist es das«, sagte er.

Wieder sah er ihren Augen die Anstrengung an und spürte, wie sie sich zu überzeugen versuchte, es sei nicht schwer, er werde ihr zuhören, die Worte seien leicht zu finden. Einmal, an einem Weißen Sonntag vor etlicher Zeit, vielleicht war es schon fünfzehn Jahre her, hatte sie es ausgesprochen; und ein andermal, vor kurzem, war sie drauf und dran gewesen, es auszusprechen, näher dran als heute Abend.

»In anderen Sprachen heißt es ›Niedriger Sonntag‹, wusstest du das?«, fragte er.

»Ja, ich weiß.«

Er goss den letzten Wein in das Schweigen, das sich herabgesenkt hatte. Einmal hatte sie geweint, als er nicht da war; er wusste es, denn als er zurückkam, war ihr Lächeln anders gewesen, die Tränenspuren überpudert. Jetzt war es leichter. Nur der Niedrige Sonntag hielt sie in seinen Fängen, ihr Kopf war in die Wolle seines Pullovers gedrückt, sein Tonfall verbot ihr aufzuschauen. Mitleid mit seinen romantischen Gespenstern hielt den Moment in Schach; sie hatte ihren Wachtraum über die Zukunft. Fragmente, Intuitionen machten ihre Unterhaltung aus, etwas Wirkliches hinter unwirklichen Worten. Kein anderer würde sie verstehen: Morgen würde sie das von Neuem wissen.

Sie nahmen die Schüsseln und Teller vom Tisch und brachten sie in die Küche. Er wusch ab, wie er es an den

Wochenenden immer tat. Sie stellte das Geschirr weg. Der erschöpfte Hund lag in seiner Hütte und schlief. Die Lichter unten wurden eins nach dem andern gelöscht.

Zusammen mit dem Tag zog sich die Vergangenheit zurück; die Zeit, die vor ihnen lag, mochte kommen, so angsterfüllt sie auch wäre. Die Nacht brach herein, es gab keinen Laut. Im Dunkel Irlands war auch das friedliche Jahr 1950 eine Oase.

LE VISITEUR

Einmal im Jahr, wenn der Sommer zur Neige ging, fuhr Guy auf die Insel. Und einmal im Jahr, wenn sein Besuch sich dem Ende näherte, führte er Monsieur und Madame Buissonnet zum Abendessen ins Hotel aus. Das war nicht immer so gewesen, denn die Einladung der Buissonnets, sie zu besuchen, hatte er erstmals erhalten, als er sieben war. Inzwischen war er zweiunddreißig und wurde nicht länger von den Erwachsenen der Obhut des Fährmanns anvertraut, für die Überfahrt ab Port Vevey von seiner Mutter, für die Rückfahrt von Madame Buissonnet. Seit dreizehn Jahren gab es diese Tradition des Abendessens im Hotel, die Fahrt vom Bauernhof mit dem Zwiebellastwagen, Madame Buissonnet in Grau und Schwarz, Monsieur Buissonnets frotzelnde Art, seine Bootsführermütze erst dann abzuziehen, wenn sie schon fast im Restaurant waren, und sie anschließend in seine Tasche zu stopfen. *Loup de mer*: Beide wählten stets das Gleiche, und Guy meist ebenso. Als Vorspeise *soupe de langoustines*.

»Nun denn«, sagte Madame Buissonnet, wie sie es immer tat, wenn die Bestellung aufgegeben war und man den Macon Fuissé gekostet hatte. »Nun denn«, wiederholte sie, denn das Abendessen im Hotel war Anlass für Enthüllungen, die während Guys Aufenthalt noch nicht preisgegeben worden waren.

»Gérard hat geheiratet«, sagte Guy. »Jean-Claude ist nach Afrika gegangen.«

»Nach *Afrika*?«

»Vielleicht für immer. Ich vermisse ihn.«

Monsieur Buissonnet hörte weniger gespannt zu als seine Frau, sein Blick schweifte im Restaurant umher und verweilte gelegentlich auf einem schönen Gesicht. Manchmal seufzte er leise. »Deine Mutter?«, hatte er sich am ersten Nachmittag von Guys Besuch unter vier Augen erkundigt, wie er es jedes Jahr tat. Was Madame Buissonnet betraf, so mochte Guys Mutter ebenso gut nicht existieren.

»Und du bist wieder befördert worden, Guy?«, fragte sie jetzt.

»Das – das geschieht nur alle drei Jahre.«

»Ach so.«

»Meine Liebe.« Monsieur Buissonnet legte seine Hand auf die seiner Frau. Mit seinem Kosewort versicherte er ihr sanft, dass es nicht so schlimm war, wenn sie vergessen hatte, dass nicht jedes Jahr eine Beförderung erfolgte.

»Wie angenehm es hier ist«, murmelte sie, drehte einen Augenblick die Handfläche nach oben und setzte ein Lächeln auf, das sie für solche Momente aufsparte. Guy fühlte sich bei dieser Gelegenheit von der Kommunikation zwischen den Eheleuten ausgeschlossen, obwohl er für ihre Anwesenheit hier verantwortlich war. Es entstand Schweigen, dann meinte Monsieur Buissonnet:

»Das war mal gar nichts, dieses Hotel.«

»Seitdem hat es ihm eine *milliard* eingebracht«, erinnerte ihn seine Frau. »Oder zwei«, stimmte er zu. Perdreau war ein Mann, der sich aufs Geldmachen verstand. Aber die Gerichte, die man in seinem Restaurant aß, waren jeden Franc wert.

Monsieur Buissonnet, mit einem Schopf weißer Haare, die ihm in die Stirn fielen, wies noch immer Spuren von

Stattlichkeit auf, so wie seine Frau solche ehemaliger Schönheit. Keiner von beiden würde sie jemals wiedererlangen; die Spuren von Zeit und Sonne hatten sich für immer eingebrannt. Doch der Tribut war abgemildert: Im Alter übte die Fülle ihres weißen Haars einen eigenen Reiz aus; dass er schlanker war denn je, brachte in Monsieur Buissonnet etwas Distinguiertes zum Vorschein, das zuvor nicht aufgefallen war; die Zerbrechlichkeit seiner Frau vervollständigte die Schlankheit, die sie nie eingebüßt hatte.

»Und was noch?«, erkundigte sie sich, als die *amuse-gueules* verzehrt waren.

Da ihm nichts anderes einfiel, erzählte Guy vom Club 14. Es kam ihm immer sonderbar vor, worüber gesprochen wurde und worüber nicht; und nicht nur hier, bei den Buissonnets. Seine Mutter hatte ihn kein einziges Mal nach der Insel gefragt und die Buissonnets nicht einmal erwähnt, außer in seiner Kindheit, wenn der September halb verstrichen war und sie ihm sagte, es sei an der Zeit, dass er die beiden wieder einmal besuche. Einmal hatte er einen Versuch unternommen, ihr von dem halben Hektar Land zu erzählen, den Monsieur Buissonnet und seine Landarbeiter im Vorjahr kultiviert hatten, von den *oliviers* oder den Rebstöcken, die sie dort gepflanzt hatten, wo vorher nur Gestrüpp gediehen war, davon, dass ein paar weitere Meter zur Bewässerung vorgesehen waren. Seine Mutter hatte nie Interesse bekundet. »Ach, das liegt daran, dass sie keine eigenen Kinder haben«, hatte sie gesagt, als er sie fragte, weshalb ihn die Buissonnets immer einluden. »So ist es manchmal.«

Nicht dass Guy etwas dagegen hatte, eingeladen zu werden. Er mochte den Bauernhof und die Insel, so wie er auch die Buissonnets mochte. Er freute sich über die trockene, ausgedörrte Erde, die *crêtes*, die gefährlichen Klippen. Die Vegetation war mit Staub bedeckt: die riesigen Kakteen, die violetten oder scharlachroten Prunkwinden, mit denen die Dorfbewohner ihre Mauern schmückten, die Blätter von Brombeersträuchern und Oleander. Der Staub fiel auf Zypressen und Heide und die Sonnenröschen, die Guy noch nie hatte blühen sehen. Nur die riesigen Felsbrocken und die rein gewaschenen Kieselsteine in den kleinen Buchten entgingen seinen grauen Ablagerungen. Nur die Eukalyptusbäume und die Platanen ragten über ihn hinaus.

Die *soupe de langoustines* wurde serviert, der Kellner war ihnen unbekannt, er war neu in dieser Saison, wie die Kellner es oft waren. Er stellte die Schüsseln, die er gebracht hatte, so hin, dass alle drei Gäste mühelos zulangen konnten, dann schöpfte er die Suppe in die Teller und schenkte ihnen Macon Fuissé nach.

»Wie stilvoll!«, flüsterte Madame Buissonnet, als er zum nächsten Tisch weitergegangen war, und dann: »Wie nett von dir, dass du uns wieder hierher bringst, Guy!«

»Keine Ursache.«

»Doch, doch, mein Lieber, wir haben alle Ursache.«

Das Hotelrestaurant bot Ausblicke über ein Tal hinweg auf üppigen Baumbewuchs, für die Insel etwas Ungewöhnliches. Ein von Oleanderbeeten unterbrochener Grasteppich bedeckte die Talsohle weit unterhalb des Restaurants selbst. Dieses lag jetzt, in der Septemberdämmerung, im Schatten, die Farbe war aus seinem Tagesglanz gewichen. Die blau-weißen Markisen, die die Mittagsgäste zuvor von der Sonne abgeschirmt hatten, waren eingerollt, die gläserne Schiebetür war gegen die Stechmücken geschlossen. In dem geräumigen, kreisförmigen Saal standen in weitem Abstand voneinander dreißig Tische, auf jedem ein steifes weißes Tischtuch. Zwei waren an diesem Abend unbesetzt. Monsieur Perdreau, Eigentümer des Hotels, seit Guy und die Buissonnets erstmals im Restaurant gespeist hatten, drehte seine abendliche Runde und blieb an jedem Tisch stehen, um sich vorzustellen oder um sich zu vergewissern, dass alles seine Ordnung hatte.

Die Buissonnets kannten ihn gut, Guy mittlerweile auch. Monsieur Perdreau verharrte eine Zeit lang, nahm Komplimente entgegen, verbeugte sich dankbar, erteilte Auskünfte zur Saison, die dieses Jahr besonders erfolgreich verlaufen sei, auch wenn das Restaurant an diesem Abend nicht ganz gefüllt war. Das Hotel selbst sei voll belegt, erklärte er: Es liege nur daran, dass zur Zeit weniger Jachten im Hafen festgemacht hätten.

»Sie werden bestimmt einmal mein ältester Gast sein, Guy«, sagte er und schüttelte ihnen die Hand, ehe er davonging.

In diesem Augenblick bemerkte Guy, dass sich zu dem Mädchen, das zwei Tische weiter saß, ein Mann gesellt hatte. Sie war in Weiß gekleidet, blond, schmächtig; der Mann war stämmig und trug einen hellblauen Anzug. Das Mädchen war Guy schon vorher aufgefallen, und er hatte es befremdlich gefunden, dass sie, die allein war, an einem Tisch in einer so markanten Position saß.

»Ausgezeichnet!«, rief Monsieur Buissonnet aus, als der Kellner ein weiteres Mal mit der Suppenterrine kam.

Der Abend rückte vor, vergnüglich und behaglich, wie schon so viele andere Septemberabende vor ihm. Der *loup de mer* war so wohlschmeckend wie eh und je; zum Käse trank man Margaux. Madame Buissonnet behielt ihre Enttäuschung darüber, dass Guy keine neue Beziehung in seinem Leben zu vermelden hatte, für sich. Sie erkundigte sich nach Colette, die eine Zeit lang Guys Verlobte gewesen war, und lächelte tapfer, als sie hörte, Colette habe sich mit André Délespaul verlobt. Monsieur Buissonnet sprach von der Olivenernte, dem kältesten November auf der Insel, an den er sich erinnern konnte, wegen des scharfen Windes, der sich plötzlich erhoben hatte und wochenlang anhielt, ein Mistral, der nicht zur Jahreszeit passte. Dennoch sei die Ernte gut gewesen.

Vanilleeis kam, ein Mango-Coulis. Die kleinen *boules* auf den grünen, gelb geränderten Tellern waren so elegant arrangiert, dass Madame Buissonnet bemerkte, wie schade es sei, sie zerstören zu müssen. Der Mann in dem blauen Anzug hatte seine Begleiterin wieder allein gelassen. Sie saß ganz reglos da und aß nicht mehr. Man brachte ihr Kaffee, doch sie schenkte ihn nicht ein. Auch ihrem abwesenden Begleiter wurde eine Tasse mit Untertasse hingestellt, neben seine zerknüllte Serviette.

»Manchmal sind sie eine Plage«, sagte Monsieur Buissonnet über die Touristen, die auf die Insel kamen, eine Bemerkung, die er hin und wieder von sich gab, »auch wenn sie ein bisschen Leben in die Bude bringen.«

Im Hafen oder im Dorf mieteten sich die Touristen Fahrräder und radelten die sandigen Pfade entlang. Sie kamen für einen Tag oder übernachteten in einem der kleinen Dorfhotels, wenn nicht in Monsieur Perdreaus eher prachtvollerem. Die einzigen Fahrzeuge, die auf der Insel verkehren durften, waren die Lastwagen und Traktoren der Bauern, die Lieferwagen und der Minibus, der die Gäste brachte und abholte. Wegen der Feuergefahr war das Rauchen in den bewaldeten Gebieten untersagt.

»Ach, wir freuen uns doch über die Touristen«, äußerte Madame Buissonnet. »Natürlich tun wir das.«

Die Tische leerten sich einer nach dem andern. Als der Kellner, den Madame Buissonnet stilvoll fand, Pralinen und Kaffee brachte, waren nur noch einige wenige besetzt – der eine, an dem das Mädchen allein für sich saß, ein weiterer in einer Ecke, an dem Italienisch gesprochen wurde, ein dritter, von dem sich gerade ein Paar erhob. Der Mann im blauen Anzug kehrte zurück, schwankend kam er näher und warf ein kleinlautes Lächeln in die Runde, als sei ihm nicht bewusst, dass die Stühle, die er umschiffte, leer waren. Geräuschvoll setzte er sich hin und stand sogleich wieder auf, offenbar, um die Aufmerksamkeit eines Kellners zu erregen. Als einer auf ihn zukam, winkte er ihn fort und füllte noch im Stehen sein Glas, sodass es überschwappte, als er sich setzte. Das Mädchen schenkte sich Kaffee ein. Sie sagte nichts.

»È ornitologo«, sagte jemand an dem italienischen Tisch, eine Frauenstimme, die weit durchs Restaurant trug. *»Scrive libri sugli uccelli.«*

Der Mann im blauen Anzug stand auf und sah sich erneut um. Er zog an seinem Krawattenknoten und lockerte ihn. Dann tastete er nach seinen Hemdknöpfen darunter. Seine Begleiterin starrte auf das Tischtuch. Weinte sie etwa?, fragte sich Guy. Etwas an der geneigten Haltung ihres Kopfes deutete darauf hin.

Auf Stirn und Wangen des Mannes glänzten Schweißperlen. Er hob sein Glas in Richtung der Italiener und lächelte ihnen töricht zu. Einer von ihnen – ein Mann in einer Wildlederjacke – verbeugte sich steif.

Die Kellner wahrten Abstand, ganz und gar diskret. Madame Buissonnet, die die Szene zunächst amüsiert hatte, wandte den Blick ab. Sie sollten jetzt aufbrechen, sagte sie.

»*Mi dà i brividi*«, rief einer der Italiener ziemlich laut, und alle standen auf, die Frauen sammelten ihre Handtaschen und Umhängetücher ein, einer der Männer steckte sich eine frische Zigarette an.

Als er zusah, wie sie davongingen, merkte Guy, dass er dem Mädchen, das ihren Tisch mit dem betrunkenen Mann teilte, den ganzen Abend über verstohlene Blicke zugeworfen hatte. Besonders wenn sie allein war, hatte er sie immer wieder angeschaut, er hatte nicht an sich halten können. Sie war sehr dünn. Noch nie hatte er ein so dünnes Mädchen gesehen. Während er sich über Gérard und Jean-Claude, über André Délespaul und Colette ausgelassen hatte, während er sich nähere Einzelheiten zur Olivenernte angehört hatte, während er Monsieur Perdreau die Hand geschüttelt und über seinen Scherz gelacht hatte, hatte er sich die ganze Zeit über vorgestellt, mit ihr in der kleinen Bucht zu sein, in der er immer schwamm, und in Le Nautic oder im Café Vert im Dorf. Er hatte nach einem Ehering Ausschau gehalten, und da war er.

Der Betrunkene lachte. Er winkte den Italienern nach, und sein Lachen wurde lauter, als habe er einen komödiantischen Augenblick mit ihnen geteilt. Der Mann, der sich gerade eine Zigarette angezündet hatte, winkte zurück.

»He!«, rief der Betrunkene ihnen nach und torkelte hinter ihnen her, wobei er gegen Stühle und Tische stieß und sich bei Gästen entschuldigte, die längst nicht mehr da saßen. Plötzlich blieb er stehen, als habe ihn die Kraft verlassen. Er war verwirrt. Er runzelte die Stirn und schüttelte den Kopf.

Es war kein richtiges Lächeln, als das Mädchen Guy zulächelte; dafür war es zu freudlos, eine Art Flehen. Sie lächelte, da sie bemerkt hatte, dass er den ganzen Abend über seine Augen nicht von ihr abwenden konnte. Sollte sie diesen Mann wirklich einmal geheiratet haben?, fragte sich Guy. Konnte es tatsächlich sein, dass sie Mann und Frau waren?

»Danke, Guy«, sagte Madame Buissonnet, wie sie es immer tat, wenn der Abend zu Ende ging. Die Rechnung, als er nach ihr winkte, kam umgehend. Er unterschrieb den Zahlungsbeleg seiner *carte bancaire*.

»Ja«, bekräftigte Monsieur Buissonnet. »Danke.«

In diesem Augenblick schlug der Mann hin. Er fiel auf einen ungedeckten Tisch und glitt seitlich zu Boden. Kellner liefen herbei, um ihm aufzuhelfen, doch gelang es ihm, sich von allein wieder aufzurappeln. Seine Frau sah nicht hin. Inzwischen war Guy überzeugt, dass sie seine Frau war.

»He!«, brüllte der Mann den Buissonnets zu. »He!«

Er lachte wieder und grölte noch etwas, aber Guy verstand nicht, was, da der Mann entweder Englisch oder Deutsch sprach; es ließ sich kaum unterscheiden, was genau, weil er nuschelte. Polternd ließ er sich auf den Stuhl fallen, auf dem er schon vorher gesessen hatte. Er breitete die Arme auf dem Tischtuch aus und ließ seinen Kopf darauf sinken. Das Mädchen sagte etwas, doch er rührte sich nicht.

Guy ließ sich seinen Unmut nicht anmerken. Darin war er geübt; schon immer gewesen. Es konnte geschehen, dass man sich verliebte, dass es einen Moment gab, der einem zu dem betreffenden Zeitpunkt nicht auffiel und der einem hinterher, wenn man sich zu erinnern versuchte, nicht mehr einfiel. Aber es war einerlei, denn man wusste, dass es ihn gegeben hatte, man wusste, dass es geschehen war.

»Auf meinem Spaziergang heute hab ich mich mit den beiden unterhalten.« Es schien kaum eine Lüge, lediglich eine notwendige Ausflucht. Jeder Vorwand wäre dienlich gewesen.

Madame Buissonnet zeigte sich nicht überrascht und akzeptierte Guys Behauptung ohne ein wissendes Lächeln. Monsieur Buissonnet, in derlei Angelegenheiten ganz Mann von Welt, sagte, der Schlüssel zum Bauernhaus befinde sich dort, wo er sich immer befand, wenn man ihn draußen ließ: im Taubenschlag. »Madame muss ihren Schönheitsschlaf halten«, fügte er hinzu und hakte den Arm seiner Frau bei sich ein.

»Nicht der Rede wert.«

Wieder stellte Guy sich vor, dass er mit ihr in der kleinen Bucht wäre, ihr in Le Nautic oder im Café Vert erzählte, weshalb er sich auf der Insel aufhielt, ihr die Sache mit den Buissonnets erklärte, ihr erklärte, weshalb er im Restaurant war, als sie einander zum ersten Mal gesehen hatten, dass er den Buissonnet etwas vorgelogen hatte, dass sie seine Lüge durchschaut hatten und dass es gleichgültig sei.

»Madame«, murmelte ein Kellner, bot ihr seine Hilfe an, wiederholte, was Guy gesagt hatte – es sei nicht der Rede wert –, und gab vor, dass ja nichts weiter passiert sei.

Der Mann im blauen Anzug war wach und wieder auf den Beinen, er kniff die Augen zu, als wolle er eine Trübung auf seiner Netzhaut verscheuchen, dann schlug er sie zwinkernd wieder auf. Guy und der Kellner halfen ihm durchs Restaurant und durchs Foyer zum Lift. Das Mädchen, das gedemütigt worden war, flüsterte ihren Dank, sie schien nicht die Zuversicht zu besitzen, die Stimme zu heben. Im Stehen wirkte sie noch dünner, noch zerbrechlicher.

Am Sonntag würde Guy mit der letzten Abendfähre die Insel verlassen, sein Besuch wäre zu Ende. Vielleicht reiste sie selbst ja noch früher ab, eilte gleich frühmorgens mit ihrem Begleiter davon, wegen der Schande, die sie teilten. Als sie einander im Lift berührten – da der Lift klein war, war ihre Schulter gegen Guys gepresst –, kam keine Verlegenheit auf. Er spürte, wie sich panische Angst in ihm ausbreitete, seinen Herzschlag beeinträchtigte, Trockenheit im Mund erzeugte. Aber wie konnte sie so rasch abreisen, da sie ihn doch so angefleht hatte? Woher rührte dieses Flehen, wenn nicht daher, dass sie einander gewahr geworden waren? Allein an ihrem Tisch, als ihr ungehobelter Ehemann sie sich selbst überließ, hatte sie der Blick eines Fremden verstört, ohne dass sie sich seiner erwehrt hätte. Weshalb hatte sie sich seiner nicht erwehrt, es sei denn, dass sie es mit derselben Bestimmtheit gewusst hatte wie er? Noch bevor sie die Stimme des anderen vernommen hatten, hatte Gewissheit bestanden. Ganz Intuition, nichts als ein Gespür über eine Entfernung hinweg, und doch mehr, als sie je zuvor erlebt hatten.

»*Voilà!*«, murmelte der Kellner und entnahm der Jackentasche des Mannes den Schlüssel zum Zimmer des Paares. Einen Augenblick zuvor, als er nirgendwo zu finden gewesen war, hatte Bestürzung geherrscht.

Liebe war Gespräch: Das hatte Gérard gesagt, und Guy hatte es nie begriffen, erst heute Abend. Sie würden auf den Felsen sitzen, und ihr Gespräch würde sich um sie herum ausbreiten, ihrer beider Leben würde sich ineinander verwirren, so wie es das auf andere Weise schon begonnen hatte. Club 14, Gérard, Jean-Claude, Jean-Pierre, Colette, Michelle, Dominique, Adrien, der Gang von der rue Marceau zum Café de la Paix nach einem Badmintonspiel, seine Mutter und alles Übrige: Morgen und Samstag würden nicht ausreichen. Nun, sie brauchten ja auch nicht auszureichen.

Als der Kellner den Mann aufs Bett hatte plumpsen lassen, reichte sie ihm einen Hundert-Franc-Schein. Der Kellner legte den Zimmerschlüssel auf den Schreibtisch. Als er ging, schien er nicht weiter überrascht zu sein, dass Guy nicht ebenfalls das Zimmer verließ, vielleicht ahnte er etwas von dem, was vor sich gegangen war. Nur einmal in einem Menschenleben, dachte Guy, macht das Schicksal zwei Leuten ein solches Angebot. »Wie sehr du doch ein Besucher bist!«, hatte Michelle einmal gemeint, und um die Wahrheit zu sagen, er selbst hatte es stets auch so empfunden: dass er nicht ganz zur Gruppe gehörte, nicht einmal zu seiner Mutter. Und bei den Buissonnets war er natürlich auch nur ein Besucher. All das würde das Gespräch ans Licht fördern; am Ende alles.

»Danke«, sagte sie auf Englisch und danach noch einmal auf Französisch, für den Fall, dass er nicht verstanden hatte. Aber er sprach ein wenig Englisch, und er fragte sich, ob es sich um Amerikaner oder Engländer handelte. Der Mann auf dem Bett schnarchte.

»Bitte«, sagte sie, öffnete die Minibar und deutete auf die aufgereihten kleinen Flaschen. »Bitte, trinken Sie doch etwas.«

Er wollte sagen, sie brauche nicht verlegen zu sein. Er wollte sie vollkommen beruhigen, wollte ihr sagen, dass der Vorfall unten keinerlei Folgen nach sich ziehen werde. Er wollte unverzüglich von all den anderen Dingen reden, ihr anvertrauen, schon vor Jahren habe er erraten, dass Monsieur Buissonnet sein Vater sei, er sei überzeugt, seine Stelle bei der Crédit Lyonnais Monsieur Buissonnets Einfluss zu verdanken. Er wollte ihr erzählen, dass Madame Buissonnet nie auch nur ein Wort über seine Mutter verlor, ebenso wenig wie diese über Madame Buissonnet, schon vor langer Zeit habe er erraten, dass seine Mutter vor dessen Heirat in Monsieur Buissonnets Leben eine Rolle gespielt habe. Es musste vor seiner Heirat gewesen sein; es war nicht Monsieur Buissonnets Stil, untreu zu sein.

»Nun gut, einen Kognak«, sagte er.

Nie wurde darüber gesprochen, dass der Bauernhof eines Tages an ihn fallen würde. Deshalb sprach Monsieur Buissonnet so oft und so ausführlich darüber, deshalb fragte ihn Madame Buissonnet, ob dieser oder jener Farbton richtig sei, wenn sie die Farben für ein Zimmer auswählte, das sie neu streichen lassen wollte.

Guy nahm das Glas, das ihm hingehalten wurde, und eine Sekunde lang streiften seine Finger die Finger des Mädchens, in das er sich verliebt hatte. Bis zum heutigen Abend hatte er nicht gewusst, dass man binnen Minuten, ja Sekunden feststellen konnte, ob man sich in jemanden verliebt hatte.

»Sie sind sehr freundlich gewesen«, sagte sie. Sie setzte sich in einen niedrigen Sessel neben der Minibar, und Guy ließ sich am Schreibtisch nieder. Sie glättete das weiße Kleid über ihren Knien. So vieles an ihr war kindlich, dachte er: ihre Hände, wie sie über den weißen Stoff strichen, die Umrisse ihrer Knie, ihre Füße in den hochhackigen Schuhen. Ihr Haar fiel säuberlich herab und rahmte das Bild ihres Gesichts, in dem er noch immer den nachwirkenden Schmerz, den sie erlitten hatte, lesen zu können glaubte. Ihre Augen waren blau, so blass wie der Himmel über jenem Tag.

»Sind Sie Amerikanerin?«, fragte er und bediente sich eines zögerlichen Englisch, indem er die Frage aus dem Französischen übersetzte.

»Ja, Amerikanerin.«

Es war misslich, dass der Mann anwesend war, auch wenn er schlief. Wenn er aufwachte, mochte er ungehalten sein; und doch schien es keine Rolle zu spielen; es war nur misslich. Guy sagte:

»Bisher bin ich immer nur im Hotelrestaurant gewesen. Noch nie in einem Zimmer.«

»Dann wohnen Sie nicht hier?«

»Nein, nein.«

Sie ging zum Bett und schob den Mann unter einiger Kraftaufbietung auf die Seite. Das Schnarchen verstummte.

»Ich komme jedes Jahr auf die Insel«, sagte Guy. »Die Buissonnets haben einen Bauernhof.«

»Die Leute, mit denen Sie zusammensaßen?«

»Ja.«

»Ich war noch nie hier.«

»Die Leute finden es sehr ruhig hier.«

»Ja, das ist es auch.«

Als sie sich wieder setzte, war der Blick, mit dem sie einander umfingen, so verwegen, wie er es für beide von ihnen schon unten gewesen war, ebenso offen und selbstsicher. Vorher hatte Guy diese Selbstsicherheit und Offenheit nicht bemerkt. Er fragte sich, ob er – bis sie lächelte – vermutet hatte, dass ihr sein zwanghaftes Interesse in der unaufdringlichen Beleuchtung des Restaurants entgangen sei. Er konnte sich nicht erinnern, was er vermutet hatte, und es schien nicht wichtig. Er überlegte, was sie wohl dachte.

»Wir sind durch Zufall hierhergekommen«, sagte sie. »Auf die Insel.«

»Ja.«

»Bitte, stehen Sie nicht auf, gehen Sie nicht.«

Er schüttelte den Kopf. Sie lächelte, und er erwiderte ihr Lächeln. Er würde ihr alles auf der Insel zeigen, und wenn der richtige Augenblick gekommen wäre, würde er ihr gestehen, dass er sie liebe. Er würde ihr sagen, dass er noch nie zuvor ein Mädchen so geliebt habe, dass er sich lediglich auf die übliche Weise zu jemandem hingezogen gefühlt habe. Es mochte daran liegen, dass er war, was Michelle einen Besucher genannt hatte, stets ein wenig allein. Es mochte mit den Umständen seiner Geburt zu tun haben, über die so wenig verlautbart wurde, eigentlich überhaupt nichts. Wer weiß schon?, sagte sich Guy, wer weiß schon, was einen Menschen zu dem macht, was er ist?

»Darf ich fragen, wie Sie heißen?«

»Guy.«

Ihren Namen nannte sie nicht. Guy sei hübsch, sagte sie, besonders die Art, wie man den Namen in Frankreich ausspreche. Sie passe zu ihm, die französische Art, ihn auszusprechen.

»Noch einen Kognak?«, fragte sie.

Er hatte kaum einen Schluck zu sich genommen. Er schüttelte den Kopf. Sie streckte die Hand aus, um die Tür der Minibar zu schließen, und blockierte das Licht, das durch die aufgereihten Flaschen auf ihre dünnen Waden fiel. Sie würden eine Ehe führen wie die Buissonnets; im Bauernhaus ließ es sich so leben. Langsam griff sie nach unten und zog ihre Schuhe aus.

Dem Mann auf dem Bett stand der Mund offen. Ein Arm hing herab, seine Finger streiften den Teppich ganz in ihrer Nähe.

»Guy«, flüsterte sie, ihr weißes Kleid lag in einem Bündel auf dem Fußboden, einer ihrer Schuhe war umgekippt. »Mein Lieber«, flüsterte sie.

Die Art, wie sie ihm seine Hemmungen vor dem Akt, der ihm aufgenötigt wurde, nahm, hatte etwas Dringliches. Keine Flüsterworte mehr und keine Liebkosungen. Guy wusste instinktiv, dass es für sie nicht lustvoll war. Als es vorbei war, lachte sie, ein lautloses Lachen, anders als das ihres Mannes und doch dessen Echo.

Das Zimmer war stickig, die Luft verbraucht, infiziert von dem ranzigen Atem des Manns, der schlafend dalag. Nackt stand sie über ihm und blickte hinab auf sein schlummerndes Gesicht, auf die Bartstoppeln, die ihm an Kinn und Hals zu sprießen begannen, den Sabber, der ihm aus dem Mundwinkel troff. Sie berührte seine Schulter, und für einen Moment schlug er die Augen auf. Sie sagte nichts, und er schlief wieder ein. Für all das – für das, was geschehen war, für das, was noch immer geschah – hatte sie den Blick eines Fremden erwidert. Im Zimmer lag etwas Destruktives; Guy war sich dessen bewusst.

Sie wandte sich ab, von dem Bett, auf dem ihr Mann lag, von Guy. Der Kognak, den sie sich eingeschenkt hatte, war unberührt. Guy sah ihr zu, wie sie das Zimmer durchquerte und eine Tür hinter sich schloss. Er hörte Badewasser einlaufen.

Er fischte seine Kleidungsstücke unter ihren heraus und zog sich an. Vielleicht würde er zu ihr hineingehen, nun, da diese Minuten verstrichen waren. Morgen, würde er vielleicht sagen. Um halb elf im Café Vert, um zehn, wenn ihr das besser passte. Er würde ihr die Insel zeigen, würde ihr das Gehöft zeigen; sie würde ihm von sich erzählen. Was geschehen war, konnte nicht vergessen werden, Verstellung war ausgeschlossen; doch wenn sie sich unterhielten, wenn ihr Gespräch begann, würde, was geschehen war, nicht dazugehören.

Er legte ihr Kleid zusammen mit ihrer Unterwäsche auf einen Stuhl, stellte ihre Schuhe ordentlich nebeneinander. Er trank den Kognak ganz aus, er wollte es so, weil sie es war, die ihn eingeschenkt hatte. Dann klopfte er an die Tür, die sie hinter sich geschlossen hatte.

Sofort ertönte ihre Stimme, barsch und laut, anders, als sie zuvor geklungen hatte.

»Ich nehme ein Bad. Musst schon warten.«

Sie sprach auf Englisch. Den ersten Satz verstand Guy, über den zweiten musste er nachdenken, und als er nachdachte, merkte er, dass sie den schlafenden Mann angesprochen hatte, dass er selbst längst hätte gehen müssen. Er wollte antworten, um das Missverständnis aufzuklären, doch er zögerte.

»Schau dich nur um, während du wartest.« Zu den anderen Eigenschaften, die sich in ihre Stimme geschlichen hatten, gesellte sich Spott. »Mach nur.«

Ihr wäre es lieber gewesen, wenn er richtig aufgewacht wäre, als sie seine Schulter berührte; dies hier war nur zweite Wahl: dass ihre Kleider verstreut umherlagen, dass die beiden Gläser noch immer dort standen, wo sie sie abgestellt hatten. Es war nur zweite Wahl, doch das reichte schon. Und dem Zimmer war noch immer aufgeprägt, was geschehen war.

Guys Schritte wurden vom Teppich verschluckt, als er sich von der Tür fortbewegte. Als er am Bett vorbeikam, blickte er auf den Mann in dem hellblauen Anzug, ein Revers mit weißen Essensresten bekleckert, Wangen und Stirn gerötet. Guy fragte sich, wie er wohl hieß, auch wie sie hieß, bevor er das Zimmer verließ.

Die Nachtluft war kalt, bereits herbstlich. Während er langsam auf dem staubigen Pfad voranschritt, überlegte Guy, was die Buissonnets wohl zueinander gesagt hatten. Vielleicht würden sie den Zwischenfall am Morgen erwähnen, oder sie mochten entschieden haben, ihn lieber unerwähnt zu lassen.

Das Meer schwappte sanft über die Kiesel der Bucht, in der er immer schwamm. Zwischen den Felsen setzte er sich hin und überlegte, ob er je irgendjemandem davon erzählen würde, und falls ja, wie er es anstellen sollte. So lebten sie halt, könnte er sagen; so gehörten sie einander an, nicht dass er es begriff. Im kalten, hellen Mondlicht empfand er seine Einsamkeit als tröstlich.

DAS GESCHENK DER JUNGFRAU

Ein milder Herbst hatte sich fortgestohlen, sonnig bis zum Ende, die letzten Schmetterlinge dösten noch bis Dezember in den Felsspalten. Die Blütenblätter der Steinwurz waren schon vor Monaten verwelkt und von ihren Stängeln abgefallen; das Heidekraut stand in Blüte, das Gelb des Stechginsters hatte sich besänftigt. Es war ein Wunder, dachte Michael oft, ein Sommerwunder, dass die Schmetterlinge diese Stelle überhaupt anflogen.

In dem Gefühl, ganz Irland durchwandert zu haben – eine Redensart, die in jener fernen Vergangenheit, der er angehörte, oft verwendet wurde –, war Michael an Irlands zerklüftetster Küste angelangt. Er wusste wohl, dass es nach Norden, Westen und Osten hin Land gab, welches er noch nicht bereist hatte, dass kein Mensch alle Flussufer und Pfade Irlands, alle seine Gipfel und Ebenen, jedes Gehölz, jede Klippe und jede Schlucht begehen konnte. Doch im Übertriebenen der Redensart lag eine Art Sinn; für ihn war seine Reise genau das gewesen, was die Worte beinhalteten. Während die Jahreszeiten wechselten und seine Lebenstage einer nach dem andern ausgelöscht wurden, dachte Michael in der Einsiedelei, die er sich geschaffen hatte, über derlei Verwirrungen von Wahrheit und Irrtum – von Gut und Böse, Gott und Teufel – nach.

Die Jahreszeiten kündigten sich von selbst an, doch für die Tage führte er einen Kalender – wie sie es der Regel folgend in der Abtei gehalten hatten –, und seine Existenz wurde von Fest- und Fasttagen bestimmt, von Tagen der Buße und solchen der Ruhe. Zwischen den Felsen seiner Insel war ihm die Zeit weder Freund noch Feind, ihr Verrinnen nichts weiter als ein Element, das zu Meer und Strand gehörte, zu dem Gemüsegarten, den er angelegt, zu der Behausung, die er sich eingerichtet hatte, zu den Möwen, der Einsamkeit. Er erahnte den Charakter eines jeden der sieben Tage und hielt die unterschiedlichen Empfindungen lebendig, die jeder von ihnen in ihm auslöste, und wenn er erwachte, wusste er, welcher Tag es war.

Als der vierte Tag des Dezember nahte, war es der Festtag des heiligen Petrus Chrysologus. Inzwischen herrschte mehr Dunkel als Licht, und bald würden Regen und Wind von der Felslandschaft Besitz nehmen. Anfangs hatte er sich im Winter in dem Nebel verirrt, der sich zu dieser Zeit herabsenkte und in dem alles Vertraute wie verzerrt wirkte; inzwischen wusste er, dass er sich nicht allzu weit hinauswagen durfte. Im Dezember war ihm jeder Tag, der nicht feucht war, jeder bitterkalte Morgen, jede bestirnte Nacht ebenso willkommen wie die Sommerblumen und die Schmetterlinge.

Als Michael achtzehn Jahre zählte, war ihm seine Berufung offenbart worden, eine Weisung, die ihn im Traum ereilte: die Weisung, das Gehöft zu verlassen und sich der Abtei darzubringen. Damals wusste er kaum etwas über die Abtei, hatte nur ein-, zweimal im Gespräch von ihr gehört und besaß eine vage Vorstellung von ihrem Zweck oder ihrer Beschaffenheit. »Ach, das würdest du nie wollen«, sagte Fódla, als er ihr davon erzählte, denn seit sie sich das erste Mal umarmt hatten, hatte er ihr alles anvertraut. »Dorthin geht man, wenn man alt ist«, hatte sie hoffnungsvoll gemutmaßt, doch ihre dunklen Augen blickten bereits traurig, und sie wickelte eine Haarlocke um den Finger, wie sie es immer tat, wenn sie unglücklich war. »Ein Traum ist nicht mehr als ein Traum«, flüsterte sie in vergeblichem Protest, als er wiederholte, wie ihm die Jungfrau erschienen sei und ihm Gottes Botschaft überbracht habe.

Als Michael am Morgen des Festtags des heiligen Petrus Chrysologus frische Grassoden für sein Dach stach, erinnerte er sich an Fódlas Tränen. Seit Kindertagen hatten sie miteinander gespielt – auf dem Erdboden des Wirtschaftsgebäudes, wo das Viehfutter gekocht wurde, in den ausgehöhlten Torfmooren, wo die Esel geduldig darauf warteten, dass ihre Tragkörbe gefüllt wurden, auf den Stoppeln des Weizenfeldes, wo ihr Vater und seiner gemeinsam die Garben zu Hocken aufstellten, ebenso ihre Mütter und Fódlas Brüder, als sie alt genug waren. »Ich muss«, sagte er, als Fódla zu weinen begann, und dort, wo sie spazieren gingen, trillerte einen Moment lang ein Vogel, wie um sich über ihren Schmerz lustig zu machen. Sie entzog ihm ihre Hand, ihre Freundschaft war zu Ende. Ihr Leben auch, sagte sie.

»Gott hat dich erwählt.« Sein Vater vertrat noch am selben Abend eine andere Ansicht. »Und damit hat Er dich geehrt. Zweifle nicht, Michael.«

Er zweifelte nicht, sondern hatte nur die Sorge, dass die Ehre, die Gott ihm hatte widerfahren lassen, eines Tages den Niedergang des Gehöfts bedeuten würde: Er war das einzige Kind.

»Er wird für uns sorgen«, versicherte ihm sein Vater robust und vertrauensvoll – in der Blüte seiner Jahre. »Das wird er bestimmt.«

Von der anderen Seite seiner Insel schleppte Michael die ersten Soden dürren Grases herbei, die er gestochen hatte.

Den ganzen Vormittag lief er hin und her, bis er einen ganzen Stapel neben seiner Klause stehen hatte. Dann hob er die Soden hinauf, zwölf Reihen mit jeweils sechs Soden auf beiden Hälften des sacht geneigten Daches, und schlug sie mit dem langen, flachen Stein fest, den er zu diesem Zweck aufbewahrte. Drei Seiten seiner Hütte, leicht geschrägt, waren aus losen Steinen errichtet, denn schon vor langer Zeit hatte er gelernt, eine Feldmauer zu bauen. Die vierte war eine natürliche Mulde in der Felswand, und das Gerüst, auf das er die Soden legte, bestand aus festgezurrten Ästen, ähnlich die Tür und der Türrahmen.

Als Fódlas Arme verstochen gewesen waren, hatte er die Stiche mit Ampferblättern gelindert. Als sie vor den Gänsen im Obstgarten Angst hatte, hatte er sie fortgeführt, und bald darauf hatte sie vor nichts mehr Angst. Inzwischen war sie wohl verheiratet, hatte Kinder und Enkelkinder, und die Freundschaft von vor so langer Zeit war vergessen: Das akzeptierte er. Seine Mutter wäre jetzt achtzig Jahre alt, sein Vater noch älter. Oder sie wären gar nicht mehr am Leben, was wahrscheinlicher war.

Michael gewann Salz aus dem Meer, und im Sommer konservierte er damit die Fische, die er fing. Das Getreide, das er zuerst mit dem aus der Abtei mitgebrachten Saatgut angebaut hatte, gedieh von Jahr zu Jahr. Da waren außerdem die Heidelbeeren, das Beet mit Nesseln, das er gedüngt und erweitert hatte, die moosgrünen Algen, die in der Sonne reiften, der Frühling, der nie auf sich warten ließ, die Kräuter, die er aus gleichfalls von der Abtei mitgebrachten Wurzeln gezogen hatte. »Suche die Einsamkeit«, hatte die Jungfrau ihn beim zweiten Mal angewiesen, nachdem er siebzehn Jahre in der Abtei verbracht hatte, und wieder war es ihm wie eine Strafe vorgekommen, wie an dem Morgen, als Fódla Tränen vergossen hatte.

Als die Dämmerung hereinbrach und Michael die Ausbesserung seines Daches abgeschlossen hatte, erklomm er die höchste Felsenspitze der Insel, um zu den Klippen des Festlands hinüberzuspähen, von denen er vor so langer Zeit fortgewatet war, wobei er all seine Habseligkeiten hoch über den Kopf gehalten hatte. Aus dem Himmel las er das morgige Wetter ab; es würde wieder schön werden. Dünne Wolkenfahnen konnten die bernsteingelbe Leuchtspur nicht verdecken, die die Sonne hinterlassen hatte, als sie sich herabsenkte. Das Meer lag ruhig da wie ein See.

Obwohl er wusste, dass es ein Ding der Unmöglichkeit war, bildete sich Michael an stillen Abenden wie diesem oftmals ein, das Angelusläuten der Abtei zu hören. Als er noch dort war, hatte er die Zucht und Ordnung lieben gelernt, die Schlichtheit der wenigen Vergnügungen, die ihnen vergönnt waren, die Gemeinschaft. Das Morgenrot, das vom Klostergang zum Hochkreuz auf der Weide vordrang, die abends angezündeten Ampeln, das Psalmodieren, das Gemurmel während der Messe – all dies vermisste er, selbst jetzt noch. Bruder Luchan kannte die Heiligen und erzählte ihre Legenden: wie der heilige Mellitus sich weigerte, den Söhnen des Königs das heilige Sakrament zu spenden, wie dem heiligen Marcianus Wölfe und Bären gehorchten, wie sich der heilige Symeon auf Säulen geißelte. In ihren Zellen verzierten Cronan und Murtagh kunstvoll die Evangelien, mischten Tinte und schnitten Federkiele. Ioin schielte, Bernard war rund wie ein Fass, Fintan hatte frische Wangen und ein fröhliches Gemüt. Diarmaid war der Größte, Conor der Gesprächigste, Tomás der Vergesslichste, Cathal praktisch veranlagt. »Verliere nie deine

Glasscherbe«, ermahnte ihn Cathal zum Abschied. »Du musst immer Feuer machen können.«

Sahen sie ihn genauso vor sich, wie er sie vor sich sah – seine zerschlissene Kutte, seine verschwundene Tonsur, seinen Bart, so gut gestutzt, wie er es eben vermochte, seine bloßen Füße? Konnten sie sich das Kreuz vorstellen, das er in das Gestein über der Felsplatte eingeritzt hatte, die ihm als Bett diente? Hörten sie vor ihrem geistigen Ohr die Wogen und das Klagen der Möwen, wenn er die Algen über die Felsen zu seinem Stück Garten zerrte? Errieten sie, dass er in Gedanken noch immer den kleinen Tümpel hinter dem niedrigen Wäldchen aufsuchte und zusah, wie ein Bibelvers verziert wurde, das Spiel der Kreaturen, die von Cronans Feder eingefangen wurden: Fische und Vögel, Schlangen, die sich um die Unterlänge eines Buchstabens wanden?

Beim zweiten Mal war ihm die Jungfrau so erschienen, wie Murtagh sie dargestellt hatte, nicht wie zuvor in Gestalt seiner Mutter. Bei jenem zweiten Mal hatte er nicht verstanden, weshalb es noch eine Unterbrechung in seinem Leben geben musste. Jetzt verstand er es. In der Abtei hatte er Frömmigkeit gelernt, sich in Geduld geübt, sich vom Talent seiner Gefährten demütigen, von ihrer Freundschaft ermutigen lassen. In seiner Einsamkeit jedoch war er näher an Gott.

Als er jetzt auf der Felsenspitze stand, die alle anderen überragte, wusste er es mit einer Bestimmtheit, die ihn am Abend eines jeden Tages aufs Neue überkam. Während seines gesamten Aufenthalts hier hatte er keinen anderen Menschen gesehen, hatte nur mit Gott und mit sich selbst geredet, mit Tieren und Vögeln und mit den Schmetterlingen, die seltsamerweise hierher fanden, gelegentlich mit einem Insekt. Die Trugbilder, die sich seiner Vorstellungskraft aufdrängten, erzeugten keine befremdliche Stimmung; sein Heimweh war stets gedämpft. Als er an diesem Abend sein Essen zubereitete und verzehrte, freute es ihn, dass er die Grassoden für das Dach gestochen und aufgeschichtet hatte, solange das Wetter schön war. Darin lag eine gewisse Befriedigung, und als er sich zur Ruhe legte, nahm er sie mit in den Schlaf.

Wie aus dem Nichts leuchtete Farbe auf, erhellte sich zu Lebhaftigkeit. Ein Schlagen von Flügeln, die sich nach dem Flug zusammenlegten, war zu hören, Paradiesvögel mit roten Schwanzfedern, gelbem oder grünem Brustgefieder. Torbögen verschmolzen mit der Landschaft; ein Marmorfußboden war von blassbraunen und rosa Adern durchzogen. Sonnenstrahlen schossen wie Pfeile durch die Luft.

Das Gewand der Jungfrau changierte in zwei Blautönen, ihr wie mit Spitzen gesäumter Heiligenschein war kaum wahrnehmbar. Diesmal erinnerten ihn ihre Gesichtszüge nicht an die seiner Mutter, auch nicht an ein reich verziertes Evangeliar: Sie strahlte eine solche Schönheit aus, wie Michael sie nie zuvor in einem Menschenantlitz oder sonstwo in der Natur wahrgenommen hatte – nicht im Steinwurz oder im Heidekraut, nicht in der Zierlichkeit der Muscheln am Meeresstrand. Blasse, schlanke Hände erhoben sich zu einem liebevollen Gruß.

»Michael«, sprach die Jungfrau, und es trat Stille ein, bis er, verwahrlost und zerlumpt, vor ihr stand, bis er sagte:

»Ich bin hier zufrieden.«

»Weil du gelernt hast, deine Einsamkeit zu lieben, Michael.«

»Ja.«

»Noch in diesem Monat des Jahres musst du sie verlassen.«

»Ich war zufrieden auf meines Vaters Gehöft. Ich war zufrieden in der Abtei. Jetzt ist dies mein Zuhause.«

Durch Selbstverleugnung und Entbehrung hatte er seinen Frieden mit sich gemacht, seine Bestimmung erfüllt. Diese Worte wurden nicht ausgesprochen, doch sie waren da, ein Gedanke, der sich durch das Gespräch zog.

»Nun bin ich dir zum letzten Mal erschienen«, sprach die Jungfrau.

Sie lächelte nicht und war doch nicht streng in der Gelassenheit, die sie zu verbreiten schien. Zierlich berührten sich die Finger ihrer Hände und lösten sich wieder, dann erhob sie sie zum Segen.

»Ich verstehe es nicht«, sagte Michael, der nach anderen Worten rang und stumm blieb, als er sie nicht fand. Dann wurde es wieder dunkel, bis er bei Tagesanbruch erwachte.

Es war ein Donnerstag. Michael spürte es in einem Zustand nervöser Gereiztheit. Es kam nicht darauf an, welcher Wochentag war, da doch an diesem Morgen so viel anderes zu bedenken war. »Gebenedeit unter den Weibern«, flehte er. »Maria, voll der Gnade, erhöre mich.«

Er betete, dass seine Schwermut von ihm genommen werden möge, dass die Verwirrung, die ihn in der Nacht befallen hatte, durch eine Offenbarung gemildert werden möge. Dies waren die Tage des Jahres, da seine Lebensgeister am freudigsten waren, da jede Stunde, die verging, das Fest der Geburt des Erlösers näher brachte. Warum war der Respekt gegenüber der Weihnachtszeit so brutal gestört worden?

»Gebenedeit unter den Weibern«, murmelte Michael erneut, doch als er sich von den Knien erhob, war er noch immer allein.

Das Grau des frühen Morgens ließ seine Insel grauer erscheinen, als sie häufig war, und die Bilder seines Traumes, die hell in ihm nachwirkten, ließen sie noch grauer erscheinen. »Ein Traum ist nicht mehr als ein Traum.« Aus ferner Vergangenheit hallte Fódlas jugendliche Stimme nach, und Michael merkte, dass er verneinend den Kopf schüttelte. Wenngleich er sich auch bei den früheren Gelegenheiten, da die Jungfrau ihm erschienen war, gestraft gefühlt hatte – eine so unbehagliche Gereiztheit hatte er dabei nicht empfunden. In seinem ganzen Leben hatte er sie nicht oft empfunden. In der Abtei hatte es den schlurfenden Gang Bruder Andrews gegeben, seine klappernden Sandalen, ein langsames, sich wiederholendes Geräusch, bei dem man die Augen schloss und ihn stumm drängte, sich zu beeilen. Jedes Mal, wenn Bruder Justus im Refektorium vom Tisch aufstand, schüttelte er die Krumen vom Schoß seiner Kutte und verstreute sie auf dem Fußboden, sodass dieser aufs Neue gekehrt werden musste. Und da war das Husten des alten Nessan.

An diesem Morgen jedoch war Michaels Qual trostloser als jede Laune, die von solch lästigen Nadelstichen hervorgerufen wurde. Die Aussicht, seine Einsamkeit verlassen zu müssen, war furchterregend. Dies war sein Zuhause, und er hatte es dazu gemacht. In seinem neunundfünfzigsten Lebensjahr würde es ihn schwächen, ziellos umherzuwandern. Eine Reise könnte er nicht mit derselben Kraft antreten, wie er sie in seiner Kindheit und in mittleren Jahren besessen hatte. Sollte er jedoch abberufen werden, warum dann nicht hier sterben, zwischen seinen Felsen, nahe Heide und Stechginster, nahe seinem kleinen Garten mit Salat und Wurzeln?

Nachdem noch etwas Zeit verstrichen war, machte er sich langsam auf den Weg zu den verschiedenen Ufern der Insel. Am Eingang zu der Höhle, die er bewohnt hatte, bevor er sich seinen Unterschlupf baute, blieb er stehen. Damals – vor einundzwanzig Jahren – hatte er geglaubt, nicht überleben zu können. Als er versucht hatte, die Fische in Reusen zu fangen, war er gescheitert; noch hatte er an den Schlehen, der Nahrung, die sein Zufluchtsort ihm bot, keinen Geschmack gefunden. Er hatte versucht, Bienen anzulocken, aber es waren keine gekommen. Er hatte gehofft, ein Dornenstrauch würde Brombeeren tragen, aber es war nicht die richtige Sorte gewesen. Bevor er auf die Quelle gestoßen war, hatte er aus einem Tümpel im Moor getrunken.

Von der Höhle aus konnte er auf der Landzunge die verkrüppelten Eichen sehen, die sich dem Boden entgegenkrümmten, und er erinnerte sich, wie sie ihm anfangs unheimlich vorgekommen waren, der Wind, der sie verbog, feindselig. Heute Morgen jedoch wirkten sie freundlich, und die Brise, die vom Meer wehte, war so sanft, dass sie nicht einmal den Wasserspiegel kräuselte. Die Wellen schwappten sachte auf die Strandkiesel. Jahrelang hatten die Möwen sich nicht vor ihm gefürchtet, und jetzt landeten sie ganz in seiner Nähe, trippelten ein wenig auf den Felsen umher und blieben dann reglos stehen.

»Ich bin zufrieden hier«, sagte Michael laut und sagte es noch einmal, weil es der Wahrheit entsprach. Beschämt ließ er den Kopf hängen und zog unter seiner Kutte, die ihm nicht mehr viel Wärme oder Schutz gewährte, die Schultern zusammen. Er hielt die Augen geschlossen und sah nichts. Michael haderte mit seinem Ärger. Hatte sein Gehorsam etwa nicht ausgereicht? War er eitel oder stolz gewesen? Hätte er nicht einmal ein Ei aus den Möwennestern entwenden dürfen?

Es kam keine Antwort, keine gesprochene, keine gefühlte, und als er Vergebung für Fragen suchte, die vermessen waren, wurde er verdrießlich.

Als die Ebbe niedrig genug war, ging er hinüber zu den Klippen und watete durch das eiskalte Wasser, das ihn bis zur Brust durchnässte. Zitternd entledigte er sich seiner Kutte, wrang das Meerwasser aus und legte sie auf einen Felsen, wo sie in der Sonne trocknen konnte. Mit den Armen schlug er auf seinen Oberkörper ein und presste seine Finger in die Handflächen, um seinen Kreislauf anzuregen.

Er wartete eine Stunde, dann zog er sich wieder an, aber seine Kleidung war noch immer klamm. Er hatte das Gefühl, dass die Möwen ihn beäugten, und fragte sich, ob sie wohl spürten, dass sich auf der Insel, die er mit ihnen teilte, etwas verändert hatte. Er kletterte die Felswand hoch, an der seine Füße mühelos Halt fanden, und zog sich hinauf, indem er den spitzen Fels umklammerte. Oben gab es einen schmalen Grat aus zerdrücktem Gras, dann begann der Stechginster und wurde so dicht, dass er zuerst dachte, er würde sich nicht hindurchzwängen können. Die Dornen schrammten an seinen Beinen und Füßen, bis sie bluteten. Dann erst gelangte er zu einer Lichtung, wo die Vegetation nachließ. Sie verengte sich, später schlängelte sie sich vor ihm her wie ein Pfad.

Er lief, bis es dunkel war, und hielt nur an, um Holzäpfel zu pflücken und aus einem Bach zu trinken. Zum Schlafen legte er sich auf Farn und deckte sich, um warm zu bleiben, mit Farnwedeln zu, die er mit der Wurzel herausgerissen hatte. Obwohl er das Gegenteil befürchtet hatte, schlief er tief und unbeschwert.

Am nächsten Morgen kam er an einem verlassenen Turm vorbei, in dem nichts von den einstigen Bewohnern zurückgelassen worden war. Danach an einem Wohnhaus, vor dem eine Eselin angepflockt war. Auf einem Acker mit Wintergetreide jäteten ein junger Mann und eine junge Frau Unkraut. Sie gaben ihm Auskunft, wo er sich befand, doch von der Gegend, die sie ihm nannten, hatte er noch nie gehört, ebenso wenig von einer zwei Stunden Fußmarsch entfernten Stadt. Er bat um Wasser, und sie reichten ihm Milch, die erste Milch, die er seit Verlassen der Abtei gekostet hatte. Sie gaben ihm Brot und Blutwurst, die mit einem Kraut gewürzt war, Majoran, sagten sie. Sie hielten ihn für einen *seanchaí*, doch er verneinte, ohne hinzuzufügen, dass die einzige Geschichte, die er zu erzählen wisse, seine eigene sei, denn er fragte sich, wie sie reagieren würden, wenn er ihnen verriete, dass Unsere Liebe Frau ihm dreimal im Traum erschienen war.

»Durchwandert Ihr ganz Irland?«, fragte der junge Mann und eröffnete das Gespräch mit der vertrauten Wendung. Die beiden, die ihre Hacken niedergelegt hatten, setzten sich mit ihm auf einen Grasstreifen, wo er aß und trank.

»Ich habe es früher schon einmal durchwandert«, erwiderte er. »So, wie Ihr es meint.«

»Nicht viele kommen hier bei uns vorbei.«

Sie überlegten gemeinsam und stellten fest, wann zum letzten Mal ein Besucher des Weges gekommen war, der vor ihrem Haus verlief. Sie hätten den Acker und die Eselin, antworteten sie, als er danach fragte. Es werde nicht mehr lange dauern, bis ihnen ein Kind geboren werde.

»Dann seid Ihr wohlhabend.«

»Gott sei Dank, ja.«

Für sie war er ein Wanderbettler. Sie konnten nicht wissen, dass der Fetzen, den er am Leib trug, einst eine Mönchskutte gewesen war oder dass eine Tonsur seine Berufung gekennzeichnet hatte. Sie hätten es für gotteslästerlich gehalten, wenn er ihnen enthüllt hätte, dass er mit Unserer Lieben Frau zürnte, dass er ihr die höhnische Belohnung für seine Willfährigkeit in der Vergangenheit verübelte, dass er auf seiner Reise von Bitterkeit erfüllt war. »Bin ich etwa dein Spielzeug?«, fragte er barsch, als er weiterstapfte, und wie er sich so reden hörte, war er erneut beschämt.

Er gelangte durch einen Wald, in dem es so dunkel war, dass es ebenso gut hätte Nacht sein können. Stunde um Stunde verstrich, ehe die Bäume spärlicher wurden und das schwache Licht eines weiteren Abends die Finsternis tüpfelte. Die Nacht verbrachte er am Waldrand, wo er sich abermals mit Gestrüpp zudeckte.

»Ich werde zurückgehen«, murrte er am nächsten Morgen, wusste jedoch sogleich, dass seine Gereiztheit nichts als eine leere Drohung war: Selbst wenn er den Rückweg antrat, würde er den Weg nicht finden; nachts würden ihn wilde Eber und Wölfe anfallen. Selbst wenn ihn der Stechginster blutig gerissen hatte, wusste er doch, dass er, solange er gehorchte, beschützt wurde, denn im Dunkel des Waldes hatte sich ihm nicht einmal ein abgebrochener Ast in den Kopf gespießt oder ihm ins Gesicht geschlagen, war er nicht einmal über eine Wurzel gestolpert.

So ging er unwirsch weiter. Der Raureif, der Gras und Pflanzendecke weiß färbte, verlor sich jeden Morgen binnen einer Stunde in der Sonne. Es kam der Tag des heiligen Sabas, des heiligen Finnian, der heiligen Lucia, des heiligen Ammon. In früheren Jahren hatte an diesen Tagen das unterschiedlichste Wetter geherrscht, doch auf Michaels Wanderung regnete es noch immer nicht. Er knackte Nüsse, suchte Wasserläufe nach Kresse und wilder Petersilie ab. Er erinnerte sich, dass Luchan am Tag des heiligen Thomas davon erzählt hatte, wie Thomas seine Finger in die Wundmale legte, von dem Schmerzensschrei, den er ausstieß, als seine Ungläubigkeit entlarvt war, und vom Tadel seines Erlösers. »Es liegt nur daran, dass ich es nicht verstehe«, flehte Michael und bat erneut um den Trost der Vergebung.

Oft rastete er nicht, sondern ging weiter, wenn die Dunkelheit hereinbrach, und manchmal aß er nicht einmal. Die Kraft zum Weitergehen blieb ihm erhalten, doch verspürte er eine leichte Benommenheit, und wenn er weiterging, dachte er über sein Leben nach und fragte sich, ob er die Zeit, die ihm auf Erden vergönnt war, nicht vergeudet hatte. An der Tür eines großen Hauses bettelte er und wurde eingelassen, zu Wärme und Nahrung. Die Hausherrin kam in die Küche, um ihm Wein einzuschenken und ihn zu fragen, ob er auf seinem Weg Dachse und Füchse gesehen habe. Er bejahte. Ihr dunkles Haar und ihre olivfarbene Gesichtshaut erinnerten ihn an Fódla, und als er nachts in einem Bett lag, das bequemer war als jedes andere, das er gekannt hatte, dachte er an seine Freundin aus Kindertagen: Ihre Haut wäre jetzt rau und faltig, ihre Hände von lebenslanger Arbeit verfärbt. Wieder erwachte in ihm der Zorn; er war nicht länger bußfertig. Warum musste es so kommen, das Fódla einem anderen Mann Kinder geboren hatte, dass sie einem anderen angehörte, dass er ihr entrissen worden war? Seine schwermütigen Gedanken ängstigten ihn, schienen an Wahnsinn zu grenzen.

Hatte seit dem ersten heiligen Traum eine Tollheit von ihm Besitz ergriffen, eine törichte Leichtgläubigkeit? War er zu etwas verleitet worden, das Cathal den Tanz der Verwirrtheit nannte? Cathal hätte sich dazu geäußert, ebenso Diarmaid und Ioin. Ihre Argumente, ihre Sorge und die Weisheit Bruder Beoccas. Doch allein und verloren im Nirgendwo, gab es nur einen nagenden, nicht enden wollenden Zweifel, ein Geheimnis, das ihn verhöhnte und verspottete, das in seinem neunundfünfzigsten Jahr ein übellauniges Kind aus ihm machte.

Am Morgen wurde in dem Haus die Messe gelesen, und als man ihm ein Frühstück vorsetzte, trat die Hausherrin zu ihm.

»Eilt nicht gleich weiter«, bat sie, »wenn Ihr nicht müsst. Wir wollen nicht, dass Ihr in dieser Jahreszeit kein Dach über dem Kopf habt.«

Bleibt noch bis zum Stephanstag, drängte sie ihn und bot ihm mit einem schmerzlichen Lächeln ihre Gastfreundschaft an. Sie war Witwe, hatte er in der Küche gehört.

Sie würden ihn einkleiden, auch wenn darüber nicht gesprochen wurde. Sie würden die alte Kutte verbrennen, die nicht mehr als solche zu erkennen war. Er hatte ihnen nichts von sich erzählt; sie hatten ihn nicht gefragt.

»Ihr seid in meinem Haus willkommen«, hörte er die Einladung zum wiederholten Male. »Und es könnte bitterkalt werden.«

Es wäre angenehm, zu bleiben. Da war das Bett, der offene Kamin in der Küche. Am Vorabend hatte er zugesehen, wie das Rindfleisch mit Zucker und Zimt gewürzt wurde; in den Kühlkammern hatte er Geflügel hängen sehen, und in irdenen Gefäßen war Obst.

»Es ist mir nicht erlaubt, zu bleiben«, sagte er, schüttelte den Kopf und wurde nicht weiter gedrängt.

Bald nachdem er das Haus verlassen hatte, noch in derselben Stunde, fiel seine freudlose Stimmung von ihm ab. Als er in den Stiefeln, die man ihm geschenkt hatte, davonstapfte, spürte er mit bestürzender Plötzlichkeit – und wusste nicht, weshalb –, dass er nicht versagt hatte, weder als der junge Mann, der er einst gewesen, noch als der alte Mann, der er geworden war; und er wusste, dass seine Wanderung kein Gang in den Tod war. Getreu ihrer Weissagung war ihm die Jungfrau kein weiteres Mal erschienen, doch er sah sie auf andere Weise vor sich: wie sie gewesen sein mochte, bevor sie zur Heiligen wurde. Er sah ihr Erschrecken bei der Verkündigung des Engels, sie war in dieselbe Verwirrung gestürzt worden, wie er selbst sie erlebt hatte. Auch für sie hatte es eine Reise gegeben. Auch für sie hatte es Müdigkeit gegeben und Furcht und ein herzloses Mysterium. Und wer wollte behaupten, dass es nicht auch Verdrießlichkeit gegeben hatte?

Wie Blut, das wieder fließt, sickerte Vertrauen in ihn ein, und Michael hatte das gleiche Gefühl wie damals, als ihm zum ersten Mal zu Bewusstein gekommen war, dass er zwischen den Felsen der Insel überleben würde. Drei weitere Tage musste er sich erschöpft vorankämpfen, und seinem Drängen war Buße beigemischt; und als der vierte Tag graute, wusste er, wo er sich befand.

Die Abtei lag irgendwo gegen Osten hin; auf dem Weideland, das sich vor ihm ausbreitete, war er früher spazieren gegangen. Und ganz in der Nähe befand sich der Hügel, auf dem er so oft die Schafe seines Vaters gehütet hatte. Dort war der Bach, an dem die Erlen wuchsen, die Äste längst entlaubt. Auf den Hängen des Hügels graste keine Herde, im Obstgarten weideten keine Gänse, unter der Buche stöberten keine Schweine mehr. Doch das kleine steinerne Bauernhaus hatte sich kaum verändert.

Als er näher trat, war kein Laut zu hören, und einen Augenblick lang blieb er im Hof stehen und blickte sich zu den geschlossenen Türen der Wirtschaftsgebäude, zu dem Brunnen und dem leeren Kuhstall um. Zwischen den grob behauenen Steinen, mit denen der Hof zu seinen Füßen bepflastert war, wucherte Gras. In einer Ecke welkten Ragwurz und Nesseln vor sich hin. Ein Dach war eingestürzt.

Auf sein Klopfen hin öffneten sie ihm und erkannten ihn nicht. Sie gaben ihm Brot und Wasser, zwei altersschwache Menschen, die er, wäre er ihnen andernorts begegnet, auch nicht erkannt hätte. Um die Wärme zu halten, waren die Fenster in ihrer Küche mit Stroh verstopft. Vom Rauch, der von der Feuerstelle kam, mussten sie husten. Ihre Kleider waren Lumpen.

»Das ist ja Michael«, sagte sie plötzlich.

Sein Vater, blind, streckte die Hand aus und tastete in der Luft. »Michael«, sagte auch er.

Ihre Gesichter verrieten freudige Erregung, ein Hochgefühl, wie Michael es noch nie zuvor in irgendeinem Gesicht wahrgenommen hatte. Die Jahre fielen von ihnen ab, ihre Augen hellten sich auf, so viel Lebenskraft verlieh ihnen ihr Glück. Zur Feier des Tages brannte eine einzelne Kerze, ihr Talg war geronnen, sodass sie auf dem Brett über der Feuerstelle festklebte.

Ihr Land würde nicht wieder bestellt werden; dazu war er nicht gekommen. Im Obstgarten würden keine Gänse mehr schnattern, unter der Buche keine Schweine mehr wühlen. Für sehr viel weniger, und doch für mehr war er in der Zufriedenheit seiner Einsiedelei aufgestört worden. So oft hatte er die Schmetterlinge seines felsigen Zufluchtsortes als seine Sommerengel angesehen, doch falls es auch Winterengel gab, so hielten sie sich hier auf, gestaltlos und unsichtbar. Es sangen keine Chöre, es erstrahlte kein jäher Lichtglanz, nichts als Glieder, von der Mühsal in einer verräucherten Hütte geplagt, eine Hand, die blind die Luft abtastete. Und doch waren es gewiss Engel, die das zarte Gewebe dieser Gnade zwischen den Fingern hielten, das Geschenk eines zurückgegebenen Sohnes.

TOD DES PROFESSORS

Die bedeutenden Männer, die den Raum füllen, warten gespannt auf einen weiteren, den ein dritter bereits den Geist der Party getauft hat. Einige verhehlen ihre Ungeduld, bei anderen verrät sie sich als ein Glitzern in den Augen, eine gerötete Wange, ein flackerndes Lächeln, das kommt und geht. Was die im Raum Versammelten in Gang hält, ist ihre eifersüchtig gehütete Bedeutung in ihrer jeweiligen Fachdisziplin, doch dieses eine Mal, an diesem Morgen, spielt ihre Fachdisziplin keine Rolle. Die spitzen Pfeile der Kränkung bleiben im Köcher, unbeglichene Rechnungen können warten, solange der Tio Pepe des Rektors die Runde macht. Heute führt der Klatsch den Vorsitz.

»Ach so, nur – nur ein Scherz, heißt es?«, murmelt der kleine McMoran und entschuldigt Grausamkeit mit einem Wort, nach dem er erst suchen muss. Die Schulgeschichten seiner Schwester von vor vierzig Jahren waren gespickt mit Scherzen – *The Girls of the Chalet School*, *Jo Finds a Way*, *The Terrible Twins*. Sinnlos, sich damit abzugeben, murmelt Mr McMoran weiter; den Urheber werden sie jetzt sowieso nicht mehr ermitteln. Ein kleiner Spaß, fügt er schadenfroh hinzu.

Linderfoot, der fast zweimal so groß wirkt wie McMoran, beschnüffelt sein leeres Glas, sein großer Schädel leuchtet im hellen Winterlicht. O ja, da hat sich jemand einen Spaß erlaubt, pflichtet er bei. Aber für den, der darunter zu leiden hat, ist es natürlich nicht sehr lustig. Nicht sehr lustig, vor der Zeit für tot erklärt zu werden.

»Aber Sie betrifft es doch nicht«, weist McMoran ihn mit kratziger Stimme zurecht und fragt sich, was die Nachrufschreiber wohl schon über diesen übergewichtigen, begriffsstutzigen Mann in der Schublade haben, denn Linderfoot hat er schon immer für mehr als beschränkt gehalten, obwohl er einen Lehrstuhl innehat, was man von McMoran nicht sagen kann. Offenbar sind heute Morgen vier Zeitungen auf den Schabernack eines ulkenden oder gehässigen Studenten hereingefallen und haben die Tribute ihrer Nachrufschreiber an den Professor veröffentlicht, der zum mittäglichen Umtrunk des Rektors noch nicht erschienen ist.

»Im Großen und Ganzen recht wohlwollend«, äußert sich Quicke gegenüber einem Kollegen, der nicht antwortet, da er einer von mehreren im Raum ist, die ihre Meinung gern für sich behalten. »Oh, natürlich wohlwollend. Nein, ich würde nicht sagen, dass sie weniger als wohlwollend ausgefallen sind.«

Quicke grinst durch seinen buschigen Backenbart und bietet Variationen auf ein Thema an. Er erinnert sich an einen gegen den Historiker Willet-Horsby nach dessen Tod gerichteten Angriff – verhüllt natürlich, aber nichtsdestotrotz ein Angriff. »1956. Für eine Nachrufseite ungewöhnlich, aber da sieht man's mal wieder.«

Quicke ist der unordentlichste unter den Männern im Raum, sein rosafarbener Cordanzug hat schon seit vielen Wochen kein Bügeleisen mehr gesehen, das Jackett abgetragen, die Rockaufschläge hier und da mit Speiseresten von der erhöhten Tafel bekleckert. Eine giftig rote Krawatte – demonstrativer Beweis seiner parteipolitischen Bindungen – verdeckt nicht ganz die offen stehenden

Knöpfe seines karierten Holzfällerhemdes. Er ist ein behaarter, starkleibiger Mann mit grob geschnittenen Gesichtszügen, der, obwohl bereits in den Sechzigern, auf Festivitäten und auf Zusammenkünften des Colleges stets das Enfant terrible spielt.

»Ormston hat es mit Fassung getragen«, schließt er seine Bemerkungen jetzt ab und schätzt, dass dem keineswegs so ist. »Er ist ein Mann mit Humor.«

»Ormston ist nichts dergleichen.« Triller, der hochgewachsenste Mann im Raum, dünn wie eine Kaulquappe, blickt auf die Gattin des Rektors herab, um dem Verdikt, das sie beide vernommen haben, zu widersprechen. Triller ist liebenswürdig, neigt jedoch gelegentlich zur Schärfe, ein in Tweed gekleideter Vertreter der alten Schule mit einer Pfeife, die heute Mittag, im Salon des Rektors, unangezündet bleibt.

»Eine ganz schreckliche Angelegenheit«, beharrt die Gattin des Rektors, die einzige Frau im Raum. »Ich bezweifle, dass Professor Ormston heute noch kommt.«

»Hat er nichts von sich hören lassen?«

»Kein Wort.«

»Ach, dann wird er schon noch kommen. Es passt nicht zu ihm, nicht zu kommen.«

»Das geht wirklich zu weit, finden Sie nicht? Wie kommt es, dass heutzutage alles immer zu weit gehen muss?«

»Ihr Mann, davon bin ich vollkommen überzeugt, wird das Nötige veranlassen.«

Der Rektor ist zu lax, denkt Triller insgeheim. Der Rektor, auf den die sechziger Jahre abgefärbt haben, lässt schon seit langem die Zügel schleifen. Was wäre von ihm auch anderes zu erwarten? Eine Demonstration der Stärke ist geboten, und Triller fügt hinzu:

»Ich bezweifle nicht einen Augenblick, dass der Rektor das Nötige veranlassen wird. Seltsam nur, dass das Opfer ausgerechnet Ormston ist.«

»Mir war völlig entgangen, dass Professor Ormston unbeliebt ist. Ganz und gar.«

»Er kriecht halt niemandem in den Hintern.« Professor Triller wirft einen flüchtigen Blick auf Wirichs Rücken und freut sich, als die Gattin des Rektors seine Anspielung mit einem ihrer schwachen Lächeln quittiert. »Ich nehme nicht an, dass Ormston je in seinem Leben Leder getragen hat.«

Dies löst Gelächter aus, ein helles Klingeln im Lärm der Unterhaltung. Auch wenn er jetzt anders angezogen ist, neigt Wirich dazu, sich in Leder zu kleiden – Jacken und enge Lederhosen, mit Nieten verzierte Gürtel, bisweilen eine enge Halskette. Er fährt Motorrad, ein große Yamaha.

»Könnte es sich nicht einfach um Fahrlässigkeit handeln?«, lässt sich die Gattin des Rektors vernehmen. »Heutzutage haben Zeitungen die Unart, fahrlässig zu sein.«

»Nicht gleich vier verschiedene Nachrufredaktionen auf einmal, würde ich meinen. Ich fürchte, dahinter steckt eine Absicht.«

Die dralle Rektorsgattin, deren Brille herabbaumelt, entgegnet, dass eine solche Unannehmlichkeit, ganz gleich, wie sie entstanden ist, in einer traditionsreichen Universität nicht akzeptabel sei. Sie ist verärgert, denn was ihre Gäste unverkennbar erregt, erweckt weder bei ihr noch beim Rektor selbst Interesse. Sie hat das Gefühl, ihnen sei etwas weggenommen worden. Der heutige Tag sollte ihnen gehören.

»Ich hatte schon überlegt, Ormston anzurufen«, verrät der Rektor dem Autor von *Stammesstrukturen in den Ausläufern des Karakorum-Gebirges* und einem Altphilologen, der die Untersuchung von Gebirgsstämmen für Zeitvergeudung hält. »Aber dann dachte ich mir, dass ich die Sache damit nur an die große Glocke hängen würde, also hab ich's gelassen.«

Seine Entscheidung wird mit einem Kopfnicken begrüßt. Auch ihnen hätte ein Anruf widerstrebt, besagt die gemeinsame Geste. Beide Männer sinnieren darüber, dass sie an der Rolle des Rektors niemals Geschmack finden könnten, all die irritierenden Entscheidungen, die unentwegt zu treffen sind.

»Ich bin zutiefst beunruhigt.« Da er zum Dröhnen neigt, senkt der Rektor, um den Ernst seines Gemütszustandes zu unterstreichen, die Stimme. »Wirklich.«

Vor seiner Zeit, vor nunmehr fünfzehn Jahren, war da die Sache mit Batchetts Vortrag außerhalb der Universität gewesen, und noch früher die Verhöhnung von T. L. Hapgood, die sich in den Annalen verzeichnet findet, auch wenn niemand heute Mittag im Salon des Rektors T. L. Hapgood zu dessen Lebzeiten kannte oder weiß, wie er aussah. Kürzlich war Dr. Kindly morgens ein Schwein geliefert worden, und noch am selben Abend vier Dutzend Pizzas. Batchett hatte sich in einer berühmten Privatschule zu einem Vortrag vor der Geografie-AG zum Thema Überlandleitungen eingefunden, nur um festzustellen, dass die Schule aufgrund der Trimesterferien wie ausgestorben war, mehr noch: dass es gar keine Geografie-AG gab und nie eine gegeben hatte.

»Das Geheimnis um Hapgood ist nie gelüftet worden?«, wagt sich der Karakorum-Gebirgsforscher vor. »Mir jedenfalls ist nichts bekannt.«

»Nein, man ist der Sache nie auf den Grund gekommen. Bei derlei Unfug dringt die Identität der Täter oft einige

Jahre später ans Licht, aber in diesem Fall nicht. Irgendeine unzufriedene Clique.«

Die Clique, die eine Abneigung gegen T. L. Hapgood gefasst hatte – nach allgemeinem Dafürhalten, weil sein Sarkasmus schmerzhaft war –, stützte sich bei ihrem Scherz auf die Geringschätzung, die der Professor für die Bewusstseinsstromtechnik der Literatur seiner Zeit empfand. Bei anderen Hochschullehrern trafen angeblich von Professor Hapgood verfasste Briefe ein, in denen sich dieser als Autor einer in Vorbereitung befindlichen Studie über das Leben und Werk von James Joyce ausgab. *Ich glaube, meine Arbeit wäre unvollständig und äußerst mangelhaft, wenn ich nicht auch Ihre Ansichten zu dem großen Iren einbeziehen würde, namentlich zu seiner subtilen und erhellenden Verwendung jener Technik, die wir als »stream of consciousness« bezeichnen. Jede Äußerung aus Ihrer Feder, von einem kurzen Absatz bis zu etwa dreißig Seiten, ist willkommen und würde umgehend mit einem Scheck oder mit einer Flasche unseres guten Bordeaux-Weins honoriert werden, ganz wie Sie wünschen. Ich lasse meine Abhandlung nur ungern in Druck gehen, ohne auch Ihre Stimme gehört zu haben, unnachahmlich in Auffassungskraft und Scharfsinn.* Achtzehn Monate lang erhielt Professor Hapgood Beiträge aus Europa, Amerika, Japan und von den Antipoden. Später fielen die Forderungen nach Vergütung beleidigend aus.

»Ich wusste gar nicht, dass Ormston in seiner Jugend Tischler werden wollte«, bemerkt der Altphilologe. »War heute Morgen in einem der Nachrufe zu lesen.«

»Aber liebevoll geschrieben«, wirft der Rektor hastig ein. »Der Verweis war sehr liebevoll gehalten.«

»O ja, liebevoll.«

Historiker und Philosophen, forsche Soziologen, Förderer der Sprachen und Literaturen, des mittelalterlichen Sagen- und Märchenguts und des Internets – sie alle stehen herum und sprechen oder schweigen. Die Ablenkung lockt sie auf unterschiedliche Weise aus ihrem Schneckenhaus, selbst diejenigen, die sich entschieden haben, dass Bemerkungen zu jedwedem Thema verräterisch sind. Einige fragen sich nach dem abwesenden Opfer, andere nach dessen jüngerer Frau – Trillers Ansicht nach ein geschwätziges, oberflächliches Ding, der Preis, den man für Schönheit zu entrichten hat. McMoran mutet es wie eine kleine Rache des Schicksals an, dass Ormston vor der Zeit niedergestreckt wurde: Seine eigene Frau ist längst der Schlampigkeit und Fettleibigkeit verfallen.

Um fünfundzwanzig nach zwölf tritt eine Pause im Salongeplauder ein, als gäbe es einen bestimmten Grund, aber das ist nicht der Fall. Einen Moment lang ist nur noch Quickes Fistelstimme zu hören, die einem anderen Gast gegenüber wiederholt, dass Ormston ein Mann mit Humor sei. Unzureichend unterdrücktes Gekicher.

»Mein Lieber, einige Gläser sind leer«, murmelt die Gattin des Rektors ihrem Mann ins Ohr.

Als er sich umsieht und überlegt, wo er die Karaffe abgestellt haben könnte, erweist sich, dass die Gesprächspause nicht zufällig eingetreten, sondern ein Omen war. Die Türglocke schrillt. Professor Ormston ist doch noch gekommen.

Jemand hat einmal bemerkt – die genaue Quelle der oft zitierten Behauptung ist verloren gegangen –, in der Blüte ihrer Jahre habe Vanessa Ormstons Schönheit an Marilyn Monroe erinnert. Im Lauf der Zeit erfolgte daraufhin unweigerlich die schlagfertige Antwort, das Hirn des Filmstars besitze sie noch immer. Fotos zeigen ein lächelndes

Mädchen mit hellblondem Haar, schlank, um nicht zu sagen schmächtig, das Gesicht von der zarten Schönheit eines Kindes erhellt. Mit achtundvierzig – sechzehn Jahre jünger als ihr Mann – wirkt sie eher dünn als schlank und hat sich ihre Schönheit in demselben Maße erhalten wie die Blumen, die sie zwischen Buchseiten presst. Ormstons Frau – wie die Kollegen ihres Mannes sie oft bezeichnen – hat eine Leidenschaft für Blumen. Ihrer Art, Blumen über ihre Blütezeit hinaus zu konservieren, hat man eine Bedeutung abzugewinnen versucht, und in den Säulengängen oder an der erhöhten Speisetafel des Colleges verspritzt ein wenig der Neid sein Gift.

Sehr früh am Morgen der Sherry-Fete beim Rektor – der gewagte Begriff wird in der akademischen Welt mit einem gewissen Augenzwinkern benutzt – las Vanessa den Nachruf auf ihren Mann, den sie zehn Minuten zuvor in dem Einzelbett neben ihrem zurückgelassen hatte. Da war er noch am Leben. Gefangen genommen von dem grobkörnigen Foto – Kopf und Schultern, bei der Verleihung der akademischen Titel vor fünf Jahren aufgenommen – wollte sie instinktiv nach oben eilen, um sich zu vergewissern, dass alles in Ordnung war, dass die Zeit ihr keinen Streich gespielt hatte. War es womöglich ein anderer Tag? Hatte Gedächtnisschwund ein tragisches Ereignis ausgelöscht? Doch dann vernahm sie die Schritte ihres Mannes und sein frühmorgendliches Husten. Verschwommen las sie – eine Offenbarung –, dass seine Studenten ihn liebten. Sie las, er sei »in seiner kleinen Welt berühmt« gewesen, und wusste, dass er sich daraus nichts machen würde. Keiner von ihnen erkannte, dass seine Welt klein war.

Während Vanessa weiterlas, erreichte der elektrische Kessel den Siedepunkt; da war sie mit einem Mal wieder beunruhigt und stürzte nach oben. Nach seiner kurzen Abwesenheit vom Bett lag er da, den Kopf durch Kissen gestützt, und was sie von ihm sah, war fast ein Ebenbild der Aufnahme von Kopf und Schultern, die auf der beigefarbenen Resopalplatte des Küchentischs lag. »Bin gleich so weit«, konnte sie eben noch hervorstoßen, dann eilte sie wieder davon, um den Sieben-Uhr-Tee aufzubrühen. Das Tablett war schon am Abend zuvor gerichtet worden, in der runden Dose mit der Aufschrift *The Hay Wain* lagen Ingwerwaffeln. Die Zeitung sollte all das abrunden, dann wäre die Reihe an ihm gewesen, sie zu überfliegen.

Vanessa verlor die Nerven, was in schwierigen Momenten öfter vorkam. Sie konnte ihm unmöglich die Zeitung reichen und darauf warten, dass er bis zu seinem der Nachwelt überlieferten Tod gelangte. Seine Gefährten auf der betreffenden Seite – zweifellos zu Recht dort verzeichnet – waren die Background-Sängerin einer Popgruppe, ein in Stockport geborener Bischof und ein Oberstleutnant. *Professor A. R. Ormston*, stand da zu lesen, und der ihm zugestandene Platz war weniger umfangreich als der der anderen, besonders der der Background-Sängerin. Das Foto des Bischofs war klein, doch ein großzügig bemessener Text machte alles wieder wett; der Oberstleutnant hatte 1931 Anne Nancy Truster-Ede geheiratet und in Zypern einen Arm verloren. Als Vanessa die tapferen alten Augen des Soldaten, das trübe Konterfei des Bischofs und das gerougte Babygesicht der Sängerin betrachtete, von deren Ohrläppchen und Nasenloch etwas Metallenes baumelte, sagte sie sich abermals, dass sie unmöglich eine solche Grausamkeit begehen könne. In das bisschen Platz gezwängt zu werden, das übrig blieb, war schrecklich.

Die Nachrufe standen auf der vorletzten Seite. Früher

war es vorgekommen, dass der Bote die Zeitung durch den Briefkastenschlitz gestopft und die Seite ziemlich übel zugerichtetet hatte. *Bitte legen Sie die Zeitung aufs Fensterbrett*, hatte ihr Mann ihn auf einem Stück Pappe angewiesen, das er an die messingene Haustürklinke hängte. Das Stück Pappe bewahrte er auf und hängte es jedes Mal hin, wenn der Zeitungsjunge ausgewechselt wurde.

Vanessa riss den unteren Teil der Seite ab und zerknüllte, was zu enthüllen sie nicht übers Herz brachte. Sie warf das Papierknäuel in den Abfalleimer unter der Spüle und drückte es ganz nach unten, unter Kartoffelschalen und eine Suppendose. Dann trug sie das Tablett nach oben.

»Wir müssen wieder mal unsere Notiz aufhängen«, sagte sie, goss Tee ein und gab Milch hinzu. »Der Junge ist neu.«

»Was für ein Junge, Liebling?«

»Der mit der Zeitung.«

Was in aller Welt hätte ich sonst tun sollen?, fragte sie sich verstört und tunkte eine Ingwerwaffel in ihren Tee. Sie hatte Zeit gebraucht, um nachzudenken, doch jetzt, wo sie Zeit hatte, fiel ihr nichts ein. Ihre besorgte Miene, hinter dem Cover der ebenfalls zugestellten Illustrierten versteckt, war ausdruckslos, bis sie sich schließlich mit Überlegungen über die Folgen ihrer List füllte. Es kam ihr nicht in den Sinn, dass es sich durchaus nicht um den Irrtum einer einzelnen Zeitung handelte. Vielmehr ging ihr durch den Kopf, dass ihre Schutzmaßnahme unmöglich lange vorhalten konnte, dass, wenn die Stunde der Wahrheit schlug, keinerlei Erklärung den schwerwiegenden Irrtum eines Nachrufschreibers abzumildern vermochte. Sie hätte die Sache ansprechen, behutsam zu einem Geständnis überleiten sollen, doch sie konnte sich noch immer nicht dazu durchringen.

»Was in aller Welt ist ein Tarnkappenjäger?«, kam die Frage vom Nebenbett und wurde fast ebenso schnell beantwortet, wie sie gestellt worden war. Ein F-117-Tarnkappenjäger war ein Flugzeug, wurde ihr erklärt, ebenso, dass es Ärger mit der Postgewerkschaft geben werde, und anschließend, dass heute nicht viele Nachrichten zu vermelden seien. »Ach, du hast ja keine Ahnung!«, rief sie, wenn auch nur innerlich. Sie blätterte die Seiten ihrer Illustrierten um, ohne sie wahrzunehmen. Ihre Verzweiflung führte sie in die Irre: Freunde und Kollegen würden sich in einer Verschwörung der Menschlichkeit um ihn scharen, sie hätten den gleichen Instinkt wie sie, ihn zu beschützen. Wenn Briefe von Leuten einträfen, denen der wahre Sachverhalt nicht bekannt war, würde sie antworten, alles erklären. Es lag in der Natur der Sache, dass sie an sie adressiert wären. Dass ein Student zu Beginn des neuen Trimesters sagen könnte: »Sir, aber Sie sind doch tot«, kam ihr nicht in den verwirrten Sinn. Schließlich liebten ihn seine Studenten. Bestimmt würden auch sie seine Würde respektieren.

Doch Minuten später, als Professor Ormstons Frau Morgenrock und Nachthemd abgestreift hatte und im Schlafzimmer stand, genau in dem Moment, da sich ihre Unterwäsche wie jeden Morgen kalt auf der Haut anfühlte, wusste sie, dass sie, wie schon so oft in ihrer Ehe und in ihrem Leben, wieder einmal das Falsche getan hatte. Und wie so oft hatte sie die Sache dadurch verschlimmert, dass sie ein unwirkliches Wunderland geschaffen hatte: Sie würden sich allesamt an diesem Spaß ergötzen.

»Was wohl der heutige Tag bringen wird?«, überlegte der Professor von seinem Bett aus, Worte, die ihr im Schlafzimmer zu dieser Tageszeit vertraut waren.

Da war sie drauf und dran, ihm alles zu beichten. Sie

hätte halb angekleidet zu ihm gehen und ihm mit dem jungen Körper der Ehefrau Trost bieten können. »Ich bin lächerlich«, hallte stattdessen ihre Stimme lautlos im Zimmer, lächerlich, weil sie nicht den Mut besaß, Schmerz zuzufügen.

Sie kochte ihm sein Ei und machte ihm seinen Toast. Sie erhitzte die Milch für den Kaffee. Ihm standen die müßigen Stunden eines Samstagmorgens bevor, und Bescheid wissen würde er noch immer nicht. Und wider alle Hoffnung fragte sie sich, warum es dieses eine Mal nicht anders ausgehen konnte, warum man bei der Sherry-Fete des Rektors nicht Gnade walten lassen konnte.

»Ich werde mich der Sache annehmen«, sagt der Rektor zur Begrüßung. »Darauf können Sie sich verlassen.«

Mehr sagt er nicht, sondern nickt nur zu dem, was er für Ormstons Verlegenheit hält, was indes Verwirrung ist. Dem Rektor will es vorkommen, als habe Ormston die Absicht, den Sturm zu überstehen, und versage sich eine Bemerkung. Und dafür gebührt ihm natürlich Achtung. »Das also nennt man Nonchalance?«, murmelt McMoran, ebenfalls beeindruckt von Ormstons Gemütsruhe.

Allein in einer Ecke, mustert Kellfittard, ein Mediävist, Ormston mit einem Widerwillen, der an Hass grenzt. »Der Quicke und der Tote«, hört Kellfittard zu seiner Linken, als der Mann, der für tot erklärt worden ist, sich einen Augenblick lang in Gesellschaft des Professors mit dem rosafarbenen Cordanzug wiederfindet. Kellfittard macht sich aus beiden nichts, doch er hat mehr Grund zur Abneigung gegen den, von dem er noch bis vor einer Stunde glaubte, er habe eine Witwe hinterlassen. Kellfittards Familienstand – Junggeselle – hat mit Vanessa Ormston zu tun, die im selben Alter ist wie er und, so meint er, ihre Zeit auf einen trockenen alten Mann verschwendet. Er selbst, ebenfalls trocken, ist einer jener Professoren, die nur sparsame Äußerungen von sich geben, eine Neigung, die seine Chancen bei Vanessa verminderte und es seinem Rivalen gestattete, Fuß zu fassen. Stunden zuvor, in seinen trostlosen College-Räumen, hat er erst ungläubig staunend, dann in heller Freude das Foto auf der Nachrufseite angestarrt und ist ausgegangen, um drei weitere Zeitungen zu kaufen, von denen er annahm, dass sie dieselbe frohe Botschaft enthielten, und in der Tat, da stand es. Sogleich stellten sich Fantasien ein: Theaterbesuche mit Vanessa Ormston, geruhsame Abendessen in The Osteria, ein diskretes Wochenende und noch vor Beginn des Herbst-Trimesters jene Flitterwochen, die schon vor Jahren hätten stattfinden sollen. Erst nach seiner Ankunft im Haus des Rektors hatte Kellfittard gemerkt, dass ein Scherzbold am Werk gewesen war.

Quickes Eselsbrüllen dringt bis zu ihm in seine Ecke. Es verhöhnt ihn, wie all die Gesichter um ihn herum: McMorans verhutzelt, Linderfoots ein Fettfleck, das des Mannes, der sich in den Ausläufern des Karakorum-Gebirges aufgehalten hat, sonnengegerbt, Trillers länglich und gepflegt. Kellfittard selbst teilt mit dem Mann, der ihm neunzehn Jahre vorher eine Schönheit abspenstig gemacht hat, eine Gesichtsblässe ohne jede Spur von Rosigkeit und eine randlose Brille. Beide Männer sind grauhaarig; beide hager. Im Verlauf seiner morgendlichen Überlegungen war Kellfittard der Gedanke, dass eine Frau, die sich neu vermählen will, beim zweiten Anlauf auf körperliche Ähnlichkeit setzen würde, vernünftig vorgekommen. Doch dieselben Überlegungen beharrten unnachgiebig darauf, dass es ansonsten zwischen ihnen nicht die geringste Gemeinsamkeit gab.

»Es lässt sich unmöglich feststellen, wie die Sache eingefädelt worden ist. Ich habe keinen Zweifel, dass man den Namen von einem von uns missbraucht hat.«

Es ist Linderfoot, der diese Erklärung abgibt und sich dabei auf seine plump-vertrauliche Art Kellfittard nähert. Linderfoot behauptet – idiotischerweise, wie Kellfittard findet –, dass sich irgendein B.-A.-Student am Telefon einfach verstellt und die Nachricht vom Tod eines Professors durchgegeben hat.

»Ihr Name oder der meinige«, drängt Linderfoot, »hätte bestimmt ausgereicht.«

»Nein«, lässt sich ein anderer Mann vernehmen. »Das hätte nicht gereicht.«

»Was dann?« Linderfoot spitzt seine großen Lippen, als wolle er pfeifen, eine Angewohnheit, die er hat, wenn ein Gespräch seinen Reiz verliert. Der Mann, der sich eingemischt hat, sagt:

»Das ist in einer Nachrichtenagentur ausgeheckt worden. Geht gar nicht anders.«

»In einer *Nachrichten*agentur?«

»Einer von Ormstons alten Studenten. Vergeben ist nicht vergessen.«

»Aber Ormston –«

»Wir alle sind mitunter beleidigend.«

»Ormston scheint so zu tun, als wäre nichts geschehen.« Mit diesem Satz bricht Kellfittard sein Schweigen. Er sagt nicht, wie beglückend es war, zu wissen, dass der Mann nicht mehr lebte. Er glaubt nicht, dass er selbst seine Studenten auf irgendeine Weise beleidigt, doch auch das behält er für sich.

»Seltsam«, ruft Linderfoot dazwischen und spitzt wieder die Lippen. »Seltsam.«

Den anderen – nicht aber Linderfoot, der kein Interesse an derlei Angelegenheiten hat – ist bekannt, dass Kellfittard glaubt, *er* hätte Vanessa Ormston heiraten sollen, dass er nur deswegen keine andere geheiratet hat, weil eine alte Leidenschaft in ihm fortlebt. In Linderfoots Augen ist es verständlich, dass Ormston es vorzieht, die Peinlichkeit des Vorfalls zu ignorieren. Ormston tappt im Raum umher und sucht das Gespräch, ohne zu ahnen, wie groß die Enttäuschung darüber ist, dass er nicht als gebrochener Mann vor sie hintritt, darüber, dass alle Spannung zunichte gemacht ist.

»Das war ein Insider«, meldet sich schließlich Quicke zur Wort, fest dazu entschlossen, der Enttäuschung etwas abzuringen. Als er zusammen mit Ormston das Haus verlässt und sie den breiten Gartenweg des Rektors entlanggehen, stellt er seine Sicht der Dinge dar. »An der Medienfront, ein Insider, so sagt man jetzt.«

Mit einem rot getupften Taschentuch berührt er erst das eine, dann das andere Nasenloch, sodass Ormston sich abwendet. Quickes Betragen lässt auf eine besondere Kameradschaft zwischen den beiden schließen, seine gesenkte Stimme legt Besorgnis nahe. Die Kameradschaft besteht nicht, die Besorgnis ist geheuchelt.

»Wovon reden Sie?«, fragt Ormston, und auf Umwegen – die Informationen in Mitgefühl verpackt – erfährt er, was vorgefallen ist.

Als er linkerseits an den graubraunen Steinen des Pförtnerhäuschens und den tief zurückgesetzten Fenstern der Bibliothek vorbeikommt, fällt Ormston wieder die zerrissene Rückseite seiner Morgenzeitung ein. Das Gesicht der Popgruppensängerin, auf das er einen flüchtigen Blick geworfen hat, steigt ebenso flüchtig aus der Erinnerung auf. Auf der Seite fehlte genau das, was unausgesprochen blieb, als der Rektor sagte, er werde sich der Sache annehmen. Bei der Begrüßung war die Rektorsgattin betreten gewesen, McMoran blasiert. Trillers ausdruckslose Miene verbarg etwas anderes; Wirich starrte vor sich hin; Linderfoot war aufgeregt; Kellfittard hat weggeschaut. Alle wissen sie Bescheid.

Wie schon die anderen legt Ormston sich eine Erklärung zurecht, die denen der anderen ähnelt, nur nicht in den Einzelheiten. Als er jung war, hatte ein unbeliebter Dekan die Schmach eines Verhörs über sich ergehen lassen müssen. Einem Wachtmeister waren Informationen zugespielt worden, denen zufolge der Dekan sich in öffentlichen Bedürfnisanstalten herumtrieb, obwohl es sich in Wahrheit um den ältlichen Verkäufer eines Tuchgeschäfts handelte. Ein Jugendlicher namens Tottle kam dafür hinter Gitter; und nicht einmal ein Trimester später ereilte Ibbs und Churchman das gleiche Schicksal, weil sie den Talar des Rektors entwendet hatten, sodass er, der in Gegenwart eines Mitglieds der königlichen Familie die Hardiman-Vorlesung hätte halten sollen, jämmerlich ans Haus gebunden war. Im Lauf eines einzigen Jahres hatte es eine Flut von Vorkommnissen dieser Art gegeben: Nachttöpfe auf Turmspitzen, falsche Anschuldigungen, der alte Purser, dem mehr als ein Dutzend Mal das Fahrrad auseinandermontiert worden war.

Wieso ist er jetzt das Opfer? Soviel er weiß, ist er seinen Studenten gegenüber weder arrogant noch zurückhaltend; er legt es nicht darauf an, sie in die Schranken zu weisen.

Er, dem der Ehrgeiz seiner Kollegen abgeht, ist ein Wissenschaftler der alten Schule, in einem altmodischen Sinn gelehrt. Sollte all das jemanden gekränkt oder irritiert haben, ohne dass er es bemerkt hätte? Professor Ormston geht langsam weiter und schüttelt den Kopf. Er ist kein Dummkopf, natürlich hätte er seine Unbeliebtheit gespürt.

Als er das grün-schwarze Schild des Pubs St. Boniface sieht, überlegt er, ob er einkehren soll, und einen Moment später tritt er tatsächlich ein, statt vorüberzugehen. Er ist nur selten in seinem Leben in einem Pub gewesen, insgesamt vielleicht ein Dutzend Mal, schätzt er, als sich die Pendeltür hinter ihm schließt. Die blau geplüschten Sitzbänke vor den Wänden sind von Zigarettenbrandflecken verunstaltet, ebenso die niedrigen Tische, die davorstehen, jeder mit einem gläsernen Aschenbecher, der für eine Biermarke wirbt, und mit kleinen runden Bierdeckeln, die ähnliche Insignien tragen. Auf Tabletts sind ungespülte Gläser ineinandergestellt; das Lokal, in dem noch vor zehn Minuten samstagmorgendlicher Trubel herrschte, hat sich unterdessen geleert.

»Sir?«, begrüßt ein Mann hinter dem Tresen Professor Ormston und schaut von einem Teller Hack mit Kartoffelbeilage auf.

»Könnte ich ein Glas Whisky haben?«

»Aber selbstverständlich, Sir.«

Das warm dampfende, mit Tomatensoße übergossene Gericht riecht nach dem Fett, in dem es gebraten worden ist. Irgendwo brabbelt ein Discjockey unverständliches Zeug im Radio.

»Darf's auch ein doppelter sein, Sir?«

Als spüre er, dass sein Kunde die Hohlmaße eines Pubs

nicht gewohnt ist, hält der Barmann das Glas in die Höhe, um zu demonstrieren, wie wenig Whisky es enthält.

»Ja, bitte.«

»Ganz anständiges Wetter, nicht wahr?«

»Ja.«

»Bitte sehr, Sir.«

»Danke.«

Er zahlt und nimmt das Getränk mit zu einem der Tische am Fenster. »Wohlwollend«, hat Quicke sich ausgedrückt; Quickes Auffassung nach waren alle vier Nachrufschreiber wohlwollend. »Natürlich zu Recht.« Und er war lediglich imstande, zu nicken, schließlich konnte er nicht lauthals vorgeben, dass die Zeitungsnotizen in der Tat recht wohlwollend ausgefallen waren. Ein Bubenstück, hat Quicke gesagt, junge Männer lieben Bubenstücke. Sie denken sich was aus, und der, der sich schließlich dazu in der Lage sieht, führt die Sache durch. Vielleicht handelt es sich um eine Wette, wahrscheinlich. Alle vier Chefredakteure würden sich entschuldigen, da war sich Quicke sicher.

Hinter dem Tresen zeigt sich ein kleines Mädchen, nur ihr Scheitel ist zu sehen. Der Mann fordert sie auf zu gehen, aber dann greift er nach einem Glas und schenkt ihr Pepsi-Cola ein, während er weiterisst. Er sagt dem Mädchen, dass sie noch sein Ruin sein wird.

»Davon werde ich ganz betrunken«, sagt sich Professor Ormston, Whisky vor dem Mittagessen, zusätzlich zu dem Tio Pepe. Und doch möchte er bleiben. Das Morgenblatt neben den Tabletts mit ungespülten Gläsern auf dem Tresen ist nicht die Sorte Zeitung, die Nachrufe enthält. Wieder drängt sich ihm der Gedanke an die zerrissene Seite auf, an die Background-Sängerin, die nur zur Hälfte zu sehen war, den Oberstleutnant der Army, dessen Name ihm nichts sagte, so wenig wie der des Bischofs. Eine Popsängerin hatte natürlich Vorrang. Das leuchtet ein, so wie die Welt heute beschaffen ist.

»Verzeihung«, sagt er am Tresen, nachdem er eine Weile länger sitzen geblieben ist. Er entschuldigt sich, weil der Barmann noch nicht aufgegessen hat. Aber der Mann ist vergnügt, dem Akzent nach Ire. Irgendwo hat Professor Ormston gelesen, dass Iren gute Wirte abgeben, ein paar Schmeicheleien kommen immer gut an.

»Aber ich bitte Sie, wozu bin ich hier, Sir? Wäre es nicht nachlässig von mir, zu Mittag zu essen, wenn jemand Durst leidet?«

»Besten Dank.«

Er trägt sein wieder aufgefülltes Glas zu seinem Sitzplatz. *Hinterlässt eine Frau, Vanessa.* So dürfte es drinstehen, hat Vanessa einmal gesagt. Keine Kinder, würde Bekannten aus früheren Zeiten auffallen. Und Studenten, die nicht wussten, dass er geheiratet hatte, wären überrascht, das sehe ihm nicht ähnlich, hätten sie zu ihrer Zeit vermutet. Als man sie als Sekretärin seiner Abteilung eingestellt hatte, war kaum genügend Arbeit angefallen, um den Schritt zu rechtfertigen, und zuerst hatte sie sich gelangweilt, bis der Vorschlag gemacht wurde, dass er sie sich mit McMoran teilte. Als sie vor drei Jahren kündigte, dann aus dem Grund, dass sie McMoran nicht leiden konnte.

Sie hat getan, was sie für das Beste hielt. So gut kennt er sie; und während er seinen Whisky schlürft, versucht er, sie zu verstehen. Von McMorans Eigensinn einmal abgesehen, war sie, wie sie später gestand, in der Abteilung nie sonderlich glücklich gewesen. »Glauben Sie, das Mädchen taugt was?«, hatte er gefragt, als man sie in Betracht zog. Damals war ihm ihre Schönheit gar nicht aufgefallen.

Wenn er an Schönheit dachte, hatte er an diese Stadt gedacht, nicht an ein menschliches Attribut, an die graubraunen Säulen und Fassaden, die in Stein gemeißelten Figuren, die Straßenlaternen, die im Winter angezündet wurden. Sieben Stunden sind vergangen, berechnet er: Sie ist mit dem Tee und den Ingwerwaffeln nach oben gekommen und hat Ausflüchte gesucht, obwohl ihr das von Natur aus nicht leichtfällt.

Ein anderer Mann kommt herein, der gar nicht erst zu bestellen braucht. Der Barmann kennt seine Wünsche und füllt eine Flasche Adnams Beer ins Glas. »Floating Voter«, sagt der Barmann. »Kannst 'ne Neunerwette abschließen.«

Als sie die Abteilung verließ, behielten die anderen ihre Meinung für sich, sie konnten sie schlecht kritisieren, weil sie seine Frau war. McMoran murmelte etwas, er fühlte sich stärker im Stich gelassen, da er stärker auf sie angewiesen war, aber es war nicht zu verstehen, was er sagte. Keinen von ihnen interessiert, dass sie glücklicher ist, jetzt, wo sie ihr Leben ihren Blumen und ihrer Wohltätigkeitsarbeit zu Gunsten eines Spitals widmet, Kinder aufheitert, die auf Mukoviszidose-Tage warten, Kinder, die sich einer Leukämiebehandlung unterziehen müssen, oder Kinder, die ein Loch im Herzen haben. »Ich weiß nicht, wie sie das schafft«, hätte er sagen können, hat es aber nie gesagt, weil sie sich für die Wohltätigkeitsarbeit der Frau eines Kollegen nicht interessieren. Sie wollte Kinder; er konnte ihr keine schenken.

Der detaillierte Lebensabriss, den sie ihm vorenthalten hat, würde dergleichen natürlich nicht erwähnen. Auch auf seine gelegentliche Gereiztheit würde der nicht eingehen, auf seine kalte Beurteilung von Prüfungsantworten, die systematische Präzision, die seiner Arbeit zugutekommt und ihn in seiner Rolle als Ehemann beeinträchtigt, die

Melancholie, die ihn aus heiterem Himmel befällt. Die Ausschmückung mit anderen menschlich-allzumenschlichen Einzelheiten mochte einen langweiligen Bericht beleben, dem flüchtigen Leser zuliebe würde man sich gewisse Freiheiten herausnehmen. *Seine Frau war sechzehn Jahre jünger*, wäre ganz bestimmt nicht zu lesen. Ebenso wenig: *zu ihrer Zeit so schön wie Marilyn Monroe.*

Der Whisky in seinem Mund ist getrocknet. Im Salon des Rektors muss er eine lächerliche Figur abgegeben haben, als er gar nichts von sich gab: Diejenigen unter seinen Kollegen, die Ehefrauen haben, würden sich am Mittagstisch jetzt den Mund zerreißen. Wenn sie wüssten, dass er heimlich in einem Pub trinkt, hätten sie ihren Spaß.

Im Haus ist es still. In der Küche, wo auf dem ovalen Tisch eingedeckt ist, schwindet das winterliche Sonnenlicht, jeder der beiden Teller mit Zunge ist mit einem weiteren Teller abgedeckt, denn die Sonne hat das Fenster zu einem Tummelplatz für die letzten Herbstfliegen gemacht. Auch der Salat, noch ohne das Dressing aus Öl und Essig, ist abgedeckt.

Wer immer die Übeltäter sind, Vanessa hat das Empfinden, dass sie zu ihnen zählt, dass sie ihrer Grausamkeit noch eins aufgesetzt hat. »Ich konnte nicht denken, ich wusste nicht, was ich tat«: All die Sätze hat sie parat, und zwar schon länger als das Essen, das sie zubereitet hat. »Panik«, auch das muss sie sagen, denn das Wort gehört dazu. »In meinem Kopf herrschte völlige Leere.« Dass eine Ehefrau den Mut haben sollte, eine schlimme Nachricht zu überbringen, braucht sie nicht zu sagen.

Er wird Bescheid wissen, denn natürlich wird alles ans Licht gekommen sein; und dann wird er ihre geröteten

Augen sehen und auch den Rest wissen. Bei diesen Anlässen scharen der Rektor und seine geziert tuende Frau ein Natterngezücht um sich. Wer hat schon eine Chance bei einem Natterngezücht?

»Mein Gott!«, hatte Vanessas Mutter mit unverhohlenem Schrecken ausgerufen, als sie fast auf den Monat genau vor neunzehn Jahren davon erfuhr, dass ihre Tochter sich mit einem verstaubten Hochschullehrer verlobt hatte, der alt genug war, um ihr Vater zu sein. »Mein Gott!«, hatte sie auch nach ihrer ersten Begegnung ausgerufen, als Vanessa ihn fürs Wochenende in die Wohnung ihrer Mutter mitgebracht hatte. »Hat er Geld?«, hatte sie gefragt, da sie sich keinen anderen Beweggrund für eine eheliche Verbindung vorstellen konnte, die sie als unattraktiv bezeichnete. »Nur das, was er verdient«, hatte Vanessa geantwortet und ihn zwei Monate später geheiratet.

Er dreht den Schlüssel im Sicherheitsschloss der Haustür um. Während sie auf ihn gewartet hat, ist Vanessa der Gedanke gekommen, dass es ja auch noch andere Zeitungen gibt. Sie hat sich vorgestellt, wie er in einen Zeitungsladen tritt, das abgezählte Geld hinlegt, wie er es gern tut, wenn es ihm möglich ist, und die Zeitungen an einen Ort mitnimmt, wo er sie ungestört durchlesen kann.

Die Haustür schlägt leise zu; er ruft nicht ihren Namen. Dann folgt die Pause, die anzeigt, dass er seinen Mantel und seinen Schal aufhängt und die Zeitungen auf den Tisch unter dem Bild einer Cafészene legt. Danach seine Schritte.

»Ich muss dir sagen«, sagt ihr Mann, »dass ich das Gefühl habe, betrunken zu sein.«

Seine Stimme ist ruhig, die Worte sind deutlich zu hören. Er wirkt nicht betrunken; er ist genauso wie sonst auch. Er lächelt nicht, aber das tut er selten, wenn er nach Hause kommt. »Ein Trauerkloß«, hatte ihre Mutter gesagt. »Schon ganz verschrumpelt«, hatte sie hinzugefügt, obwohl das gar nicht stimmte.

»Ich hab beim St. Boniface vorbeigeschaut«, sagt er. »Verständlicherweise, denke ich.«

»Es tut mir furchtbar leid.«

»Ach Gott, es ist doch nicht deine Schuld.«

»Ich –«

»Ich weiß, ich weiß.«

»Ich konnte nicht denken.«

»Ich auch nicht, als ich davon erfuhr.«

»Haben sie's erwähnt?«

»Quicke konnte sich eine kleine Bemerkung nicht verkneifen. Aber darauf kommt es nicht an. Früher oder später hätte ja doch jemand was gesagt.«

»Ja.«

»Die Übeltäter werden entlarvt werden, das ist die Auffassung des Rektors. Natürlich irrt er sich.«

»Du wirkst überhaupt nicht betrunken.« Während dieses Wortwechsels durchströmt Vanessa ein Gefühl der Erleichterung. Aus einem Grund, der ihr verborgen bleibt, und zum ersten Mal, seit sie in der Zeitung geblättert hat, während sie darauf wartete, dass das frühmorgendliche Teewasser kochte, hat sie das Gefühl, dass nichts so schrecklich ist, wie es ihr in jenen furchtbaren Augenblicken erschien.

»Nach meinem besten Wissen bin ich noch nie in meinem Leben betrunken gewesen. Der Mann hat mir drei doppelte Whisky eingeschenkt, und das zusätzlich zu dem Sherry.«

Sie hebt die Teller hoch, mit denen sie das kalte Fleisch abgedeckt hat. Sie verrührt Öl und Essig, gibt ein paar Löffel voll auf den Salat und schwenkt ihn, dann gießt sie den Rest darüber. Vielleicht werden sie wegziehen, denkt Vanessa, vielleicht wird er sich vorzeitig pensionieren lassen, wie einer von seinen Kollegen, der letztes Jahr unerwartet in den Ruhestand getreten ist. Sie würde sofort ihre Siebensachen packen, sie würde nicht zögern. Ligurien oder Sansepolcro, wo seine Lieblingsgemälde hängen. Inzwischen sind es auch ihre Lieblingsgemälde. »Ich könnte hier problemlos leben«, hat er bei einem Kaffee in Sansepolcro gesagt.

»Ich kann dir verraten, wie es dazu gekommen ist«, sagt er. »Falls du es wissen möchtest.«

»Panik«, setzt sie an und verstummt, als er den Kopf schüttelt. Sein graues Haar ist glatt wie ein Helm.

»Ein Akt des Mitleids«, korrigiert er sie.

»Aber es war töricht. Etwas unterdrücken zu wollen, was sich nicht unterdrücken lässt –«

»Wieso kann ein Akt des Mitleids nicht töricht sein? Ich kann dir verraten«, wiederholt er aufs Wort genau, »wie es dazu gekommen ist. Falls du es wissen möchtest.«

»Irgendein grässlicher, abscheulicher Student.«

»Ich bin nicht der Typ, der Groll provoziert. Ich bin zu schattenhaft und zu grau, zu undramatisch. Ich schikaniere zu wenig, ich greife niemanden an.«

Sie sieht zu, wie er ein Stück Baguette mit Butter bestreicht, das Messer weglegt, mit der Gabel akribisch Zunge und Salat aufspießt, das Fleisch mit Senf beschmiert. Sie schenkt ihm seinen Kaffee ein; um diese Tageszeit trinke er gern Kaffee zum Essen, hat er oft gesagt, besonders wenn französisches Brot dabei ist. Mein Gott, denkt Vanessa, es könnte wahr sein. Ebenso gut könnte er nicht hier sein.

»Stell dir Kellfittard vor, wie er heute Morgen die Zeitung aufschlägt. Stell dir vor, wie er ein, zwei Stunden lang glücklich ist.«

Für einen Moment ist sie verwirrt und glaubt, er mache Kellfittard dafür verantwortlich. Er sagt: »Und dann wird ihm der Boden unter den Füßen weggezogen. Generationen haben unter Kellfittards geistreichen Bemerkungen gelitten. Sie gelten als solche, weißt du. So vieles von dem, was wir Verstaubte von uns geben, gilt als geistreich.«

»Aber du –«

»Das wäre ihnen einerlei. Wer immer die Sache angezettelt hat, würde nicht zögern, mich über die Klinge springen zu lassen, ehe ich fällig bin. Worauf es hier ankommt, ist Kellfittards fortdauernde Leidenschaft für die Frau eines andern.«

Als Kellfittard das letzte Mal stehen blieb, um sich mit ihr zu unterhalten, roch sie den Knoblauch vom Vortag in seinem Atem. Stehen zu bleiben, um sich mit ihr zu unterhalten, war schon immer seine Masche gewesen – und geheimnisvoll zu lächeln, als könne er mit seinem Lächeln Geheimnisse heraufbeschwören.

»Bauernopfer, sagt man nicht so?«, hört sie ihren Mann sagen. »Ich bin das Bauernopfer.«

Er ist dahintergekommen, als er im Pub saß, dessen Namen er nannte und an dem sie schon oft vorbeigegangen ist. Die Wahrheit fällt nicht ins Gewicht und ist jedenfalls kein Trost. Doch ihr Mann, älter als sie, musste sie herausfinden, und sei es auch nur deswegen, weil es sie gibt. Studenten, die längst keine Studenten mehr sind, haben sich revanchiert. Er ist nur eine Nebenfigur, und sie auch.

»So also sieht es aus«, sagt er. »Insgesamt vier Nachrufe, hat Quicke gesagt. An einem Samstag muss man die Seiten füllen.«

»Es wird Beileidsschreiben geben.«

»O ja, und man wird Entschuldigungen drucken. Sagt Quicke ebenfalls.«

An seinem Tonfall oder an dem, was er sagt, merkt sie, dass sie sich getäuscht hat, als sie sich vorstellte, er würde die Zeitungen kaufen. Er hat sie nicht gekauft. Er erkundigt sich nach dem Kaffee, und sie antwortet, aus Kenia.

Er nickt. Der Kaffee ist gut, sagt er. Das andere Thema ist erledigt, das fügt er nicht hinzu, aber Vanessa weiß, dass es so ist. Einmal hat Kellfittard ihr eine Schachtel Pralinen geschenkt, Bendick's Peppermints, weil er wusste, daß sie die gern aß. »Ich habe sie aus Versehen gekauft«, sagte er, und die Lüge machte die Geste zuschanden, sodass die Geste ihren Sinn verlor. Es wäre albern gewesen, die Pralinen auszuschlagen.

»Linderfoot hat mehr als sechs Kilo zugenommen, würde ich sagen. Wie gut, dass man die Frauen zu Hause lassen muss!«

Was sie an ihm liebte, als sie sich, noch ein Mädchen, in ihn verliebte, war seine Weisheit. So nannte sie es, wenn auch nur für sich. Nicht sein Verstand, sie alle hatten Verstand. Nicht sein Können. Nicht seine Allwissenheit, denn sie wussten weniger, als sie sich einbildeten. Seine Weisheit ist fast undefinierbar, etwas, was auch ein Straßenarbeiter haben mochte, eine Platzanweiserin im Kino, ein Geistlicher oder ein Kind. Ihre Mutter würde es nicht verstehen, und er selbst würde bestreiten, dass er weise ist. Natürlich liegen die Zeitungen nicht auf dem Dielentisch; natürlich hat er kein Wort davon gelesen – von den subtilen Kränkungen, die sich als Wertschätzung verkleiden, von Eigenschaften, die er nicht besitzt und die ihm dennoch angedichtet wurden, weil man so verfährt, zum Abschied wartet man mit sämtlichen Klischees auf.

»Nein, nein, ein Irrtum«, hört sie ihn sagen, als das Telefon klingelt, zum ersten Mal heute, bis dahin war das Trauerhaus sich selbst überlassen. »Nein, vollkommen lächerlich«, sagt er. »Tut mir leid, falls ich Sie erschreckt haben sollte.«

Lachend legt er den Hörer auf, und Vanessa sagt nicht, dass sie ihn liebt, obwohl es ihr auf der Zunge liegt. Absurd, ihr Gedanke, sich in Italien zu verstecken, alles zusammenzupacken, seine wunderschöne Stadt für immer zu verlassen, nur weil sie in den Schabernack eines andern verwickelt sind.

Von ihnen beiden hat er sich besser gehalten, überlegt Vanessa. Sein Gesicht hat schon immer Spuren von Alter aufgewiesen; ihre Schönheit verliert sich mit jedem Tag ein wenig mehr. »Ich liebe deine Weisheit«, möchte sie sagen, ist jedoch noch immer zu schüchtern, das Wort in den Mund zu nehmen, aus Angst, sich mit einer Zurschaustellung ihrer Naivität zu blamieren.

»Mein Liebling«, flüstert er in der Stille, die sie umfängt, und hält sie im Arm wie an dem Tag, als er ihr zum ersten Mal seine Liebe gestand. Was sie beschützt, ist die Vermählung ihrer Unterschiede, unerschütterlich in den Trümmern des Sturms.

WIDER ALLE WAHRSCHEINLICHKEIT

Mrs Kincaid beschloss, sich zu verdrücken. Es hatte Unannehmlichkeiten gegeben; nicht viele, aber doch genug, um sie zu veranlassen, ihren Wohnsitz zu wechseln. Von Zeit zu Zeit sah sie sich dazu genötigt.

Sie dachte an Portrush. Es war Mai. Das bedeutete, dass die Ferienunterkunft noch zu den Preisen der Nebensaison zu mieten sein würde. Sie dachte an Cushendall. Diesen Ort hätte sie bevorzugt, denn sie mochte die Luft dort, doch seit ihrem letzten Besuch waren erst drei Jahre vergangen, und drei Jahre erschienen ihr irgendwie nicht lange genug. Cushendun, Ballygalley, Portstewart, Ardglass, Bangor, Kilkeel: Mrs Kincaid hatte die Luft eines jeden dieser Orte geatmet.

Diesmal jedoch entschied sie sich für eine Stadt im Landesinnern. Auch von diesen kannte sie viele, namentlich Armagh und Lisburn, doch fast ebenso gut Ballymena, Magherafelt, Lurgan und Portadown. Sie selbst stammte aus Belfast, hatte aber schon seit langer Zeit die gesamte Region der Sechs Grafschaften zu ihrem Geschäftsgebiet gemacht. Nur ein einziges Mal, 1987, hatte sie dem Norden Irlands den Rücken gekehrt, sie hatte die Fähre von Larne nach Stranraer genommen und war nach Glasgow weitergereist, eine Episode in ihrem Leben, die sie bedauerte und über die sie lieber nicht nachdachte. Ebenso bedauerte sie eine Bewährungsstrafe des Amtsgerichts von Derry im

Jahre 1981, da hierdurch eine Stadt, die sie besonders mochte, für ihre Geschäfte nicht mehr infrage kam.

Mrs Kincaid – die keinen anderen Anspruch auf diesen Namen erheben konnte als den, dass sie ihn gelegentlich verwendete – wog ziemlich genau siebzig Kilo und war hochgewachsen. Obwohl sie recht füllig war, wirkte sie keineswegs rund; der Körper unter ihrer Kleidung, weder aufgebläht noch schlaff, schien keine überflüssigen Pfunde aufzuweisen. Ihre Arme waren stämmig, ihre Beine wirkten kräftig. Ihr ziemlich großes Gesicht konnte sie sich ihrer Meinung nach leisten, keines seiner Merkmale war zu beanstanden, weder ein fliehendes Kinn noch vorstehende Zähne. Zurückhaltend gekleidet und darauf bedacht, den Einsatz von Parfüm und Make-up nicht zu übertreiben, zählte sie sechzig Jahre, von denen sie einundfünfzig zugab. Ihr gewinnendes Lächeln wirkte Wunder.

»Ist das nicht großartig?«, bemerkte sie zu dem Fahrer des Ulsterbusses, der sie zu der Stadt im Landesinnern bringen würde, für die sie sich schließlich entschieden hatte, eine Stadt, die sie nicht kannte und in der sie nicht bekannt war. Ihr Hochgefühl, als sie in den Bus stieg, hatte mit der Friedenserklärung in den sechs Grafschaften zu tun. Nach dreißigjährigem Krieg, der nicht Krieg genannt wurde, war ein doppelter Waffenstillstand ausgerufen worden; Politiker aus dem Norden Irlands, aus London und Dublin und Berater aus Amerika hatten ein umfangreiches Programm aufgestellt, das inzwischen zu beiden Seiten der Grenze per Volksentscheid verabschiedet worden war. Mrs Kincaid selbst hatte in den Jahren des Konflikts nur einige Unannehmlichkeiten erdulden müssen; die Wirren in ihrem Leben waren persönlicher Natur gewesen. Aber natürlich waren die Verwüstungen, die sich über einen so langen Zeitraum mit so ermüdender Regelmäßigkeit wiederholt hatten, auch an ihr nicht spurlos vorübergegangen; sie war froh, dass sie ausgestanden waren.

»Großartig?«, reagierte der Busfahrer auf ihren Optimismus.

»Der Frieden.«

»Vielleicht steht ja was in ihren Zeitungen.« Unbekümmert drehte der Fahrer den Zündschlüssel um. Die Scheibenwischer bewegten sich schwerfällig über die gewölbte Windschutzscheibe und schoben einige Regentropfen beiseite. »Sehen wir mal«, sagte er, und aus seinem Tonfall war die Mahnung herauszuhören, dass es – welche Vereinbarungen auch immer getroffen, welche Versprechen auch immer gemacht worden sein mochten – nach wie vor Bewaffnete gab, die nicht verschwunden waren, die weiterhin ihr Arsenal besaßen und es gewohnt waren, das Sagen zu haben. »Sehen wir mal«, sagte er erneut.

»Hoffen wir das Beste.«

»Ja.«

»Aber ist es nicht zu kühl für Mai? Als ich heute Morgen aus dem Fenster sah, hab ich mir gleich gesagt, du wirst dich heute warm anziehen müssen, Mabel.«

Der Busfahrer stimmte ihr zu, dass das Wetter nicht der Jahreszeit entsprach, bevor er den Motor anließ. Mrs Kincaid steuerte auf einen Sitzplatz zu. Wie stets verließ sie Belfast nur ungern. Die Straßen der Stadt waren ihre Straßen, der Tonfall der Bewohner bei der Rückkehr aus einem Exil, das sie nie freiwillig antrat, jedes Mal wieder ein Vergnügen. Die Bomben, durch die Gebäude zerstört, Autos in Stücke gerissen und Bürger verstümmelt und getötet worden waren, hatten in ihr nie, in dreißig Jahren nicht, den Wunsch geweckt, irgendwo anders zu leben. Sie war in einer Belfaster Pension groß geworden und hatte das Vermögen, das ihr eine ererbte Immobilie eingebracht hatte, auf die hohe Kante gelegt. Später hatte man ihr den Erlös weggenommen, und dies war der persönliche Umstand, der ihr Leben seither bestimmt hatte.

Sie saß allein im Bus, ihre beiden braunen Koffer befanden sich in der Ablage über ihr. Wie immer reiste sie mit leichtem Gepäck. Sie bevorzugte Mietzimmer, die bereits möbliert waren, den Geschmack von anderen. So und nicht anders lebte sie, und obwohl sie vermutete, dass in der Stadt, in die sie fuhr, keine Menschenseele auf dieselbe Weise lebte, würde es ihr gelingen, nicht aufzufallen. Welche Geschichte auch immer ihr im Lauf der Reise einfallen würde – sie hatte sich noch keine ausgedacht –, würde dafür sorgen.

Blakely zerdrückte die Erbsen mit seiner Gabel, dann mischte er sie unter einen Brei aus Kartoffeln und Bratensoße. Ein Stück Fleisch war noch übrig, seine Größe so berechnet, dass es zum Rest der Kartoffeln und Erbsen passte. Seit er allein lebte, hatte er sich angewöhnt, auf diese Art zu essen: die Anzahl der vollen Gabeln im Voraus abzuschätzen, die verschiedenen Bestandteile der Mahlzeit auf seinem Teller genau zu kombinieren. All das diente als Ersatz für ein Gespräch, denn dieser Tage aß Blakely ausnahmslos allein.

Sechs Tage in der Woche fuhr er von seinem Bauernhof in die Stadt und setzte sich in Hirrel's Café an denselben Tisch. Er schaute nie in die Speisekarte, sondern bestellte immer das jeweilige Tagesgericht. Sonntags saß er mit Reverend Johnston im Pfarrhaus, brachte ihm stets so viele

Eier mit, wie er entbehren konnte, oder Buttermilch, die Reverend Johnston besonders schätzte, einmal im Monat eine Pute. Im Dezember belieferte er auch Hirrel's mit Puten.

Der *Belfast Telegraph*, zurechtgefaltet und von zwei Flaschen Yorkshire Relish gestützt, war voller Artikel über die jüngsten politischen Entwicklungen und die Aussichten für die Zukunft. Vierzehn Jahre zuvor waren Blakelys Frau und Tochter irrtümlich getötet worden; an ihrem Wagen, der nach Fabrikat und Farbe dem des ausersehenen Opfers ähnelte – das Nummernschild unterschied sich nur durch eine Ziffer –, war eine Bombe angebracht worden. Er erhielt umgehend eine Entschuldigung, die Beileidsbeteuerungen des Anrufers klangen aufrichtig. Man schickte zwei Kränze.

Blakely legte Messer und Gabel auf eine Seite des Tellers, und wenige Minuten später brachte ihm Mrs Hirrel einen Teller Rhabarber mit Vanillesoße und eine Kanne Tee. Er dankte ihr und faltete die Zeitung zusammen. Die Männer der Gewalt hatten noch immer das Heft in der Hand, das stand außer Zweifel. Als man die Waffenstillstandserklärungen voraussagte, hatte er eine diesbezügliche Bemerkung zu Mrs Hirrel gemacht, und sie hatte ihm beigepflichtet. Sie hatten sich lange darüber unterhalten; heute gab es, ebenso wie gestern und am Tag davor, über das Thema nichts weiter zu sagen. Stattdessen verkündete Mrs. Hirrel, der Rhabarber bestehe ausschließlich aus jungen Stielen, die unter einer Plastikfolie gewachsen seien, die ersten, die sich hinter dem Haus gezeigt hätten. »Kümmere dich um die Frau da, Nellie«, rief sie ihrer Kellnerin zu, denn eine Frau hatte das Café betreten und einen Strom bitterkalter Luft hereingelassen.

Wie immer um diese Zeit waren alle Tische besetzt. Mittags kamen Ladenangestellte in Hirrel's Café, Geschäftsreisende nutzten den Umstand, dass sie sich mitten am Tag in der Stadt aufhielten. Toomey von der Northern Bank saß immer hier, zusammen mit der Schalterbeamtin, mit der er ein Verhältnis hatte. Auch Lieferwagenfahrer, gelegentlich ein Lastwagenfahrer schauten herein.

»Können Sie einen Moment warten?«, fragte Nellie den Neuankömmling. »Es wird gleich etwas frei.«

»Wissen Sie, wer das ist, Mr Blakely?«, fragte ihn Mrs Hirrel, er verneinte, und Mrs Hirrel sagte, auch ihr sei die Frau unbekannt. »Darf sie sich eine Minute zu Ihnen setzen, während Sie Ihren Tee trinken?«

Zuweilen ergab sich eine solche Situation, weil der Stuhl ihm gegenüber frei war. Er störte sich nie daran. Dann knüpften Handelsvertreter für Stoffe oder Haushaltswaren ein Gespräch mit ihm an, gewährten ihm Einblick in das jeweilige Auf und Ab der Geschäftswelt. Gewöhnlich fragten sie ihn, welcher Tätigkeit er nachgehe.

»Sind Sie sicher?« Als Mrs Kincaid zu seinem Tisch geführt wurde, zögerte sie zunächst, bevor sie sich setzte. »Ich möchte mich nicht aufdrängen.«

»Sie tun schon recht«, versicherte ihr Blakely. Fremden gegenüber war er nervös und drückte sich häufig nicht ganz so aus, wie er beabsichtigte, nur um überhaupt ein Wort herauszubringen. Sein Tee war heiß, und er hätte ihn gern auf die Untertasse gegossen. Aber das schickte sich bei Hirrel's nicht.

»Gemütlich«, bemerkte Mrs Kincaid und sah sich in einer ihr vertrauten Umgebung um: laminierte Tischplatten, billige Messer und Gabeln, Teller mit Brot und Butter, eifrig kauende Gesichter, Zahnstocher, mit denen gelegentlich eingeklemmte Essensreste aufgespießt wurden. Wie viele Male schon hatte sie solche Cafés frequentiert! Wenigstens hatte der Mann, der ihr gegenübersaß, seine Mütze vom Kopf genommen, was die Männer, die in solchen Cafés aßen, häufig nicht taten. Er hatte buschiges, kurz geschnittenes Haar und ein hageres, schmales Gesicht, dessen Wangen tiefrot waren. Ein gesund aussehender Mann, der an der frischen Luft arbeitete, recht anständig gekleidet, mit Schlips und Kragen. Wenn in Mrs Kincaids Kindheit ein Mann ohne Schlips und Kragen in die Pension kam, um sich nach einem Zimmer zu erkundigen, war er auf der Stelle weggeschickt worden.

»Es ist aber auch kalt heute«, bemerkte sie, und ihr fiel auf, dass er seinen Teller mit Rhabarber und Vanillesoße ordentlich aufgegessen hatte, nicht ohne einen kleinen Rest zurückzulassen und Löffel und Gabel nebeneinanderzulegen. Sie schätzte ihn auf Ende fünfzig; die Fingernägel zwar nicht ganz sauber, aber noch passabel.

»Es wird noch einige Tage kalt bleiben«, sagte er, und dann erschien die Kellnerin und fragte sie, was sie zu essen wünsche, das Lammgericht sei ausgegangen. Mrs Kincaid bestellte einen Teller Butterbrote und Tee.

»Haben wir endlich Frieden?«, fragte sie, und der Mann erwiderte recht höflich, dass man nie wissen könne. Seiner Meinung nach sei es noch ein langer Weg bis dahin, und sie merkte, wie vorsichtig er sich ausdrückte, wie vorsichtig er seine Worte wählte. Da er nichts über sie wusste, da er nicht wusste, auf welcher Seite des Zauns sie stand, wie ihr Vater zu sagen pflegte, hielt er sich zurück. Er schenkte sich eine weitere Tasse Tee ein, gab Milch hinzu und rührte Zucker hinein, zwei Löffel Kristallzucker.

»Ach, das geht nun schon viel zu lange«, sagte sie.

»Vielleicht ist es ja wirklich das Ende.«

Er steckte seine Zeitung in eine Seitentasche seines Jacketts. Es war ein Jackett aus dunklem Tweed und musste gebügelt werden; dort, wo ein Knopf abgegangen war, hing ein Faden heraus. Die Art seines Umgangs mit der Kellnerin ließ darauf schließen, dass er Stammgast war. Er zählte den Betrag seiner Rechnung ab und ließ ein Fünf-Pence-Stück und ein paar Kupfermünzen als Trinkgeld zurück. »Guten Tag«, sagte er, bevor er zum Tresen ging, um zu bezahlen.

Mehr aus Macht der Gewohnheit als aus irgendeinem anderen Grund fragte sich Mrs Kincaid, auch nachdem Blakely schon gegangen war, wer er wohl sei. Sie fragte sich, ob er vielleicht ein Straßenvermesser sein könnte, denn irgendetwas an ihm erinnerte sie an einen Straßenvermesser, den sie einmal flüchtig gekannt hatte. Sie stellte sich ihn mit einer Kolonne von Straßenarbeitern vor, in der Luft der Geruch von Teer, auf der erneuerten Asphaltdecke frischer, noch blasser Splitt. Dann jedoch ermahnte sich Mrs Kincaid, dass sie nicht hier war, um sich für einen Mann zu interessieren, den sie nicht kannte, ganz im Gegenteil. Sie hatte ihre beiden Koffer in dem Zeitungsladen abgestellt, vor dem sie aus dem Bus gestiegen war. Sobald sie etwas gegessen und Erkundigungen eingeholt hätte, würde sie zurückgehen und sie abholen.

»Versuchen Sie's in der Bann Street«, sagte die Kellnerin. »Da sind ein paar Pensionen, die Zimmer vermieten.«

Lass sein, ermahnte sich Mrs Kincaid abermals, als sie Blakely vier Tage später aus Hirrel's Café kommen sah, und wiederholte ihre an sich selbst gerichtete Warnung, dass sie nicht aus diesem Grund hier sei. Sie würde einen Monat bleiben, hatte sie entschieden; ihrer Erfahrung nach reichte ein Monat aus, damit der Ärger sich legte. Das Gerede von Anwaltsschreiben, vom Gang zur nächsten Polizeidienststelle, die eine oder andere Drohung lösten sich allesamt in Luft auf, wenn ein wenig Zeit verstrichen war. Verletzte Gemüter besänftigten sich, Stolz fand sich noch mit jeder Torheit ab, die sie zu ihrem geschäftlichen Vorteil ausgenutzt hatte. Nicht dass ihr eigenes Gemüt sich besänftigt hätte, nicht dass ihr eigener Stolz sich je von der Kränkung erholt hätte, die ihr zugefügt worden war, doch ihr Fall lag anders und hatte schon immer anders gelegen. 1960 hatte die Pension vierundachtzigtausend Pfund erzielt, heute würde man wahrscheinlich das Zehnfache bekommen. »Wir würden das kleine Unternehmen auf deinen Namen anmelden«, hatte der Mann, den sie für ihren Verlobten hielt, gesagt. »Keine faulen Tricks.« Doch im Verlauf des Kaufprozesses waren die vierundachtzigtausend Pfund für die Firma, die er stets als das kleine Unternehmen bezeichnete, irgendwie aus ihrem Blickfeld geraten. Bald darauf waren sie ganz verschwunden, und er mit ihnen. Das kleine Unternehmen, welches damit hatte erworben werden sollen, war ein Wettbüro in der Argyle Street, ein älterer Buchmacher ging in den Ruhestand, ein Kundenstamm von zwei Generationen. Wenige Wochen später wurde es von einer Kette übernommen.

Dieser Tage bemühte sich Mrs Kincaid nach Kräften, die Sache philosophisch zu sehen, sich einzureden, dass der Vorfall einem Tod ähnelte und man einen Todesfall nicht für immer beklagen konnte, nicht einmal insgeheim für sich. In ihrer Geschäftstätigkeit sann sie nicht etwa auf Rache, sondern suchte stattdessen Geld anzuhäufen, das rechtmäßig ihr gehörte. Sie führte Buch in einem kleinen roten Notizheft, stets in der Hoffnung, dass sie es eines Tages nicht mehr würde tun müssen, dass das Missgeschick ihrer Vergangenheit sie endlich aus seinem Bann entlassen würde.

Als sie sich an dem Tag, an dem sie Blakely zum zweiten Mal sah, gegen einen stetigen Ostwind stemmte, konnte sie sich sehr genau an sein hageres Gesicht erinnern, an sein buschiges Haar, an den Faden, der dort, wo ein Knopf abgegangen war, von seinem Jackett herabhing. Bestimmt war er Junggeselle oder Witwer, sonst würde er sein Mittagessen nicht jeden Tag in einem Café einnehmen. Man konnte sogleich erkennen, auf welcher Seite des Zauns er stand, ein ebenso anständiger Protestant wie sie selbst, daran war nicht zu zweifeln.

In dem Zimmer, das sie gemietet hatte – nicht in der Bann Street, sondern über einem Metzgerladen in der Knipe Street –, roch es nach Fleisch und Talg. Sie hatte eine elektrische Herdplatte, auf der sie kochen konnte, eine Spüle, in der sie Wäsche waschen und Geschirr spülen konnte, ein WC und ein Badezimmer im Stockwerk darüber. Es gab einen Fernseher, einen Gasofen und unter dem Fenster ein Einzelbett, und wenn sie auf der Herdplatte etwas briet, nahm man den Metzgereigeruch eine Weile lang nicht wahr. Mrs Kincaid hatte schon schlechtere Zimmer gemietet.

Aus den Läden brachte sie ein Kit-Kat, *Woman's Own*, *Hello!*, *The Lady* und eine Filmzeitschrift mit. Sie verzehrte den Schokoladenriegel, las eine Geschichte über eine spät aufkeimende Liebe, machte Tee, zog Rock und Bluse aus, schlief und träumte, sie habe einen Geistlichen geheiratet, von dem sie sich die Briefe, die er ihr geschrieben hatte, einst hatte abkaufen lassen. Als sie erwachte, wusch sie sich, briet Frühstücksspeck und ein Ei und ging wieder aus.

Sie saß allein an einem Tisch in der Bar von Digby's Hotel und hörte Schlager der fünfziger Jahre, die ihr alle vertraut waren. Gelegentlich lächelte ihr jemand zu, ein Mann oder eine Frau, das Mädchen hinter der Theke, aber in der Regel gingen sie einfach an ihr vorbei. Es war die Rede von einer Tanzveranstaltung. In jüngeren Jahren wäre sie allein hingegangen, doch die Zeiten waren vorbei. Sie trank Wodka mit einem winzigen Schuss Portwein, ihr bevorzugtes Getränk. Obwohl sie mit dem Rauchen eigentlich aufgehört hatte, kaufte sie sich eine Schachtel Zigaretten. Wenn sich ihr eine Gelegenheit bot, konnte sie nicht widerstehen: Das wusste sie nur zu gut.

Sie wusste es von Neuem, als sie mitten in der Nacht erwachte und eine Weile in der Dunkelheit wach dalag. Der Geruch von dem Laden unter ihr hatte sich erneut eingestellt, und als sie wieder in den Schlaf sank, träumte sie, dass der Mann, den sie im Café getroffen hatte, einen Metzgerkittel trug und mit einem Hackbeil Lammkoteletts abhackte.

An dem Tisch vor dem Fenster saß ein Handlungsreisender für sich, doch es war der kleinste Tisch im Café, und auf dem anderen Stuhl stand sein Musterkoffer, damit er den Leuten, die vorübergingen, nicht im Weg stünde. Ansonsten saß nur noch Blakely allein an seinem Tisch.

»Nur weil sie gesagt hat, dass ich mich zu Ihnen setzen soll«, sagte dieselbe Frau, die schon einmal den Tisch mit ihm geteilt hatte.

»Bitte sehr. Es ist ja sonst kein Platz frei.«

»Ist das nicht eine schlimme Nachricht?« Mit dem Kopf

wies sie auf die Schlagzeile in seiner Zeitung. Am Vorabend war ein Taxifahrer erschossen worden, der erste Mord seit den Waffenstillstandserklärungen.

»Ja«, sagte Blakely. »So ist es.«

Sie war gekleidet wie beim letzten Mal, in beigefarbenen und braunen Farbtönen. Unter dem Mantel, den sie abgelegt hatte, trug sie einen Rock, eine Strickjacke und eine cremefarbene Bluse. An ihrer Bluse steckte eine Brosche, die wie eine Blüte aussehen sollte.

»Der Teller ist heiß, Mr Blakely«, warnte Nellie, als sie einen Rinderbraten mit Kartoffeln und Grünkohl vor ihn hinstellte. Sie wischte einen Soßenklecks vom Tellerrand.

»Butterbrot und Tee, Nellie«, bestellte Mrs Kincaid, die sich noch von ihrem letzten Besuch an den Namen erinnerte. »Mittags«, ließ sie Blakely wissen, »esse ich nicht viel. Und Konfitüre«, rief sie der Kellnerin nach.

»Bei mir ist es die Hauptmahlzeit«, erklärte Blakely mit einem Unterton milder Selbstrechtfertigung in der Stimme.

»Es ist bequem, auswärts zu essen.«

»Ja, so ist es.«

»Wohnen Sie am Ort, Mr Blakely?«

»Ein wenig außerhalb.«

»Das habe ich mir gedacht. Sie sehen aus, als wären Sie viel an der frischen Luft.«

»Ich bin Putenzüchter.«

»Sieh an.«

Er schnitt ein Stück Rindfleisch in Streifen, lud Grünkohl und Kartoffeln auf seine Gabel und tunkte etwas Bratensoße auf, bevor er das Ganze zum Mund führte.

»Nicht schlecht«, antwortete er, als er gefragt wurde, ob man für Puten gute Preise erziele.

»Früher hat man nur zu Weihnachten mit Puten gehandelt, sonst nicht. Habe ich recht? Nicht dass ich von Geflügel etwas verstünde.«

»Oh, da haben Sie schon recht.«

»Ich mag das dunkle Putenfleisch. Man hat mir gesagt, das sei ungewöhnlich.«

»Heutzutage wollen alle nur weißes Fleisch.«

»Vermutlich beliefern Sie die Supermärkte, nicht wahr?«

»Stimmt, das sind meine besten Kunden. Obwohl ich auch einige Abnehmer hier am Ort habe.«

»Ich habe ein Zimmer über Beatty's.«

»An Beatty verkaufe ich zu Weihnachten.«

»Na, wenn das kein Zufall ist!«

»Ein anständiger Mann, Henry Beatty.«

»Das kleine Zimmer ist nicht schlecht.«

Weitere Einzelheiten wurden ausgetauscht – über das Zimmer, sodann über die Aufzucht, das Schlachten und Rupfen von Puten, über die europäischen Vorschriften hinsichtlich Hygiene und Kühlung. Nachdem sie preisgegeben hatte, dass sie aus Belfast stammte, sprach Mrs Kincaid von ihrer Heimatstadt. Blakely sagte, seit dem Tod seiner Frau sei er nicht mehr dort gewesen. Sie sei immer zum Einkaufen hingefahren, sagte er. Zu Brand's, sagte er.

»Ah, Brand's, das war wirklich ein wunderbarer Laden. Haben Sie schon immer auf dem Bauernhof gearbeitet, Mr Blakely?«

»Ja.«

»Tut mir leid, das mit Ihrer Frau.«

»Ja.«

Der Teller mit Brot und Butter wurde gebracht, dazu Tee und ein kleines Glasschüsselchen Stachelbeermarmelade.

»Ich selbst bin auch verwitwet«, sagte Mrs Kincaid.

»Ach so –«

»Ich weiß, ich weiß.«

Dieser dahingeflüsterte Kommentar war ersonnen, um die beiden Verwitwungen zu einer zu verschmelzen, ersonnen, um mit stiller Schmerzlichkeit eine gemeinsame Basis abzustecken. Einen Moment lang herrschte an dem Tisch das Gefühl, als habe der Tod fast gleichzeitig zugeschlagen. Für Mrs Kincaid war dieses Gefühl ein theatralischer Effekt, da in ihrem Fall gar kein Tod, gar keine Witwenschaft eingetreten war. Für Blakely war es etwas Wirkliches. Er aß auf, was ihm serviert worden war. Nun wurde ihm Götterspeise mit Biskuitkuchen vorgesetzt, nebst einer Kanne Tee.

»Wohnen Sie weit außerhalb?«, erkundigte sich Mrs Kincaid.

»O nein. Nicht weit.«

»Manchmal ziehe ich mich in eine kleine Stadt zurück, um mich zu erholen. Meistens in einen Ferienort. Doch um diese Jahreszeit ist es dort noch ziemlich einsam.«

»So dürfte es sein.«

Kurz danach steckte Blakely seine Zeitung in die Seitentasche seines Jacketts. Er nahm seine Mütze von dem Knauf an der Rückenlehne seines Stuhls. Dann sagte er Mrs Kincaid auf Wiedersehen und ging zum Tresen, um seine Rechnung zu begleichen.

»Wer ist sie, diese Frau?«, fragte ihn Mrs Hirrel im Flüsterton, und er antwortete, Mrs Kincaid habe ein Zimmer über Beatty's Metzgerladen gemietet. Er kenne ihren Namen nicht, sagte er, eine Frau aus Belfast, die in der Stadt sei, um sich zu erholen.

Danach schien Blakely Mrs Kincaid immer häufiger zu begegnen. Selbst als in Hirrel's Café einmal ein Tisch gleich neben dem Eingang frei war, setzte sie sich zu ihm. Eines Tages stand sie im Zeitungs- und Süßwarenladen Blundell, als er dort seine Zeitung kaufen wollte. Bei einer anderen Gelegenheit traf er sie ein, zwei Kilometer außerhalb der Stadt auf der Landstraße, als er zu seinem Gehöft zurückfuhr, und winkte ihr zu, und sie winkte zurück. Ein paar Tage später ging sie wieder dort entlang, mit aufgespanntem Schirm, und er hielt an, da er meinte, er müsse ihr eine Mitfahrgelegenheit anbieten.

»Das ist wirklich sehr liebenswert von Ihnen«, sagte sie.

»Wo wollen Sie denn hin?«

Sie habe kein besonderes Ziel, antwortete Mrs Kincaid. Nur ein Spaziergang, sagte sie, um den Nachmittag herumzukriegen. »Mein Name ist Mrs Kincaid«, fügte sie hinzu, da sie ihm diese Information bislang vorenthalten hatte, und fragte dann, ob er jemals das Gefühl habe, dass die Nachmittage schwer auf ihm lasteten.

Blakely erwiderte, jede Stunde des Tages bedeute ihm gleich viel. Er bemühte sich, höflich zu klingen, suchte nach den richtigen Worten. Er wollte nicht abweisend erscheinen. »Das gehört Madole«, sagte er, als sie an einem Feld vorüberfuhren, wo ein Gatter weit offen stand. Das Feld wurde gerade zum Frühjahr umgepflügt. Auf dem Traktor saß Quin, Madoles Gehilfe. Madole besitze viel Land, erklärte Blakely, es reiche bis an die Randgebiete der Stadt.

»Hier sind meine eigenen paar Hektar«, sagte er, als sein am Straßenrand gelegenes, rosa gestrichenes Bauernhaus und die Putenverschläge in Sicht kamen. »Soll ich Sie hier absetzen? Ich glaube, der Regen hat nachgelassen.« Seit er fünf Minuten zuvor die Scheibenwischer ausgeschaltet hatte, waren einige Tropfen auf die Windschutzscheibe gefallen, doch begannen sie bereits zu trocknen. In der Lower Bridge Street habe einmal ein Mann namens Kincaid gewohnt, ein Zahnarzt, der Vorgänger des jetzigen.

»Das wird ein schöner Spaziergang zurück«, sagte sie, als sie aus dem Wagen stieg, den Blakely am Straßenrand angehalten hatte, bevor er auf seinen Hof fuhr. Sie bedankte sich bei ihm. »Aber wo geht's da weiter?«

»Nach Loughdoon. Etwa einen Kilometer von hier.«

»Das schaue ich mir mal an.«

»Es ist nur ein kleiner Ort.«

»Ich mag kleine Orte.«

In dem Schuppen, wo die Puten gerupft wurden, standen die Lacky-Schwestern, fünfundvierzigjährige Zwillinge. Die fertig gerupften Vögel waren an einem Balken aufgehängt. Die Schwestern hatten die gleichen schwarzgrauen Kittelschürzen umgebunden; sobald ihr Arbeitgeber den Schuppen betrat, entblößten sie die gleichen schiefen Zähne zu einem breiten Lächeln. Unter den Stoffmützen, die sie trugen, quoll ihr rötliches Haar hervor. Seit neunundzwanzig Jahren, seit ihrer Kindheit, rupften sie für Blakely Puten. Wenn Madole ihm freigab, kam Quin herüber, um auf jede erforderliche Weise auszuhelfen.

Blakely nickte den beiden Frauen zu. Sie hatten gute Arbeit geleistet. Er zählte die für die Lieferung vorbereiteten Vögel, sechzehn an der Zahl. Für den Spediteur, der um vier Uhr kam, mussten zwei Dutzend fertig sein, und das würden sie mühelos schaffen. Die Lacky-Schwestern warfen die Köpfe zurück und quittierten sein Lob mit einem schrillen Lachen. Sie konnten die Frau, die er im Wagen mitgenommen hatte, nicht gesehen haben, auch die Stimmen würden sie nicht gehört haben. Die Leute in Hirrel's Café würden darüber reden, dass sie immer an seinem

Tisch saß, doch was konnte er dagegen tun? Und da es regnete, hätte er auf der Straße schließlich nicht an ihr vorbeifahren können. Er stellte den Wagen in dem Schuppen mit dem Pultdach ab und machte sich auf den Weg, um einen Zaun zu flicken, der längst hätte repariert werden müssen. Seine beiden Hütehunde liefen in großen Sprüngen neben ihm her.

Die Arbeit dauerte länger, als er gedacht hatte. Als er fertig war, war der Spediteur schon da gewesen, und die Lackys waren nach Hause gegangen. Während er das Getreide für die Abendfütterung mischte, schlugen die Hunde an.

»Das ist für Sie«, sagte Mrs Kincaid und hielt ihm etwas in einer braunen Papiertüte entgegen. Es regnete leicht, doch ihren Schirm hatte sie zusammengefaltet. »Ich hab den Regen bei Mullin's abgewartet«, sagte sie. »Eine gemütliche kleine Bar, die er da hat.«

Blakely starrte auf die Tüte, die sie ihm entgegenstreckte. »Was ist das?«, fragte er.

Sie lächelte und schüttelte den Kopf, um anzudeuten, dass er das schon selbst herausfinden müsse. »Um Sie aufzumuntern, Mr Blakely.«

Er wollte kein Geschenk von ihr annehmen. Sie hatte keinerlei Veranlassung, ihm ein Geschenk zu machen. Sie hatte keinerlei Veranlassung, auf seinen Hof zu kommen und nach ihm zu suchen.

»Das war nicht nötig«, sagte er und entnahm der feuchten Papiertüte eine Flasche Bushmills Whiskey. »Nein«, protestierte er. Die beiden Hütehunde, die er mit einer Geste in die Ecke verwiesen hatte, hatten begonnen, auf ihren Gesäßen langsam nach vorn zu rutschen. »Ach nein«, sagte er, und reichte ihr die Flasche und die Tüte zurück. »Ach nein, nein.«

Der Regen wurde stärker. »Hätten Sie etwas dagegen, wenn ich mich einen Moment in ihrem Torfschuppen unterstelle?«, fragte sie. »Machen Sie Ihre Arbeit nur weiter, Mr Blakely. Die kleine Gabe ist ein Dank für Ihre Freundlichkeit, dafür, dass Sie mich an Ihrem Tisch haben sitzen lassen und so weiter. Mullin meinte, Sie würden einen guten Tropfen nicht verschmähen.«

»Das kann ich nicht annehmen.«

»Es ist nicht der Rede wert, Mr Blakely.«

»Kommen Sie in die Küche, bis der Schauer abgezogen ist.«

Sie sagte, sie wolle ihn nicht stören, doch wortlos ging er ihr ins Haus voran. In der Küche öffnete er die Drosselklappe seines Rayburn-Ofens, um den Raum aufzuwärmen. Die Flasche und die Tüte standen auf dem Tisch.

»Sie sehen durchgefroren aus, Mr Blakely«, sagte sie und überraschte ihn damit, dass sie zwei Gläser aus dem Geschirrschrank nahm. Sie öffnete die Flasche und schenkte beiden einen Whiskey ein. Es sei nicht der Rede wert, sagte sie noch einmal.

Es war kein Abend, an dem Quin kam. Blakely war froh darüber. Die Lackys konnten sie auf der Straße nicht verpasst haben, aber sie hätten nicht gewusst, wer sie war, und niemals vermutet, dass sie auf den Hof einbiegen würde.

»Er hat mir von Ihnen erzählt«, sagte sie jetzt. »Mr Mullin, meine ich.«

»Ich gehe manchmal hin.«

»Er hat mir vom Tod Ihrer Frau erzählt. Wie es war. Und von Ihrer Tochter natürlich.«

Blakely sagte nichts. Der Whiskey erwärmte seine Brust. Obwohl Mullin das Gegenteil behauptet hatte, trank er nicht regelmäßig, aber einen Tropfen Bushmills wusste er wohl zu schätzen. Ein Abschiedsgeschenk, sagte sie.

»Fahren Sie bald zurück?«, fragte er unverbindlich, in beiläufigem Ton.

Sie hatte ihren Mantel ausgezogen. Sie trug ein blaues Kleid mit winzigen roten Pünktchen, wie mit dem Buntstift aufgetragen. Um den Hals hatte sie ein rotes Tuch geschlungen und in den Ausschnitt gesteckt. Am Tisch legte sie ein Bein über das andere, beide Knie glänzten, da sich das Material ihrer Strümpfe darüber spannte. Ihr Regenschirm lag zum Trocknen aufgeklappt auf den Steinplatten.

»Früher oder später«, sagte sie. »Zum Wohl!«

Als er einen weiteren Schluck getrunken hatte, füllte sie beide Gläser nach. Sie sah sich in der Küche um und meinte, sie sei sehr hübsch. »Mabel«, sagte sie.

»Wie bitte?«

»Mabel Kincaid.«

Der Regen war jetzt stärker, trommelte gegen die Fensterscheiben. Das Feuer im Rayburn hatte angefangen zu tosen. Er stand auf, um die Drosselklappe etwas zuzuschieben.

»Das ist ein Sturzregen, wie er im Buche steht«, sagte sie.

»Ja.«

»Sie lächeln niemals, Mr Blakely.«

Blakely war die Bemerkung peinlich. »Ich denke, vielleicht bin ich ein etwas mürrischer Typ.«

»Das sind Sie ganz und gar nicht. Aber nach allem, was ich über Sie erfahren habe, könnte man es Ihnen kaum verdenken.«

Sie fragte, ob er schon immer in diesem Haus gelebt habe, und er bejahte. Sein Vater hatte Madole die paar Felder abgekauft, damals hatte er eine Schweinezucht betrieben. Das Haus hatten die Madoles gebaut, und zwar ohne Fundamente, was sein Vater erst herausfand, nachdem er es bereits erstanden hatte. Er hatte nicht gewusst, dass dies der Grund für den günstigen Preis war.

»War es eine große Familie, Mr Blakely?«

Er schüttelte den Kopf. Sie seien zu viert gewesen, sagte er, einer mehr als in seiner eigenen Familie, einen Nachzügler habe es gegeben. »Ich habe einen Bruder, Willie John.«

In dem Moment, als er Willie John erwähnte, sah Blakely diesen stumm, mit weit aufgerissenem Mund, lachen, die Sommersprossen um die Augen von der gefältelten Haut zusammengedrängt. Ein plumper Riese mit zwei linken Händen, so hatte ihr Vater ihn genannt, bevor das erste Produkt dieser Hände fertiggestellt worden war – eine Dewoitine 510 mit zwei Motoren, aus einem Modellbaukasten zusammengebastelt.

»Wir haben sie draußen auf den Feldern steigen lassen.« Er wusste nicht, warum er ihr das erzählte; er hatte nicht die Absicht gehabt, doch manchmal war er nach einem Whiskey geschwätzig, obwohl er noch gar nicht viel getrunken hatte. Alkohol hatte die Fähigkeit, ihm die Dinge zu verlebendigen, und er spürte, dass das auch jetzt der Fall war. Eine Messerschmitt landete in einem Brennnesselfeld, und Willie John barg sie behutsam, dabei bemerkte er die Beschädigungen am Rumpfende und an einem der Flügel. Seine eigene Schwarze Witwe stieg auf und blieb in der Luft, bis das Feuerzeugbenzin im Motor aufgebraucht war. Sie glitt auf das kurz geschnittene Gras herab. Einfach großartig, hatte Willie John gesagt.

»Nur Sie beide«, sagte sie. »Ich war Einzelkind.«

»Willie John ist ausgewandert, als die Wirren begannen.

Zu Weihnachten bekomme ich immer eine Karte. Denver, Colorado.«

In der Eingangshalle klingelte das Telefon. Es war Nathan Smith von Ulsterfare mit der Bestellung für die nächste Woche. Als sie das Gespräch über das Geflügel beendet hatten, erzählte Nathan, seine Tochter habe sich verlobt.

»Hab schon gehört. Ist das nicht wunderbar, Nathan?«

»Und ob. Hoffen wir, dass die Ruhe bis zur Hochzeit anhält. Sollen wir sagen, Donnerstag, für die Bestellung?«

»Geht in Ordnung, Nathan.«

Sie stand in der Küche, die Bratpfanne in der Hand. Auf dem Boden der Pfanne haftete noch das geronnene Fett vom Frühstück. Aus dem Kühlschrank hatte sie Speck geholt und eine der Deckplatten des Rayburn hochgeklappt. Auf dem Tisch lagen Messer und Gabeln.

»Ich hatte gehofft, Ihr Gespräch würde länger dauern«, sagte sie. »Ich hatte eine Überraschung geplant.«

»Ach, bitte –«

»Setzen Sie sich und nehmen Sie noch einen Schluck. Es regnet immer noch in Strömen. Sie haben Würstchen da. Möchten Sie ein Paar?«

»Der Regen ist kein Problem. Ich kann Sie zurückbringen.«

Sie schüttelte den Kopf. Sie würde einen Mann, der getrunken hatte, niemals bitten, sie irgendwohin zu fahren. Sie legte vier Scheiben Speck auf das Fett in der Pfanne und stellte diese auf die heiße Herdplatte. Auf dem Abtropfbrett durchstach sie die Haut von vier Würstchen. »Haben Sie Eier?«, fragte sie.

Er holte eine Schüssel mit Eiern aus der Spülküche. Seit dem Tod von Hetty und Jacqueline hatte in der Küche keine Frau mehr gekocht. Er konnte sich nicht einmal daran erinnern, ob überhaupt je eine Frau im Haus gewesen war, seit die letzten Trauergäste es verlassen hatten, die Lackys gewiss nicht. Er hätte über Willie John nicht so reden sollen. Das Gespräch hatte sie ermutigt. Er hätte nicht den Bushmills trinken sollen.

»Sobald es aufgeklart hat, laufe ich zu Fuß zurück«, sagte sie. »Ich bringe nur die Zeit herum, Mr Blakely.«

»Ich fahre Sie zurück«, beharrte er. »Hier kennt mich jeder. Man wird mich nicht anhalten.«

Mrs Kincaid zog sich aus und dachte über ihn nach. Ein gebrochener Mann. Das hatte der Mann in der Bar sinngemäß gesagt. Er war ein Opfer der Wirren, trotzdem gab er nicht auf, mit seinen Puten und den beiden sonderbar aussehenden Frauen, denen sie auf der Straße begegnet war. Sie arbeiteten für ihn, die Kittelschürzen voller Federn. Mit seinem täglichen Mittagessen in einem überteuerten Café, seinen Erinnerungen an Modellflugzeuge, mit seiner Frau und seiner Tochter, über die er niemals sprach: Das war sein ganzes Leben. Eine Weihnachtskarte aus Denver hielt ihn bei Laune.

Als sie sich des letzten Stücks Unterwäsche entledigte, vermutete Mrs Kincaid, dass auch er an sie dachte, dass er sie vielleicht sogar genau so vor sich sah, wie sie in diesem Moment war. Gebrochen oder nicht, einen Funken, den man neu entfachen konnte, gab es immer. Geübt und erfahren, musste sich Mrs. Kincaid gar nicht erst fragen, ob es ihr heute gelungen war oder nicht. Sie hatte ihren Vorsatz fallen lassen, und als sie ihr Nachthemd zuknöpfte, fragte sie sich, ob ihr Wille stark genug war, sich rechtzeitig zurückzuziehen, morgen abzureisen, bevor die Dinge ihren Lauf nahmen. Einen Augenblick lag sie beim Licht ihrer Nachttischlampe da, dann streckte sie die Hand aus und knipste sie aus. Sie hatte dasselbe Gefühl wie häufig in diesem Stadium ihrer Geschäftstätigkeit – dass ein Schatten ihrer selbst sich gegen sie durchsetzte, dass sie eine völlig andere Frau wäre, wenn man ihr nicht vierundachtzigtausend Pfund gestohlen hätte.

»Sitzen gelassen«, murmelte sie im Dunkeln und meinte damit den Putenzüchter. Im Halbschlaf erinnerte sie sich daran, dass sie denselben Ausdruck auch auf sich bezogen hatte, damals, als sie ihr Unglück erlitt.

Am Morgen nach dem Abend von Mrs Kincaids Besuch in seinem Haus wurde Blakely sich bewusst, dass er nichts dagegen einzuwenden gehabt hätte, wenn die Leute sie in seinem Wagen gesehen hätten, als er sie zu ihrem Zimmer über Beatty's Laden zurückfuhr. Letztlich war es ihm nicht unangenehm gewesen, daß sie ihm in seiner Küche Gesellschaft geleistet hatte. Sie hatte die Teller abgewaschen, von denen sie die von ihr zubereitete Mahlzeit gegessen hatten. Sie hatte in verschiedener Hinsicht Mitgefühl gezeigt, und bevor sie aufgebrochen waren, hatte er ihr die Schuppen vorgeführt, in denen das Geflügel gerupft und bratfertig gemacht wurde, obwohl er sich sagte, dass er es lieber hätte bleiben lassen sollen. »Wird Ihnen hier nicht einsam?«, hatte sie gefragt.

Sie kam weder an diesem noch am nächsten Tag in Hirrel's Café. Sie wird abgereist sein, dachte Blakely. Sie hatte ihm die Flasche gekauft, und nun war sie nach Belfast zurückgefahren. Er war nicht gastfreundlich genug, war verschlossen und misstrauisch gewesen, voller Sorge, die Lackys könnten erfahren, dass sie ihm sein Essen gekocht hatte, voller Sorge, Quin könnte vorbeikommen. Gerade dachte er an sie, da hörte er, wie die Hunde anschlugen und ihre Stimme sie beschwichtigte.

»Ich bin zufällig vorbeigekommen«, sagte sie.

Über die Freundschaft, die für Blakely begann, als wieder der Bushmills ausgeschenkt und zum zweiten Mal eine gemeinsame Mahlzeit in seiner Küche eingenommen wurde, wurde später in Hirrel's Café und in den Putenschuppen geredet. Wegen der Schicksalsschläge in seiner Vergangenheit freuten sich die Menschen für ihn, und sie freuten sich erneut, als sie die beiden zusammen auf den Stufen des Stella-Kinos mit den vier Vorführsälen sahen. Man munkelte schon, dass sie miteinander getanzt hatten, eines Freitagabends, im Tanzlokal Crest; eine Sitzecke in Digby's Hotel galt bald als ihre.

Wenig später lernten die Lackys Mrs Kincaid kennen, ebenso Quin. Blakely nahm sie zum sonntäglichen Mittagessen bei Reverend Johnston mit. Eines Morgens erwachte er und wurde sich einer starken Sehnsucht nach Mrs Kincaid bewusst, einer Zärtlichkeit, wenn er an sie dachte, einer Ungeduld mit sich selbst, weil er ihr seine Gefühle nicht schon früher gestanden hatte.

»Ach nein, mein Lieber, nein.«

Sie sagte, er sei zu gut für sie. Ein zu guter Mann, sagte sie, ein zu stetiger Mann, zu wohlsituiert, ein zu anständiger Mann. Sie könne nichts einbringen, sagte sie, sie würde mit leeren Händen kommen, und das sei nicht ihre Art. Kincaid habe ihr so gut wie nichts hinterlassen, sagte sie, da er nicht damit gerechnet habe, schon so früh das Zeitliche zu segnen, das tue kein Mann in den besten Jahren. Einige Jahre zuvor hatte Mrs Kincaid von einem Mann in Belfast gehört, der, als er Löcher in eine Außenwand gebohrt hatte, durch einen Stromschlag ums Leben gekommen war: Als Ursache für Kincaids Ableben mochte das herhalten.

»Nein, das könnte ich niemals«, wiederholte sie und musterte dabei das Erstaunen, von dem sie wusste, das es in seine hageren Gesichtszüge treten würde, die Röte seiner dunkelnden Wangen. »Sie leben Ihr Leben, wie es ist«, sagte sie. »Sie haben Ihre Erinnerungen. Ich würde Ihre Lebensweise niemals durcheinanderbringen.«

Er verstummte. Glaubte er etwa, er habe sich lächerlich gemacht?, fragte sie sich. Würde er sein Glas leeren, und das wäre dann das Ende?

»Ich bin allein«, sagte er.

Sie saßen in der Bar des Hotels, in der stillen Stunde zwischen sechs und sieben. Am Vortag hatte sie gesagt, dass sie am Wochenende definitiv abreisen werde. Erfrischt und gekräftigt, hatte sie betont.

»Ich bin allein«, wiederholte er.

»Als ob ich das nicht wüsste. Habe ich nicht gesagt, dass Sie einsam sind?«

»Was ich Ihnen damit sagen will, ist –«

»Ich weiß, was Sie mir sagen wollen. Was ich Ihnen sage, ist, dass Sie Ihre festen Gewohnheiten haben. Sie sind wohlsituiert, ich besitze nicht viel. Geht es nicht auch darum?«

»Es geht nicht um Geld –«

»Es geht immer auch um Geld.«

Allmählich mündete das Gespräch in einen Streit. Zuneigung mischte sich hinein, echte und gespielte. Es sei wunderbar gewesen, ihn kennengelernt zu haben, sagte Mrs Kincaid. Man komme an einen Ort, man gewinne einen Freund; es gebe nichts Schöneres. Doch Blakely blieb hartnäckig. Es gehe um Gefühle, beteuerte er; das könne sie nicht leugnen.

»Das tue ich nicht. Überhaupt nicht. Ich versuche nur, Ihnen gegenüber fair zu sein. In mir steckt die Vorsicht einer Frau aus Belfast.«

»Ich selbst bin so vorsichtig wie nur irgendwer in Ulster. Dafür bin ich bekannt.«

»Dennoch vertrauen Sie dem Unbekannten. Muss das nicht einmal klipp und klar gesagt werden?«

»Sie sind mir nicht unbekannt.«

»Wenn man die Sache bei Licht betrachtet, bin ich eine Frau, die Sie so gut wie gar nicht kennen.«

Blakely leugnete es mit einer Geste. Er erwiderte nichts. Mrs Kincaid fuhr fort:

»Wenn ich Sie um Geld bitten würde, warum sollten Sie es mir geben? Ich würde es nicht tun, aber was, wenn ich es täte? Wer würde es Ihnen zum Vorwurf machen, wenn Sie den Kopf schüttelten? Wenn ich Sie bitten würde, mir einen Scheck über zweitausend Pfund auszustellen, wer würde es Ihnen zum Vorwurf machen, wenn Sie sich weigerten? Niemand, der bei Verstand ist, würde anders entscheiden. Wenn ich Ihnen sagen würde, dass ich den Scheck aufbewahren würde, dass ich ihn niemals einlösen würde, weil es ihn nur als Band des Vertrauens zwischen uns gäbe, dann würden Sie mir nicht glauben.«

»Warum sollte ich Ihnen nicht vertrauen?«

»Wenn ich es Ihnen doch sage. Ich bin eine Frau, die hier in der Stadt aufgetaucht ist, um für eine Weile dem Lärm und dem Gedränge der Großstadt zu entkommen. Wer würde es Ihnen zum Vorwurf machen, wenn Sie sich sagten, dass Sie ihr nicht über den Weg trauen? Wenn erst einmal Vertrauen zwischen uns besteht, will ich sagen, können wir vielleicht auch über das andere sprechen. Sie verstehen mich doch, mein Lieber?«

»Wir kennen einander gut.«

»Ja und nein, mein Lieber. Beiden von uns ist Schlimmes widerfahren.«

Danach sprach Mrs Kincaid von den Schicksalsschlägen in ihrer Vergangenheit. Sie blieb bei der reinen Wahrheit, wie sie es in diesem Stadium ihrer Vorgehensweise immer tat.

Blakely griff in die Innentasche seines Jacketts und zog ein Scheckheft der Northern Bank hervor. Er stellte den Scheck aus. Er setzte das Datum ein, unterschrieb und trennte ihn heraus. Er reichte ihn ihr. Sie nahm ihn entgegen und starrte ihn fast eine Minute lang an. Dann zerriss sie ihn.

»Bitte«, sagte er, »ich meine es ernst.«

»Ich habe noch nie einen ehrlicheren Mann kennengelernt«, sagte Mrs Kincaid, und einen Augenblick lang blieb das offene Scheckheft zwischen ihnen auf dem Tisch in der Bar liegen. Als er wieder danach griff, sagte sie: »Ich führe mein Bankkonto unter meinem Mädchennamen.« Sie nannte ihm einen Namen, und er fügte ihn an den Vornamen *Mabel* an, den er bereits geschrieben hatte, während sie noch sprach. »Der wird niemals eingelöst werden«, sagte sie. »Das verspreche ich Ihnen.«

Sie legte fest, dass sie einander nicht schreiben würden. Sie würden zwei Monate warten und sich dann an dem Tisch wiedertreffen, an dem sie jetzt saßen, an dem Tisch, den sie zu ihrem gemacht hatten. Sie wählten ein Datum und eine Uhrzeit, einen Dienstag Ende Juli.

Der Scheck war auf den von Mrs Kincaid genannten Betrag ausgestellt. Sobald sie wieder in Belfast war, zahlte sie ihn auf ihr Konto ein und verzeichnete den Betrag in ihrem Notizbuch. Zwei Tage später erreichte er Blakelys Bank und wurde durch seine Genehmigung gedeckt, dass – sollte sein Girokonto einmal kein ausreichendes Guthaben aufweisen – der benötigte Betrag von seinem Sparkonto abgebucht werden dürfe. Seinen nächsten Kontoauszug erhielt er sechzehn Tage später.

Sie hätte den Mann heiraten können. Der Geistliche, dem sie vorgestellt worden war, hätte die Trauung vollzogen. Für den Rest ihrer Tage hätte sie die Frau eines Putenzüchters sein können, das versuchte sie sich vorzustellen – wie es wäre, in dem Bauernhaus aufzuwachen, die Hütehunde im Hof, die Gespräche, die es hätte geben können, ihre gemeinsame Basis als Opfer von Banditen.

Da überkam Mrs Kincaid ein Bedauern. Sie hatte das Gefühl, eine Chance verpasst zu haben, von der sie nicht einmal wusste, dass es sie gab. Ihr Instinkt gab ihr ein, sie müsse ihm einen Brief schreiben, auch wenn sie nicht wusste, was sie darin sagen sollte. Je länger sie überlegte, ob sie ihm nun schreiben solle oder nicht, umso zuversichtlicher wurde sie, dass sie schon noch genügend Inspiration finden würde, um am Ende ein oder zwei Seiten ebenso mühelos zu füllen, wie sie einen Eintrag in ihr Notizbuch vornahm. Die Zeit würde vergehen, und sie vertraute darauf, dass die Zeit jegliche Pein linderte. Natürlich würde der arme Mann sich peinigen.

Blakely wurde von einer Traurigkeit heimgesucht, die ein wenig nachließ, je weiter jene Zeit von ihm abrückte. An ihre Stelle trat Resignation. Es war seine Schuld; er hatte sich töricht aufgeführt. Sein Widerstand hatte sich geregt, er hatte ihm nicht Folge geleistet. Trotzdem zog er sich an dem Tag, für den sie ihre Wiederbegegnung vereinbart hatten, seinen Anzug an und ging zu Digby's Hotel.

Er wartete eine Stunde in ihrer Ecke der Bar, wider alle Wahrscheinlichkeit glaubte er an eine Erklärung. Dann ging er fort.

Als er aus der Stadt herausfuhr, glomm in ihm noch immer ein schwacher Funke Optimismus, obwohl er nicht wusste, woher dieser rührte oder ob das, was er verhieß, überhaupt vernünftig war. Er dachte über seine Stimmung nicht weiter nach; sie war einfach da.

Seit Mrs Kincaid nach Belfast zurückgefahren war, hatten die Wirren wieder eingesetzt. Es hatte Morde und Bestrafungsaktionen gegeben, Kirchenbrände, die Barrikaden in Drumcree, die Zerstörung der Stadt Omagh. Doch der Glaube an den brüchigen Frieden hielt an, nach so langer Zeit war er zu kostbar, um aufgegeben zu werden. Hartnäckig hielten die Menschen, die die Wirren durchlebt hatten, an der Hoffnung fest, die sich einmal unter ihnen breitgemacht hatte, lautstark in ihrer Forderung, dass sie nicht schwinden dürfe. Obwohl die Stille wieder dem Lärm gewichen war, hatte die gutartige Infektion auch Blakely ergriffen; Mrs Kincaid erging es ebenso, obwohl ihre Wirren selbst geschaffen waren. Der Eintragungen in ihrem Notizbuch endlich überdrüssig, schrieb sie ihren Brief.

DAS TELEFONSPIEL

Da die traditionelle Trennung der Geschlechter am Vorabend einer Hochzeit Liese nicht zusagte, willigte Tony in ihren Wunsch ein, stattdessen eine Party zu geben, an der die Gäste beider Seiten teilnähmen. Eine Party war notwendig, weil die Formalitäten des Hochzeitstages kaum Zeit für ein Treffen mit Freunden lassen würden, die sie längere Zeit nicht gesehen hatten, und weil sie nicht wollten, dass der Empfang, der dazu Anlass geboten hätte, sich endlos hinzog; pünktlich zum ersten Abendessen ihrer Ehe wollten sie in Venedig sein. So fanden seine und Lieses Freunde sich schon vor der Hochzeit fröhlich gestimmt in Tonys Wohnung ein, die bereits für das gemeinsame Eheleben eingerichtet war; der Wein floss in Strömen, und es spielte Hintergrundmusik, zu der getanzt wurde. Währenddessen erfuhren Braut und Bräutigam aus dem, was gesagt wurde, mancherlei Neues übereinander. Die Freundschaften hier bestanden schon länger als ihre.

Heute Abend lag in Lieses Benehmen eine Feierlichkeit, die ihre zarten Gesichtszüge noch weicher machte: In Gedanken war sie bei ihrer Heirat. Das glatte Haar, blass wie Weizen, fiel ihr bis auf die Schultern; ihre hellblauen Augen wirkten eine Spur weniger gelassen als sonst, doch wenn sie lächelte, kehrte die Gelassenheit in sie zurück. »Ach, Tony, du hast vielleicht ein Glück«, bemerkte ein Cousin, der Liese noch nicht kennengelernt hatte, und

Tony sagte, das wisse er sehr wohl. Auch er war blond, von Natur aus sorglos und humorvoll, auf seine Art gut aussehend.

Lieses Vater hatte in Deutschland ein Handschuhfabrik. Tony, ein Einzelkind, war ab dem sechsten Lebensjahr in England von einer Tante großgezogen worden, nachdem seine Eltern bei dem schlimmsten Flugzeugunglück des Jahres 1977 – der Kollision zweier Jumbojets auf dem Rollfeld – ums Leben gekommen waren. Neunzehn Jahre später waren Liese und er sich zufällig in einem hektischen Mittagsrestaurant unweit von Victoria Station begegnet. »Glauben Sie, wir könnten uns wiedersehen?«, hatte er gedrängt, während eine pummelige Kellnerin mittleren Alters, die ihnen genau in diesem Augenblick den Kaffee brachte, seinen Mut guthieß und dies deutlich zu erkennen gab. Die Nummer auf der Rückseite des Fahrersitzes des ersten Taxis, in dem sie gemeinsam saßen, hatte 00178 gelautet, schwarze Ziffern auf einem Oval aus weißer Emaille. Romantischerweise erinnerten sich beide später daran, ebenso an das Geplauder des Taxifahrers und die pummelige Kellnerin.

Liese, die bereits in ihn verliebt war, hatte sich von der Tragödie des Jahres 1977 berichten lassen, Tony sich von den Handschuhen aus Lamm-, Schweine, Ziegen- und Hirschleder, die seit Generationen die Existenzgrundlage von Lieses Familie bildeten. Das Nähen von Hand, die Färbetechniken, verschiedene Zwickel für verschiedene Lederarten waren Thema bei Tonys erstem Besuch in Schelesnau, wo man ihm die langen Reihen mit Schablonen und die zufriedene Belegschaft zeigte, Messer und Dreikantnadeln fein säuberlich an ihrem Platz auf den Regalen. Angespornt von seiner Liebe, spielte er in Schelesnau genau den Part, den man von ihm erwartete, stellte Fragen und zeigte Interesse. Liese war vor ihrer ersten Begegnung mit Tonys Tante sehr nervös. Diese war nicht mehr die Jüngste, sie lebte in einem kleinen Ferienort an der Südküste, von dem aus man in der Ferne die Fähren sehen konnte, die zwischen England und Frankreich verkehrten. Doch Liese hätte sich keine Gedanken machen müssen. »Sie ist reizend«, hatte Tonys Tante gesagt, und in Schelesnau – wo die beiden jüngeren Schwestern von Liese lebten und ein reges Familienleben herrschte – fand man Tony charmant. Anfänglich bestand – in Schelesnau wie in England – leichte Sorge, dass die beiden mit ihrer Ehe eine Bürde auf sich nahmen, die eine Ehe nicht immer tragen musste und die hätte vermieden werden können, wenn Liese sich dazu entschlossen hätte, einen Deutschen zu heiraten, oder Tony ein englisches Mädchen: Schließlich hatten sich beide Völker in zwei furchtbaren Kriegen als Feinde gegenübergestanden. Es war ein unbestimmtes Gefühl, das so gar nicht dem Zeitgeist entsprach, und obwohl es wie ein altes, schon lange in Verruf geratenes Gespenst umherschwebte, gelang es ihm letztlich nicht, Einfluss auf das Geschehen zu nehmen. Was stattdessen Einfluss ausübte, war das Telefonspiel.

Es war Tony, der am Abend vor der Hochzeit das Spiel vorschlug. Später wusste er kaum noch zu sagen, warum er das getan hatte, warum er geglaubt hatte, dass Deutsche den Humor dieses Spiels verstehen würden, aber natürlich hatte er schon einiges getrunken. Liese ihrerseits wünschte, sie hätte darauf bestanden, dass ihre Hochzeitsparty nicht die rechte Gelegenheit für derlei Zeitvertreib sei. »Ach, Tony!«, lautete ihr einziger, halbherziger Protest, und Tony überhörte ihn.

Lieses Schwestern – die beide Brautjungfern sein würden – hatte er bereits erklärt, dass man einen Unbekannten anrufen musste und derjenige das Spiel gewann, dem es gelang, den Unbekannten länger als jeder andere in ein Gespräch zu verwickeln. Die Anweisung machte die Runde unter den konsternierten Deutschen, die sich höflich fragten, was wohl als Nächstes anstand.

»Ich habe mit Motorbooten zu tun«, sagte ein Mann, als die Musik ausgeschaltet wurde. Er war zusammen mit Liese in Fräulein Groenewolds Kindergarten gegangen. »Meinen Sie einen Außenbordmotor?«

Daraufhin wurden er und all die anderen – es waren noch mehr als dreißig Gäste zugegen – gebeten, Stille zu wahren. Tonys Trauzeuge wählte eine Nummer, und dem ersten der Unbekannten wurde mitgeteilt, in seiner Straße gebe es ein undichtes Gasrohr. Er solle alle Zimmer in seinem Haus nach einem verdächtigen Geruch absuchen und den Befund durchgeben. Dem zweiten wurde gesagt, eine Außensicherung sei durchgebrannt; um einer Gefahr vorzubeugen, müssten sämtliche Stecker aus den Steckdosen gezogen und die betreffenden Geräte ausgeschaltet werden. Dem Nächsten wurde geraten, alle Fenster zu schließen und zu verriegeln, da die Nachbarschaft von einem Iltis unsicher gemacht werde.

»Hier spricht das Wasserwerk«, sagte Tony, als er an die Reihe kam. »Es tut uns sehr leid, Sie so spät noch stören zu müssen. Es handelt sich um einen Notfall.«

Einige der deutschen Gäste waren noch immer verdutzt. »Sind das alles eure Freunde?«, fragte ein Mädchen mit einem Zopf, obwohl ihr das Spiel erklärt worden war. »Ist das ein Spaß unter Freunden?«

Noch einmal erläuterte Liese, bei den angerufenen Personen handele es sich um wildfremde Personen. Das Spiel bestehe darin, das Gespräch hinauszuzögern, es möglichst in die Länge zu ziehen. Damit ihre Stimme nicht an das Ohr von Tonys Opfer drang, flüsterte sie. *»Was? Stimmt irgendwas nicht?«*, flüsterte ihre Freundin auf Deutsch zurück, und Liese sagte, das Ganze sei nur ein Scherz. Der letzte Anruf hatte drei Minuten und fünfundvierzig Sekunden gedauert, der davor nur wenige Sekunden.

»Worum wir Sie bitten möchten, ist Folgendes«, sagte Tony. »Gehen Sie zum Wasserbehälter auf Ihrem Dachboden, und drehen Sie die Wasserzufuhr ab. Dieser Hahn ist normalerweise rot, Madam, aber die Farbe könnte natürlich verblasst sein. Wir möchten unbedingt verhindern, dass Ihr Haus überschwemmt wird.«

»Überschwemmt wird?«, wiederholte die Frau am anderen Ende der Leitung mit verschlafener Stimme. »Was?«

»Eines unserer Transformatorventile ist defekt. Es liegt ein gefährlich hoher Wasserdruck vor.«

»Ich kann doch um diese Uhrzeit nicht auf den Dachboden steigen. Es ist mitten in der Nacht.«

»Wir müssen jeden in Ihrer Nachbarschaft darum bitten, Madam. Vielleicht kann Ihr Mann –«

»Ich habe keinen Mann. Ich habe niemanden hier. Ich bin dreiundsiebzig Jahre alt. Wie kommen Sie darauf, dass ich etwas von Wasserhähnen verstehe?«

»Wir bedauern die Störung, Madam. Selbstverständlich würden wir Sie nicht darum bitten, wenn es nicht notwendig wäre. Wenn ein Transformatorventil ausfällt, ist das eine ernste Angelegenheit. Als Nächstes könnte das Hauptschaltventil ausfallen, und dann ist es natürlich zu spät. Wenn das Hauptschaltventil ausfällt, könnte der Wasserstand binnen Minuten auf über fünf Meter ansteigen. In diesem Fall würde ich Ihnen raten, in den Räumen im oberen Stockwerk zu bleiben.«

Tony legte die Hand auf die Sprechmuschel. Die Frau sei davongeschlurft, um eine Stehleiter und eine Taschenlampe zu holen, flüsterte er. Er lauschte erneut und sagte, er könne das Miauen einer Katze hören.

»Wird auch alles gut gehen?«, fragte ein anderes deutsches Mädchen, das sich zu Liese vorbeugte, und der Deutsche, der mit Außenbordmotoren zu tun hatte und das Spiel genauestens verstand, versicherte ihr mit einem Lächeln, es werde alles gut gehen. Er fand das Spiel unterhaltsam, für Schelesnau jedoch ungeeignet. Es war raffiniert. Es war der berühmte englische Sinn für Humor.

Tony vernahm schlurfende Schritte, in der Ferne eine sich schließende Tür und wieder das Miauen der Katze. Dann herrschte Totenstille.

Tony blickte in die Runde seiner Gäste, von denen einige wie er leicht angetrunken waren. Er lachte, nicht länger darum besorgt, ob das Geräusch zu dem anderen Haus vordrang, da dessen einzige Bewohnerin sich vermutlich bereits auf dem Dachboden befand. Er legte den Hörer neben die Telefonbücher auf dem schmalen Telefontisch und griff nach einer Flasche Sancerre, um einige leere Gläser nachzufüllen. Ein Freund, mit dem er zur Schule gegangen war, begann davon zu erzählen, dass ein Mann in Hoxton einmal auf die Straße geschickt worden war, um nachzusehen, ob dort soeben ein gestohlener blauer Lieferwagen geparkt worden sei. Er selbst hatte sich einmal als Inhaber einer Tanzschule ausgegeben und sechs kostenlose Unterrichtsstunden angeboten. Einige der Deutschen sagten, sie müssten jetzt aufbrechen.

»Psst.« Tony lauschte wieder in den Hörer und hielt eine

Hand in die Höhe. Doch vom anderen Ende kam kein Laut. »Sie ist immer noch oben«, sagte er und legte den Hörer neben die Telefonbücher.

»Wo bist du untergebracht?«, fragte der Trauzeuge das Mädchen mit dem Zopf und streifte, während sie miteinander tanzten – die Musik lief wieder –, mit den Lippen ihre Wange. Das Telefonspiel war zu Ende.

»In Deutschland«, erklärte der Mann, der mit Außenbordmotoren zu tun hatte, »würden wir das als *Ärgernis* bezeichnen.«

»Oh, hier auch«, sagte ein englisches Mädchen, das mit dem Telefonspiel nicht einverstanden gewesen war. »Falls *Ärgernis* so viel wie unser *harassment* bedeutet.«

Die verbliebenen Gäste brachen alle auf einmal auf, wobei die Deutschen etwas über *Wasservexierungssport* erzählten, einen Scherz, bei dem man die Leute mit Wasserstrahlen bespritzt. Man steckte eine Zehnpfennigmünze in einen Automaten, um in einer Grotte die Beleuchtung einzuschalten, und wurde stattdessen pudelnass. »*Water-vexing*«, übersetzte der Mann mit den Außenbordmotoren.

»Weißt du, du könntest die Nacht hierbleiben«, sagte Tony, nachdem er und Liese die Gläser und die Aschenbecher eingesammelt, abgewaschen und abgetrocknet hatten, nachdem die Kissen aufgeschüttelt und die Fenster geöffnet worden waren, um einen Strom kalter Nachtluft ins Zimmer zu lassen.

»Aber ich muss doch noch meine Sachen packen. Morgen früh werden wir viel zu tun haben.«

Sie gingen durch die Wohnung, die schon bald ihr Zuhause sein würde, gingen von Zimmer zu Zimmer, obwohl sie alle gut kannten. Im Hintergrund spielte noch leise

Musik, und eine Weile tanzten sie in der schmalen Diele, froh, endlich allein zu sein. An dem Tag, an dem sie sich zum ersten Mal begegnet waren, hatte in dem belebten Mittagsrestaurant eine Büroparty stattgefunden. Es war sehr laut zugegangen, und am Nachbartisch hatte sich eine Frau in einem gepunkteten roten Kleid mit ihrem Freund gestritten. Später erinnerten sie sich daran, wie zurückhaltend Liese gewesen war und wie zurückhaltend sie – viel später – gewesen war, als Tony ihr gestand, dass er sie liebte. Ebenso liebevoll erinnerten sie sich daran, dass sie beide eine richtige Ehe hatten eingehen wollen und nicht irgendeinen Ersatz, dass sie sich die bindenden Verpflichtungen strenger ehelicher Forderungen und Gelübde gewünscht hatten. London war der Ort, an dem ihre Liebe ihren Anfang genommen hatte, und Liese bestand darauf, dass die Ehe in London geschlossen wurde – zum Verdruss und Unbehagen ihrer Eltern und gegen jede Konvention.

Während sie tanzten, bemerkte Tony, dass der Hörer noch immer neben den Telefonbüchern lag. Seit mehr als einer halben Stunde hatte er ihn vergessen. Er brach den Tanz ab und griff nach dem Hörer. Dann sagte er:

»Sie hat noch nicht aufgelegt.«

Liese nahm ihm den Hörer aus der Hand. Sie lauschte in die Muschel und hörte das leere Geräusch einer offenen Leitung. »Hallo«, sagte sie. »Hallo.«

»Sie hat den Anruf vergessen. Sie ist zu Bett gegangen.«

»Kann sie den Anruf wirklich vergessen haben, Tony?«

»So was Ähnliches.«

»Hat sie ihren Namen genannt? Hast du noch ihre Nummer?«

Tony schüttelte den Kopf. »Sie hat ihren Namen nicht

genannt.« Die Nummer habe er vergessen; vermutlich sei er sich der Nummer gar nicht bewusst gewesen, sagte er.

»Was hat sie gesagt, Tony?«

»Nur, dass sie ohne Mann sei.«

»Ihr Mann nicht zu Hause? Um diese Uhrzeit?«

Sie hatten sich voneinander gelöst. Tony schaltete die Musik aus. Er sagte:

»Sie wollte damit sagen, dass sie Witwe ist. Sie ist nicht mehr jung. Dreiundsiebzig oder so.«

»Diese alte Frau klettert auf den Dachboden –«

»Na ja, sie hat versprochen hinaufzugehen. Wahrscheinlich hat sie mir kein Wort geglaubt.«

»Sie wollte eine Stehleiter und eine Taschenlampe holen. Das hast du uns gesagt.«

»Ich glaube, sie hat gesagt, ihr sei kalt in ihrem Nachthemd. Wahrscheinlich ist sie einfach wieder ins Bett. Ich kann's ihr nicht verübeln.«

Liese horchte wieder in den Hörer und sagte:

»Ich kann die Katze hören.«

Doch als sie ihm den Hörer reichte, sagte Tony, er könne nichts hören. Nicht das geringste Geräusch, sagte er.

»Ganz weit weg. Die Katze hat miaut, und plötzlich ist sie verstummt. Leg nicht auf!«, schrie Liese, als Tony im Begriff war, den Hörer auf die Gabel zu legen. »Die ist oben auf ihrem Dachboden, Tony.«

»Ach, das glaube ich wirklich nicht. Warum sollte sie? Es dauert nicht lange, einen Absperrhahn zuzudrehen.«

»Was ist ein Absperrhahn?«

»Einfach eine Vorrichtung, mit der man die Wasserversorgung regulieren kann.«

Er konnte das leise Miauen der Katze hören, ein vereinzeltes Miauen, und dann ein weiteres. Unwillkürlich schüttelte Tony wieder den Kopf, um schweigend das Geräusch zu leugnen. Liese sagte:

»Vielleicht ist sie gestürzt. Im Schein der Taschenlampe kann man nicht gut sehen, und da ist sie vielleicht gestürzt.«

»Nein, das glaube ich nicht.« Zum ersten Mal in den anderthalb Jahren, seit sie ihn kannte, hörte Liese aus Tonys Stimme eine gewisse Gereiztheit heraus. Es sei sinnlos, den Hörer nicht aufzulegen, sagte er. »Lass uns die Sache vergessen, Liese.«

Ernst, aber bedrückt schaute Liese in die Gesichtszüge des Mannes, den sie in wenig mehr als zwölf Stunden heiraten würde. Er setzte ein vertrautes, ungezwungenes Lächeln auf. Sinnlos, sagte er noch einmal, etwas sanfter. Vollkommen sinnlos, sich weiter den Kopf darüber zu zerbrechen.

»Wirklich, Liese.«

An jenem ersten Nachmittag waren sie spazieren gegangen. Er hatte sie durch Green Park geführt, dann hinab zum Fluss. Sie war in London, um ihr Englisch zu verbessern; an jenem Nachmittag hätte sie wieder im Unterricht sein sollen. Und es war schon Viertel nach fünf, ehe sich Tony eine Erklärung zurechtlog, weshalb er nicht an seinem Schreibtisch saß. Am nächsten Tag trafen sie sich wieder.

»Es ist nichts passiert, Liese.«

»Vielleicht ist sie tot.«

»Ach, Liese, sei nicht albern.«

Gleich darauf bat Tony sie um Verzeihung. Natürlich sei sie nicht albern. Das Spiel sei albern. Es tue ihm leid, dass sie es heute Abend gespielt hatten.

»Aber Tony –«

»Sie ist bestimmt nicht tot.«

»Wie kannst du dir so sicher sein?«

Er schüttelte den Kopf, womit er anzeigen wollte, dass er gar nicht behauptet hatte, sich sicher zu sein, dass seine Vermutung nur der Vernunft folgte. Im Lauf der Monate, da sie sich kennenlernten, hatte er gemerkt, dass Lieses Fantasie manchmal mit ihr durchging; sie hatte es selbst zugegeben. Sinnlos und entbehrlich, sagte sie, eine Laune der Natur, die ihr allzu oft eingab, dem Augenschein zu misstrauen. Musik sei sinnlos, hatte er geantwortet, das Blütenblatt einer Blume entbehrlich: Was keinen Marktwert habe, sei häufig das, was man am höchsten wertschätzen sollte. Doch Liese nannte ihre Laune der Natur eine Plage; und jetzt, wo er zum ersten Mal ein Beispiel miterlebte, begriff Tony, was Liese gemeint hatte.

»Lass uns nicht streiten, Liese.«

Doch der Streit, der schon begonnen hatte, ehe einer von beiden es merkte, verschärfte sich – heimtückisch in der Stille, die der stumme Telefonhörer, der von einem zum andern wanderte, zu erzeugen schien. Keiner von beiden konnte noch einmal das Miauen der Katze hören, und Tony sagte:

»Schau, am Morgen wird sie sehen, dass der Hörer herabhängt, und sich daran erinnern, dass sie vergessen hat, ihn aufzulegen.«

»Es ist bereits Morgen. Tony, wir könnten zur Polizei gehen.«

»Zur *Polizei*? Wozu in aller Welt denn das?«

»Die Polizei könnte herausfinden, wo das Haus ist.«

»Ach, das ist doch völliger Unsinn!« Und Tony, der zu diesem Zeitpunkt gerade den Hörer in der Hand hielt, hätte ihn beinahe aufgelegt.

Liese entriss ihm den Hörer und wurde rot vor Wut. Sie fragte ihn, warum er auflegen wollte, doch er zuckte nur mit den Achseln und gab keine Antwort. Er gab keine Antwort, weil all dies lächerlich war, weil er nicht glaubte, etwas Vernünftiges von sich geben zu können.

»Die Polizei könnte es auch nicht herausfinden«, sagte er, nachdem sie längere Zeit geschwiegen hatten. Die Polizei habe keine Telefonnummer als Anhaltspunkt. Sie könnten der Polizei lediglich sagen, dass sich in einem Haus irgendwo in London eine alte Frau und eine Katze befänden. Überall in London, sagte Tony, gebe es alte Frauen und Katzen.

»Tony, versuch dich an die Nummer zu erinnern.«

»Herrgott noch mal! Wie kann ich mich an die verdammte Nummer erinnern, wenn ich sie von Anfang an nicht wusste?«

»Nun, dann wird sie in den Computern gespeichert sein.«

»In was für Computern?«

»In Deutschland werden sämtliche Anrufe in Computern gespeichert.«

Liese wusste nicht, ob das wirklich so war. Sie wusste nur, dass sie, wenn er den Hörer aufgelegt hätte, gar nichts ausrichten konnten. Warum hatte er ihn auflegen wollen?

»Liebling, es geht nicht«, sagte er jetzt. »Wir können nicht um drei Uhr morgens auf eine Polizeiwache gehen, nur um zu melden, dass eine alte Frau auf ihren Dachboden gestiegen ist. Es war ein harmloses Spiel, Liese.«

Sie versuchte, nichts dazu zu sagen, doch es gelang ihr nicht. Die Worte kamen ihr trotzdem über die Lippen, ungefiltert, ungewollt.

»Es ist ein grausames Spiel. Wie soll es etwas anderes als genau das sein, wenn es so ausgeht?«

Dort liege eine alte Frau. Liese hörte, wie ihre Stimme darauf beharrte. Durch die offene Falltür dringe Licht nach oben, darunter stehe die Leiter. Dort seien die staubigen Dielenbretter, die Wasserrohre. Die Augen der Katze winzige Nadelstiche in der Finsternis.

»Hat sie sich vielleicht den Kopf gestoßen, Tony? Im Alter werden die Knochen spröde. Ich sage nur, was geschehen sein könnte.«

»Wir haben nicht den geringsten Grund zu der Annahme, dass irgendetwas davon passiert ist.«

»Der Hörer hängt herab –«

»Sie hat den Hörer nicht aufgelegt, weil sie es vergessen hat.«

»Du hattest sie aufgefordert zurückzukommen. Du hattest sie aufgefordert zu tun, was du verlangst, und dir zu sagen, ob es geschehen ist.«

»Manchmal merken die Leute sofort, dass es ein abgekartetes Spiel ist.«

»Hallo! Hallo!«, ruft Liese aufgeregt in die Muschel. »Hallo … Bitte.«

»Liese, wir müssen warten, bis sie wieder aufwacht.«

»Zumindest wird die Katze die Mäuse fernhalten.«

Andere Leute werden sehen, dass im Haus noch Licht brennt. Andere Leute werden ins Haus kommen und den herabbaumelnden Telefonhörer sehen. Warum sollte eine alte Frau im Nachthemd eine Stehleiter unter eine Falltür stellen?, werden sich die Leute fragen, die ins Haus kommen. Sie werden der Katze einen Teller Milch geben, dann werden sie den Hörer auflegen, und einer von ihnen wird auf die Leiter steigen.

»Ich wünschte, es wäre in einer anderen Nacht passiert.«

»Liese –«

»Du wolltest den Hörer auflegen. Du wolltest nichts mehr davon wissen. Du wolltest, dass wir in alle Ewigkeit nicht wissen, was passiert ist, wolltest, dass alles im Dunkeln bleibt.«

»Nein, natürlich nicht.«

»Manchmal begreift man etwas nicht. Manchmal handelt man auf eine bestimmte Weise und macht sich nicht klar, was man tut.«

»Bitte«, flehte Tony sie erneut an, und Liese spürte, wie er seinen Arm um sie legte. Einen Moment lang ließen die Tränen in ihren Augen den Raum verschwimmen, in dem sie standen. Zärtlich streichelte er ihr übers Haar. Als sie wieder sprechen konnte, flüsterte sie gegen seine gemurmelten Tröstungen an und wiederholte, dass sie wünschte, all das wäre früher geschehen, nicht an diesem Abend. Sie verspürte einen pochenden Schmerz, als habe eine Krankheit sie befallen, irgendwo in ihrem Körper, sie wusste nicht, wo. Das kommt von dem Durcheinander und von der Verwirrung, dachte sie, oder davon, daß sie sich so zerrissen fühlt, als hätte sie zwei Seelen in der Brust. Für Streitigkeiten zwischen ihnen war kein Patz. War nie Platz gewesen und war immer noch keiner. Warum war es heute Abend geschehen, warum jetzt? Die Frage wiederholte sich wie ein Hämmern in Lieses Hirn und setzte wieder von vorn ein, ein ständiges Kreisen. Früher hatte ihre Fantasie gotischen Burgen gegolten und, als sie in Fräulein Groenewolds Kindergarten ging, selbst ersonnenen Märchen, später waren es Wunschvorstellungen über Lieblingsschauspieler gewesen. Wenn ihre Fantasie die Wirklichkeit verzerrte, wurde sie zu einer Dummheit. Natürlich hatte er recht.

»Ich muss ständig an sie denken«, flüsterte Liese dennoch. »Ich kann's nicht ändern.«

Tony wandte sich ab und ging langsam zum Fenster hinüber. Er wollte im Freien sein, durch die Straßen gehen, Gelegenheit zum Nachdenken haben. Als Liese sich wünschte, dass ihre Hochzeit in London stattfinde, hatte man ihn gebeten, ihr gut zuzureden. Aus Schelesnau war ein ziemlich langer Brief eingetroffen, in dem man ihn eindringlich bat, sich bei ihr zu verwenden, sie zur Vernunft zu bringen. Es sei für alle umständlich; verursache zusätzliche und unnötige Kosten; sei *exzentrisch* von ihr.

Heute Abend hatte Liese erfahren, dass Tony als Junge waghalsig gewesen war, dass er sich, in fast sechs Metern Höhe, auf dem Gesims von einem Schlafsaalfenster zum andern gehangelt hatte. Sie war darüber beglückt gewesen – dass er ihr nicht selbst davon erzählt hatte, wie mutig er war, und nicht damit angab. Doch jetzt kam ihr alles ganz anders vor.

»Es ist so ein Gefühl«, sagte Liese.

Am Fenster starrte Tony auf die leere Straße hinab. Die Straßenbeleuchtung war noch nicht ausgeschaltet worden, das würde sie erst in einigen Stunden. Doch das Morgenrot zeigte sich schon, zwischen den geparkten Autos, den am Vorabend aus Kellern hochgeholten Plastiksäcken, den an Geländern festgeketteten Fahrrädern. Was meinte sie damit: so ein Gefühl?

»Wirklich, es gibt keinen Grund zur Beunruhigung.«

Tony drehte sich um, als er sprach. Lieses Gesicht war angespannt und nervös, einen Moment lang unschön. Die Luft, die ins Zimmer drang, wirkte erfrischend kalt, und wieder wünschte er sich, er könnte im Freien spazieren gehen, irgendwo allein sein. Sie liebte ihn nicht, das war es wohl, sie war ihm genommen worden. Als er ihr den Rücken kehrte und wieder auf die Straße hinabschaute, sprach er es aus.

»Aber nein, ich liebe dich, Tony.«

Die Gäste der morgigen Hochzeit schliefen über ganz London verteilt – ihre Mutter und ihr Vater, ihre Freunde, die die weite Reise von Schelesnau angetreten hatten. Die Brautjungfernkleider ihrer Schwestern waren zurechtgelegt, Blumen bestellt und eine mit Bändern geschmückte Limousine. Das Gras des Hotelrasens war eigens für den Empfang gemäht worden. In ihrem Haus am Meer hatte Tonys Tante die von ihr ausgewählten Kleider gebügelt, und Liese stellte sich vor, wie sie auf ihren Bügeln bereithingen. Mit den Morgenmaschinen würden weitere Gäste aus Deutschland eintreffen. Sie hatte auf der Stadt ihrer Liebe beharrt. In Schelesnau hätte man niemals den Schlaf einer alten Frau gestört, dort hätte es keinen unbeabsichtigten garstigen Zwischenfall gegeben. Woher nahm sie die Gewissheit, dass man die Tote in einer einfachen länglichen Kiste aus dem Haus trug, nicht in einem Sarg?

»Wir sind so unterschiedlich, Tony.«

»Weil du Deutsche bist und ich Engländer? Ist es das? Dass Geschichte also doch etwas zu bedeuten hat?«

Sie schüttelte den Kopf. Wieso glaubte er denn das? Wieso dachte er so häufig in die falsche Richtung, griff so bereitwillig nach jedem sich bietenden Klischee?

»Wir sind keine Feinde, wir sind Freunde.« Sie holte weiter aus, versuchte etwas zu erklären, was ihr nicht kompliziert erschien. Und doch hatte sie das Gefühl, dass sie es kompliziert machte, denn die Reaktion war Verwirrung.

»Erinnerst du dich an die Büroparty?«, fragte Tony. »An die streitende Frau in dem roten Kleid? An das Lächeln der Kellnerin, als wir zusammen das Restaurant verließen? 00178. Erinnerst du dich daran?«

Sie gab sich alle Mühe, doch die Bilder stiegen nicht mit

derselben Klarheit wie sonst vor ihr auf. »Ja, ich erinnere mich«, sagte sie.

Der Zweifel, der sich in ihren Wortwechsel eingeschlichen hatte, verursachte ein Zögern, eine Veränderung des Tonfalls, die sich nicht verschleiern ließen. Schweigen setzte ein, Abgründe taten sich auf, die mit jedem Satz tiefer wurden.

»Es hat mit uns zu tun, nicht mit einer Vergangenheit, die wir nicht kennen.« Liese unterstrich das Gesagte mit einem entschiedenen Kopfschütteln.

Tony nickte wortlos. Er trug an der Last der Geduld. Schweigend dachte er darüber nach, minutenlang, bevor aus weiter Ferne das schwache, dünne Rasseln einer menschlichen Stimme zu hören war. Vom Fenster aus blickte er zu dem Tisch, auf den Liese den Hörer gelegt hatte. Er sah zu, wie sie hinging, um ihn aufzunehmen.

Sie standen nebeneinander, und ein Geistlicher wiederholte vertraute Zeilen. Ein Ring wurde von Hand zu Hand gereicht. Als die letzten Worte gesprochen waren, wandten sie sich um, ließen den Geistlichen und den Altar zurück und schritten gemeinsam davon.

Die Hochzeitsgäste schlenderten auf den frisch gemähten Rasenflächen des Hotels umher. Unter einem strahlend blauen Himmel hantierte aufgeregt ein Fotograf. »Du bist noch schöner, als ich gedacht habe«, flüsterte Tony. Man trank Champagner und unterhielt sich auf Deutsch und auf Englisch. »Und ich liebe dich nur noch mehr.«

In einem gestohlenen Augenblick, bevor nach einer weiteren Rede gerufen wurde, bevor ihr Vater seine besondere Freude darüber zum Ausdruck brachte, dass der Bund zweier Familien heute den Bund zweier Nationen nach sich gezogen habe, musste Liese lächeln. »Wir sind vielleicht zwei Dummköpfe«, hatte Tony gesagt, als der Telefonhörer schließlich aufgelegt worden war, als der Gang auf den Dachboden in allen Einzelheiten wiedergegeben und eine Entschuldigung angeboten worden war, weil die Ausführung der Anweisung so lange gedauert hatte. Sie hatten sich umarmt, und wie sie sich so aneinanderklammerten, war die Wärme ihrer Erleichterung sinnlich spürbar gewesen. Und der Schatten der Wahrheit, die ans Licht gekommen war, ging in der Euphorie unter.

»Es tut mir leid«, sagte Liese im hellen Sonnenschein des nächsten Tages. »Tut mir leid, dass ich so genervt habe.«

Man erhob die Gläser auf ein noch größeres Glück als das Glück dieses Tages. Sie lächelten beide und winkten aus der Limousine, die gekommen war, um sie abzuholen. Dann, als sie endlich allein waren, unterdrückten sie ihre Müdigkeit nicht länger, und jeder suchte die Hand des andern. Unterschiedliche Gedanken gingen ihnen durch den Sinn. Er hatte recht gehabt. Zu diesem Ergebnis kam Tony immer wieder: In der Nacht hatte er nicht einen Augenblick daran gezweifelt, dass er recht hatte. Forderte die Liebe Opfer?, fragte sich Liese. Waren sie vor einem Terrain des Unbehagens gewarnt worden, das sich noch nicht offen als solches zu erkennen gab? Wie kam es, dass im Leben und in den Beziehungen der Menschen beiläufige Vorkommnisse bedeutsamer schienen als die Feindschaft oder Freundschaft zwischen Völkern? Einen Augenblick lang wollte Liese darüber sprechen, sie war schon kurz davor, doch dann beschloss sie, es sein zu lassen.

DIE JUNGGESELLEN IN DEN HÜGELN

Sie saß in der Küche des Bauernhauses und fragte sich, was sie wohl mit ihr anstellen, was sie vorschlagen würden. Es lag bei ihnen; sie konnte nicht danach fragen. Es wäre nicht schicklich, danach zu fragen, es wäre unpassend.

Sie war eine kleine Frau, mager und drahtig, die Trauerkleidung stand ihr gut. Mit achtundsechzig hatte sie ihre Leiden: Arthritis in Fingerknöcheln und Fußgelenken, auch wenn es ihr nicht allzu viel ausmachte; einen grauen Star, von dem sie noch nichts ahnte. Ohne größere Komplikationen hatte sie fünf Kinder zur Welt gebracht und war Großmutter von neun Enkeln. Sie selbst war fern der Hügel, die jetzt ihre Heimat waren, zur Welt gekommen, vor siebenundvierzig Jahren war sie in dieses Haus eingezogen, hatte sich die Küche und die Aufzucht von Gänsen und Hühnern mit der Mutter ihres Mannes geteilt, bis Küche und Aufzucht ganz in ihren Händen lag. Sie hatte nicht geglaubt, dass sie ihn überleben würde. Sie hatte es nicht gewollt. Sie wollte es auch jetzt nicht.

Von der Hauptstraße, wo der Bus ihn abgesetzt hatte, vor den Zapfsäulen und dem Laden von Caslin, gegenüber der Master McGrath Bar & Lounge, die ebenfalls Caslin gehörte, wanderte er in die Hügel. Es war Mittag, und das Wetter war schön. Nach vier Stunden in zwei verschiedenen Bussen freute er sich auf den Spaziergang und die frische Luft. Er hatte sich bereits für die Beerdigung umgezogen, damit er die zusätzliche Kleidung nicht in einem Koffer mitschleppen musste, den er sich hätte ausleihen müssen. Das Nötigste für die Übernachtung trug er in einer ausgefransten blauen Einkaufstasche bei sich, die ihn jeden Arbeitstag im Führerhaus des Lastwagens begleitete, den er lenkte. Er belieferte Bäckereien mit Mehl in Säcken und Einzelhändler mit abgepackten Tüten in Kartons.

Alles war ihm vertraut: die schmale Straße, die, solange er zurückdenken konnte, ausbesserungsbedürftig war, die anfänglich sanfte Steigung, die Hügel, die in der Ferne in Berge übergingen, die Felder und die Nadelbäume, welche Sümpfen und Gewächsen wichen, die er von seinem Standort aus nicht erkennen konnte, von denen er jedoch wusste, dass es sich um Farnkraut handelte, um Heidekraut und Wollgras und hier und da um einen Flecken Gras. Nicht weit unterhalb der Horizontlinie lagen die Muldenseen, die er noch nie gesehen hatte.

Er war ein dunkelhaariger junger Mann von neunundzwanzig Jahren, schmächtig gebaut, mit rosigen Wangen und einer gewissen Pausbäckigkeit, die ihm ein liebenswürdiges, unbeschwertes Aussehen verlieh. Sorglos marschierte er weiter und dachte lediglich, dass ein Getränk und eine Tüte Kartoffelchips im Master McGrath keine schlechte Idee gewesen wären. Er fragte sich, was wohl aus Maureen Caslin geworden war; als sie beide fünfzehn waren, hatte er sie angehimmelt.

An einer Kreuzung bog er nach links ab auf ein ungeteertes Sträßchen, kaum mehr als ein Pfad. Um ihn herum lag eine Stille, an die er sich ebenfalls erinnerte, ganz anders als die Stille, die er aus den Städten im Landesinnern kannte, um derentwillen er diese Hügel elf Jahre zuvor verlassen hatte. Als er weitere ein, zwei Kilometer gegangen war, wurde sie von etwas unterbrochen, das ihm wie ein Vibrieren der Luft vorkam, eine sanfte Störung, bei der es sich um das leise Dröhnen eines Flugzeugs in großer Entfernung handeln mochte. Fünf Minuten später ratterte Hartigans alter, vom Rost angefressener roter Toyota über die Schlaglöcher und Traktorspuren, verdreckt und mit einem noch nicht gestrichenen vorderen Ersatzkotflügel. Die beiden Männer winkten einander zu, dann hielt die Klapperkiste an.

»Wie geht's dir, Paulie?«, fragte Hartigan.

»Ich kann nicht klagen, Mr Hartigan. Und Ihnen?«

Hartigan antwortete, es sei ihm schon mal besser gegangen. Er lehnte sich hinüber, um die Beifahrertür zu öffnen. Er sagte, es tue ihm leid, und Paulie wusste, was er meinte. Paulie hatte sich schon gefragt, ob er wohl Glück haben, ob Hartigan um die Mittagszeit von Drunbeg zurückkommen würde. Hartigan, ein kleiner, blühend aussehender Mann, lebte mit einer Schwester, die einen Kopf größer war als er, einer dünnen, schlaksigen Frau, die nur Miss Hartigan genannt werden wollte, weiter oben in den Hügeln. An dem Sträßchen gab es sonst keine Häuser.

»Werden sie zurückkommen?«, erkundigte sich Hartigan über das rasselnde Motorgeräusch seines Toyotas hinweg nach Paulies zwei Brüdern und zwei Schwestern.

»Ach, bestimmt.«

»Am Dienstag war er noch auf dem großen Feld.«

Paulie nickte. Hartigan fuhr langsam. Es war nicht der rechte Augenblick für ein Schwätzchen, und das respektierten sie.

»Danke, Mr Hartigan«, sagte Paulie, als sie sich verabschiedeten, und winkte dem Toyota nach. Die Hütehunde bellten ihn an, und er tätschelte ihnen den Kopf; den älteren erkannte er wieder. Der Hof war aufgeräumt. Hartigan hatte nicht gesagt, dass er heruntergekommen war, um seiner Mutter zur Hand zu gehen, aber Paulie konnte sehen, dass es sich so verhielt. Die Hintertür stand offen, weil seine Mutter ihn erwartete.

»Schön, dass du gekommen bist«, sagte sie.

Er schüttelte den Kopf. Kaum hatte er die Geste gemacht, merkte er, dass sie zu verhalten ausgefallen war, um von ihr wahrgenommen zu werden. Er hätte unmöglich wegbleiben können. »Wie geht es dir?«, fragte er.

»Es geht, es geht.«

Sie saßen in der Küche. Sein Vater lag oben. Die anderen würden kommen, dann würde man den Sarg verschließen und seinen Vater zur Kirche bringen. So wollte sie es: So wie es schon immer gewesen war, wenn der Tod aus dem Haus getragen wurde.

»Ihr hattet nie ein gutes Verhältnis«, sagte sie.

»Ist doch selbstverständlich, dass ich komme.«

In der Küche hatte sich nichts verändert: dieselbe grüne Farbe, abgeblättert an zwei Ecken der Anrichte und um die Riegel der Türen, die auf den Hof und zur Treppe führten; dasselbe Porzellan auf den Regalen der Anrichte, das nicht mehr Risse oder abgeschlagene Stellen aufzuweisen schien als früher, der große gescheuerte Tisch, der Krimskrams auf dem verräucherten Sims über dem Herd, die unbequemen Stühle, die Steinfliesen auf dem Boden, die Kassenbelege auf dem Nagel am Fenster.

»Setz dich eine Weile zu ihm, Paulie.«

Sein Vater hatte ihn immer Paul genannt, und Paul nannte man ihn auf der Arbeit, unter den Leuten der Städte im Landesinnern. Auch Patsy Finucane nannte ihn Paul.

»Geh hinauf zu ihm, Paulie. Gott hab ihn selig«, sagte sie. In ihrem Ton lag die Bitte, die Vergangenheit auf sich beruhen, sie im Nebel der Zeit verschwinden zu lassen, nun, da der Tod gekommen war. Wichtiger war ein Gebet für den sicheren Heimgang einer Seele.

»Werden sie alle gemeinsam kommen?«, fragte er und blieb noch sitzen. »Haben sie das gesagt?«

»Sie werden um drei Uhr hier sein. Kevins Auto und ein Wagen, den Aidan mieten wollte.«

Er stand auf, sein Stuhl kratzte über die Steinfliesen. Die Fragen hatte er nur gestellt, um den Moment hinauszuzögern, da er an das Totenbett seines Vaters treten würde. Aber sie wünschte es, und ohne es auszusprechen, wollte sie damit sagen, dass auch sein Vater es gewünscht hatte. In dem Schlafzimmer würde Vergebung walten, seine Vergebung hingemurmelt, die seines Vaters als selbstverständlich vorausgesetzt.

Er nahm den Rosenkranz, den sie ihm entgegenhielt, da er sie nicht kränken wollte.

Sie hörte seine Schritte auf der kurzen, steilen Treppe, hörte, wie sich die Schlafzimmertür öffnete und schloss, dann wieder die Schritte im Zimmer über ihr, danach Stille. Jetzt sah sie vor sich, was ihr heimgekehrter Sohn sah: die blutleere Blässe, die nachgewachsenen Stoppeln, die geschlossenen Lider, die erstarrten Lippen, das von ihr gekämmte graue Haar. Frances war sein Liebling gewesen, dann kam Mena; Kevin wurde akzeptiert, weil er zuverlässig war; Aidan war der Erstgeborene. Paulie war nicht oft erwähnt worden.

Von weiter unten auf dem Sträßchen war das Geräusch eines Wagens zu hören. Es würde eine Weile dauern, bis er das Bauernhaus erreicht hätte. Ohne Eile stellte sie Tassen und Untertassen auf den Tisch. Das Wasser im Kessel hatte bereits gekocht, und sie schob ihn wieder auf die heiße Platte des Herdes. Seit ihren Kindertagen waren sie nicht mehr alle zur gleichen Zeit daheim gewesen. Das Haus bot nicht genügend Platz für die beiden Nächte, die sie bleiben mussten, aber um ihre Unterkunft würden sie sich schon selbst gekümmert haben. Sie öffnete die Hintertür, damit sie sich willkommen fühlten.

Paulie blickte auf den ausgestreckten Leichnam nieder, er wusste nicht recht, wie er ihn anreden sollte. Dann hörte er die Ankunft der Autos und ging zum Fenster auf der anderen Seite des Zimmers. Dem ersten Auto im Hof entstieg Frances, das andere wurde zurückgesetzt, damit es nicht im Weg stand, ein weißer Ford, den er noch nie gesehen hatte. Das Fenster war oben einen Spaltbreit geöffnet, und er konnte die Stimmen hören. Kevin sagte, die Fahrt sei ganz in Ordnung gewesen, und Aidan stimmte ihm zu. Der Ford war ein Leihwagen, auf einem Aufkleber stand *Cahill of Limerick*; vermutlich war er in Shannon gemietet worden.

Die Männer von Paulies Schwestern waren nicht mitgekommen, vielleicht wegen des Mangels an Schlafplätzen im Haus. Sie würden sich in Dublin um die Kinder kümmern, und offenbar war Kevins Frau Sharon mit ihren Kindern in Carlow geblieben. Aidan war allein aus Boston angereist. Paulie war Aidans Frau noch nie begegnet und Sharon nur ein einziges Mal; von den Kindern hatte er noch keines gesehen. Sie wären auch mit einem Wagen ausgekommen, schätzte er, als er zusah, wie seine Brüder und Schwestern ihre Koffer heraushoben, aber vermutlich wäre es schwierig zu organisieren gewesen, da Kevin den Umweg über Shannon hätte machen müssen.

Seine Brüder trugen schwarze Krawatten, seine Schwestern eine Art Trauerkleidung, aber nicht vollständig, das konnte noch bis später warten. Mena sah aus, als sei sie wieder schwanger. Kevin hatte inzwischen eine kahle Stelle auf dem Kopf. Aidan nahm die Brille ab, die er zum Fahren aufgesetzt hatte. Ihre Koffer waren nicht schwer. Man sah, dass sie nicht die Absicht hatten, länger als nötig zu bleiben.

Als er in den Hof hinunterblickte, wusste Paulie, dass die Vermutung bereits Tatsache war; er hatte es schon in der Küche gewusst, als er mit seiner Mutter dasaß. Er war der Junggeselle der Familie, seine Anstellung galt nicht viel. Seine Mutter kam allein nicht zurecht.

Auch im Hinterzimmer von Meagher's hatte er es schon gewusst, als er Patsy Finucane eröffnete, er müsse zu einer Beerdigung fahren. Der Tod hatte ihm Patsy Finucane geraubt: Als er die Benachrichtigung erhalten hatte, dachte er an sie, nicht an seinen Vater. Bei Meagher's war der Alkohol mit ihm durchgegangen, und er hatte zu früh gesprochen. »Jesses«, hatte sie gesagt, »was soll ich auf einem Bauernhof anfangen?«

Hinterher – als die Fahrt durch die Hügel zu einem Trauerzug am Stadtrand geworden und der Sarg zu seinem nächtlichen Ruheplatz gebracht worden war, und später, als die Familie nach der Beerdigung zum Bauernhof zurückkehrte und sich am nächsten Morgen wieder zerstreut hatte – blieb Paulie zurück.

Das hatte er nicht vorgehabt. Er hatte gehofft, in einem der beiden Wagen mitgenommen zu werden und danach erst einen Bus, dann einen weiteren nehmen zu können, wie er es auf der Herfahrt getan hatte.

»Wo werden sie sich trennen?«, fragte seine Mutter in die Stille hinein, die nach der Abreise eingetreten war.

Er wusste es nicht. Irgendwo, wo es günstig war; in irgendeiner Stadt würden sie haltmachen und gemeinsam etwas trinken, in einer anderen Atmosphäre, da sie nicht mehr in einem Trauerhaus wären. Sie würden Neuigkeiten austauschen, die vorher auszutauschen pietätlos erschienen wäre. Aidan würde von Boston erzählen und seine Schwestern und seinen Bruder dorthin einladen.

»Wärm dich am Feuer, Paulie.«

»Warte, ich will erst nach den Färsen sehen.«

»Seine Stiefel stehen dort.«

»Ich weiß.«

Seine Brüder hatten sich die Gummistiefel ebenfalls ausgeliehen; man benötigte sie, wo immer man hinging. Kevin hatte einen Zaun geflickt, Aidan die Wasserzufuhr zu den Schafen wieder in Gang gebracht. Gemeinsam hatten sie den Stacheldraht auf der anderen Seite des Torfmoores neu gespannt.

»Zieh dir eine Regenjacke an, Paulie.«

Es würde nicht regnen, aber die Regenjacke schützte gegen den Wind. Wann immer er an seine Kindheit auf dem Bauernhof dachte, erinnerte er sich, dass es windig gewesen war: Im Hof flatterten die Düngemittelsäcke, es stürmte auf dem Weg zu den Schafhügeln, auf dem großen Feld, das die Haupteinnahmequelle der Familie gewesen war, seit sein Vater es von Steinen befreit hatte, auf dem Kartoffelacker. Wind war typisch für die Gegend, mehr als Regen oder Frost. Nicht dass es nicht viel regnete. Doch wen stört schon der Regen?, hatte sein Vater immer gesagt.

Nach den Färsen hätte er nicht zu sehen brauchen, das hatte er gleich gewusst. Jämmerlich zusammengekauert drängten sie sich gegen die Mauer einer eingefallenen Scheune, von ihrem Fell hing Schlamm, den der Wind getrocknet hatte. Als eine der anderen Mauern eingestürzt war, hatte sein Vater das Dach abgenommen, weil er das Wellblech für etwas anderes benötigte. Er hatte die Mauer zu dem Zweck stehen lassen, zu dem die Färsen ihn jetzt nutzten.

Auch Paulie stand im Schutz der Mauer, die Pfützen zu seinen Füßen waren noch nicht getrocknet, anders als der Schlamm an den Tieren. Er erinnerte sich daran, wie das rote Dach Stück für Stück heruntergenommen worden war und Kevin unten gewartet hatte, um es entgegenzunehmen. Aidan hatte die Bolzen herausgezogen. Er selbst hatte den Traktor zurückgesetzt und den Anhänger dicht heranmanövriert. »Wozu braucht er das?«, hatte er Kevin gefragt, und Kevin hatte erwidert, das Wellblech werde dazu verwendet, Lücken in den Hecken zu schließen.

Langsam ging Paulie den Weg zurück, den er gekommen war. »Denkst du daran, für immer zurückzukehren?«, hatte Aidan ihn im Hof gefragt, als sie allein waren. Paulie hatte mit der Frage gerechnet und vermutet, dass Aidan, der Älteste, sie ihm stellen würde. »Wollte es nur mal erwähnen«, hatte Aidan gesagt. »Wollte es nur mal ansprechen.«

Mit dem Blasebalg fachte sie das Torffeuer an und sah zu, wie die Glut sich ausbreitete, Funken aufstiegen und wieder verglühten. Es war nicht der rechte Zeitpunkt gewesen, um Entscheidungen zu treffen oder das Thema auch nur anzuschneiden. Nichts wäre verfehlter gewesen, und sie war froh, dass sie es erkannt hatten. Nach der Beerdigung hatte Kevin sich kurz mit Hartigan unterhalten, den Gesten konnte sie entnehmen, dass es um eine vorübergehende Lösung ging.

Sie würden schreiben. Frances hatte es versprochen, und Aidan auch. Anstelle von Kevin würde Sharon schreiben, wie sie es immer tat. Mena ebenfalls. Wo auch immer sie Rast machten, um sich zu verabschieden, würden sie darüber reden, und später würden sie schreiben.

»Setz dich, Paulie, setz dich«, sagte sie, als ihr Sohn hereinkam und dabei die Kälte von draußen mitbrachte.

Noch einmal sagte sie, Father Kinally habe die Trauerfeier wunderschön gestaltet. Gestern hatte sie es im Auto zu ihren Töchtern gesagt und heute Morgen zu Kevin und Aidan. Paulie hatte es wohl gehört, aber manchmal wollte man etwas noch einmal wiederholen. Es tat gut.

»Ah, das hat er«, sagte Paulie. »Natürlich.«

Er hatte die Verantwortung übernommen. Sie spürte, dass er sie übernommen hatte, spürte es an der Art, wie er sich darum kümmerte, ob mit den Färsen alles in Ordnung war, an der Art, wie er gestern Abend und heute Morgen daran gedacht hatte, dass gemolken werden musste, wie er die Arbeit wortlos erledigte. Sie sah zu, wie er die Gummistiefel abstreifte und neben die Tür stellte. Er hängte die Regenjacke an den dafür bestimmten Türhaken und kam auf Socken zum Feuer, in einer Hand seine Schuhe. Sie drehte sich weg, damit er nicht merkte, dass er sie an seinen Vater erinnerte, der genauso in die Küche gekommen war.

»Sehen die Färsen nicht gut aus?«, sagte sie.

»O ja.«

»Dieses Jahr war er mit ihnen zufrieden.«

»Stimmt, sie sehen nicht schlecht aus.«

»Trotzdem, zur Zeit sind die Preise schlecht.«

Er nickte. Natürlich wusste er, dass die Zeiten schlecht waren und weder Schafe noch Rinder die Preise des Vorjahres erzielten. Die Nachfrage war stärker zurückgegangen, als man es für möglich gehalten hätte.

»Dann haben wir unsere Arbeit für heute getan«, sagte sie.

»So ist es.«

Sie wusch die Eier, die Mena zuvor eingesammelt hatte, bürstete das Stroh ab und wischte dann die Schalen sauber, bevor sie sie in der Schüssel stapelte. Die Eier würden sie eine Weile satt machen, zusammen mit dem restlichen Frühstücksspeck und der halben Kasserolle Eintopf im Kühlschrank. »Du hast genügend Proviant für eine Armee!«, hatte Kevin gerufen, als er in die Tiefkühltruhe geschaut hatte, und sie hatte ihn daran erinnert, dass man ausreichend Vorräte brauchte, für den Fall, dass das Wetter sich verschlechterte.

»Was würden wir ohne sie anfangen?«, fragte sie jetzt und meinte damit die Tiefkühltruhe. Sie hatten eine Schweinehälfte von den Caslins darin verstaut, von der bislang nur eine Portion Bauchfleisch aufgebraucht war. »Und Hammelfleisch bis zum Jüngsten Tag«, sagte sie.

»Wie geht's ihnen derzeit, den Caslins? Auf der Beerdigung habe ich Maureen nicht gesehen.«

»Maureen hat einen Mann aus Tralee geheiratet. Seitdem wohnt sie da.«

»Weißt du, wen?«

»Er arbeitet in einem Schuhgeschäft.«

Sie hätten zur Hochzeit fahren können, nur hatte diese zu einer Jahreszeit stattgefunden, wo man nicht einen Tag erübrigen konnte. Hartigans waren hingefahren. Sie hätten sie mitgenommen, aber sie hatte abgelehnt.

»Hartigan kam betrunken zurück, du hättest ihn sehen

sollen! Und seine Schwester war so frostig, dass man ein Feuer damit hätte löschen können!«

»Er fährt morgen runter. Er holt mich ab.«

In der Pfanne warteten Frühstücksspeck, Blutwurst und gebratenes Brot auf ihn. Sie schlug zwei Eier in das Fett und wendete sie, als sie fertig waren, weil er sie gern gewendet hatte. Als sie ihm den Teller hinstellte, nahm er erst einen Schluck Tee, bevor er etwas aß. Er sagte:

»Du schaffst das nicht. Unmöglich.«

»Es war noch nicht die rechte Gelegenheit, darüber zu reden, Paulie.«

»Ich komme zurück.«

Er begann zu essen, der Dotter färbte den Teller gelb. Die Blutwurst und das knusprige Fett des Specks verzehrte er zuletzt. So hatte er es immer gehalten.

»Hartigan würde mir weiterhin helfen. Das bisschen Melken kriege ich auch noch hin. Das meiste schaffe ich allein. Die Caslins würden heraufkommen.«

»Das wär kein Leben für dich.«

»Es sind Nachbarn, Paulie. Dein Vater hat ihnen geholfen, wenn sie seine Hilfe brauchten. Ich hab gesehen, dass Kevin sich auf dem Friedhof mit Hartigan unterhalten hat. Natürlich wäre es nicht kostenlos, nicht bei Hartigan. Kevin wird mir später davon erzählen.«

»Du wärst abhängig.«

»Du hast dein eigenes Leben, Paulie.«

»Du sollst haben, was dir von deinem bleibt.«

Einige Minuten lang kaute er schweigend, dann trank er den Tee aus, den sie ihm eingeschenkt hatte.

»Ich werde kündigen müssen. Die Kündigungsfrist müsste ich noch abarbeiten. Einen Monat.«

»Überleg's dir, bevor du etwas unternimmst, Paulie.«

Paulie empfand keine Verbitterung, er war kein Mensch, der leicht verstimmt war: Auf den Hof zurückzukehren bedeutete nicht das Ende der Welt. Für ihn hatte es das Ende der Welt bedeutet, als er im Hinterzimmer von Meagher's hörte, dass Patsy Finucane das Leben auf einem Bauernhof nicht verlockend fand.

Kaum hatte er an dem Tag von Heirat gesprochen, wusste er, dass er es nicht hätte tun sollen. Patsy Finucane hatte es mit der Angst zu tun bekommen wie ein junger Windhund. Sie hatte ihn kaum verstanden, als er vor lauter Verlegenheit sagte: »Schon gut, macht nichts.« Was ihn zu dem Vorschlag veranlasst hatte, war eine Mischung aus Nervosität und Alkohol gewesen, und sobald er ihr den Vorschlag gemacht hatte, bestand keine Möglichkeit mehr, sie zurückzugewinnen: Das sah er in ihren sanften grauen Augen, bevor sie den Blick abwandte. »Dann werde ich nicht zurückgehen«, hatte er gesagt und die Sache nur noch schlimmer gemacht. »Ohne dich werde ich nicht zurückgehen.«

Als sie nach der Beerdigung wieder im Hinterzimmer von Meagher's saßen, versuchte Paulie, die Sache ins Lot zu bringen; er versuchte, noch einmal neu anzusetzen, aber es nützte alles nicht. Als er gerade die dritte Woche seiner Kündigungsfrist absolvierte, begann Patsy Finucane mit einem Postangestellten auszugehen.

Im Hof streute sie den Hühnern Getreidekörner hin und erinnerte sich daran, wie sie das zum ersten Mal getan hatte, damals ängstlich besorgt, worauf sie sich mit ihrer Heirat eingelassen hatte. Ihre Sorge war nicht unbegründet gewesen: Mehr, als sie sich ausgemalt hatte, war ihre Stellung auf dem Hof eine des Gehorsams und der Demut gewesen, und manchmal versetzten ihr dahingesprochene Worte oder zufällige Vorkommnisse einen Stich, der ihr heimlich Tränen entlockte. Doch die Zeit verwandelte, was unabänderlich schien, einfach indem sie verging. Das Älterwerden schwächte sie; doch die Mutterschaft stärkte ihr Selbstvertrauen. Im Haus waren die Rollen vertauscht.

Sie wollte nicht, dass eine Frau, die Paulie irgendwann einmal in die Küche und ins Haus bringen würde, ähnlich leiden musste. Sie würde es ihr erleichtern, indem sie von Anfang an in den Hintergrund treten würde, und zwar willentlich. Es war nur zu schade, dass Maureen Caslin den Mann im Schuhgeschäft geheiratet hatte, denn Maureen Caslin hätte gut zu ihm gepasst. Freilich gab es da noch ihre Schwestern.

In den Wochen nach Paulies Abreise trafen die ersehnten Briefe von Mena und Frances, von ihrer Schwiegertochter Sharon, die in Kevins Namen schrieb, und von Aidan ein. Der Inhalt aller vier Briefe war einfach, die unausgesprochene Erwartung endlich ausgesprochen, vier Mal in verschiedener Handschrift. Aidan sagte, er und Paulie hätten darüber geredet. *Es ist lieb von Euch, dass Ihr an mich denkt*, schrieb sie zurück, ebenfalls vier Mal.

Hartigan schaute weiterhin regelmäßig vorbei, einige Male in Begleitung seiner Schwester. Diese saß dann in der Küche, während er sich im Hof an die schwere Arbeit machte. »Hätte Mena vielleicht Platz für Sie?«, fragte sie bei einer Gelegenheit und schien vergessen zu haben, dass Paulie zurückerwartet wurde, sobald die Kündigungsfrist abgelaufen war. Miss Hartigan brachte immer Rosinenbrot mit, wenn sie kam, und sie verzehrten die Scheiben dick mit Butter bestrichen. »Mena erwähne ich nur, weil es doch sein könnte«, sagte sie, »dass Paulie keine allzu große

Lust hat, zurückzukommen. Ich könnte mir denken, dass er nicht gerade versessen darauf ist.«

»Wie kommen Sie darauf, Miss Hartigan?«

»In den Hügeln leben doch jetzt nur noch Junggesellen. Wie er«, fügte Miss Hartigan hinzu und deutete mit ihrem knochigen Schädel zum Hof hin, wo ihr Bruder auf einer Leiter stand und eine Dachrinnenhalterung reparierte.

»Paulie ist doch auch nicht verheiratet.«

»Sag ich doch. Ich frage mich, ob er es dabei belassen will.«

Miss Hartigans Gesichtszüge waren von dem starken Wunsch belebt, mehr zu sagen, zu informieren und zu erklären, um die Verwirrung, die sie angerichtet hatte, zu zerstreuen. Nach einer Pause, in der sie höflich nach einer Schnitte Rosinenbrot langte, fuhr sie fort. Vielleicht sei ihr nicht aufgefallen, dass die Junggesellen in den Hügeln heutzutage Mühe hätten, eine Frau für das Leben auf den bescheidenen Höfen zu begeistern, die sie geerbt hätten.

»Verzeihen Sie, dass ich es angesprochen habe«, entschuldigte sich Miss Hartigan, bevor sie ging.

Es stimmte und war bemerkt und oft kommentiert worden. Hartigan selbst war zwanzig Jahre zuvor vielleicht der erste der Junggesellen in den Hügeln gewesen. Mittlerweise konnte man sie aufzählen: einsame Männer, von denen einige mit einer Mutter oder Schwester zusammenlebten, auf den Hängen des Coumpeebra, auf Slievenacoush, Knockrea, Luire, Clydagh.

Sie konnte sich nicht erinnern, all das verdrängt zu haben, als Paulie sagte, er werde zurückkommen, doch vielleicht hatte sie es getan. Sie versuchte, nicht darüber nachzudenken, und tröstete sich damit, dass der Inhalt des

Gesprächs und der Tonfall von Miss Hartigan mehr mit Miss Hartigan und ihrem Bruder zu tun hatten als mit der Zukunft eines benachbarten Bauernhauses. Und es war ja auch nicht gesagt, dass, was bislang geschehen war, auch weiterhin geschah. Das Land der Hartigans war längst nicht so gut wie das Land weiter unten am Hügel; nicht besser als die Hänge des Slievenacoush, Clydagh oder Coumpeebra. Man gab sein Bestes und hoffte auf warme Sommer. Paulie war ein gut aussehender, anständiger Junge; es gab überhaupt keinen Grund, warum er hier nicht eine Familie großziehen konnte wie sein Vater.

»Unten bei den Caslins stehen noch zwei Koffer«, sagte er, als er an einem Samstagnachmittag ins Haus kam. »Wenn ich den Wagen wieder flottgemacht habe, hole ich sie ab.«

Sie umarmten sich nicht; das war in der Familie nicht üblich. Er setzte sich, sie machte Tee und stellte die Pfanne auf den Herd. Er erzählte ihr von seiner Reise, dass im ersten der beiden Busse eine Frau gesungen hatte und er im zweiten eingeschlafen war. Er erzählte mit ernsten Worten, seine Ausdrucksweise war bedacht, manchmal lächelte er kaum. So war er schon immer gewesen.

»Hartigan hat den Wagen schon vor einiger Zeit einmal angelassen«, sagte sie, »um sicherzugehen, dass er gut in Schuss ist.«

»Und ist er das? Gut in Schuss?«

»O ja.«

»Ich schau ihn mir später an.«

Er lebte sich problemlos ein, und dabei stellte sie fest, dass sie ihn nie richtig gekannt hatte. Er war für sie in der Familie untergegangen, sein Schattendasein war von dem mangelnden Interesse seines Vaters noch verstärkt worden. Sie hatte nie dagegen protestiert, nur manchmal heimlich ein oder zwei tröstende Worte geflüstert. Irgendwie passte es, dass eine Wendung des Schicksals ihn zum Nachfolger seines Vaters bestimmt hatte.

Seine täglichen Aufgaben versah er so gründlich und mit so viel Sachverstand, dass man hätte meinen können, er sei nie fort gewesen. Er hatte nichts vergessen und wusste über alles Bescheid: das Winterfutter für die Färsen, die Arbeit auf dem Hof, wo auf den Hügeln die Zäune nachgeben mochten und wie oft er hinaufgehen musste, um sich der Schafe anzunehmen, die Wartung des Traktors. Offenbar hatte er, obwohl seine Gegenwart so häufig übersehen worden war, seinem Vater wesentlich genauer bei der Arbeit zugeschaut als seine Brüder, was sie früher nicht vermutet hätte. »Heute wäre er stolz auf dich«, sagte sie einmal, aber Paulie reagierte auf ihre Bemerkung nicht, und so widerstand sie dem Wunsch, sie noch einmal zu wiederholen. Das große Feld, der Stolz seines Vaters, wurde sein Stolz. Er sagte, südlich davon liege ein weiterer Streifen Land, der von Steinen befreit und zurückgewonnen werden könne, und nahm sie mit hinaus, um ihr zu zeigen, wo er die neue Mauer ziehen würde. Sie standen im Sonnenschein eines warmen Junimorgens, und während er ihr den Streifen zeigte und darüber sprach, saßen die beiden Hütehunde folgsam neben ihm. Er verstand ebenso gut mit ihnen umzugehen wie sein Vater in seinen besten Zeiten.

Wie sein Vater fuhr er sie alle drei Wochen hinunter nach Drunbeg, da sie selbst nie gelernt hatte, Auto zu fahren. Sein Vater hatte, während sie einkaufte, stets auf dem Parkplatz von Conlon's Supermarkt gewartet, aber Paulie begleitete sie immer in den Laden. Er schob den Einkaufswagen, und manchmal drückte sie ihm eine Liste in die

Hand, und er nahm die Sachen von den Regalen. »Sollen wir uns den ansehen?«, schlug er einmal vor, als sie am Rialto vorbeifuhren, das jetzt zwei Vorführräume hatte. Früher, bevor es renoviert worden war, hatte es einfach nur das Lichtspielhaus geheißen. Sie habe keine rechte Lust, sagte sie. Sie war noch nie in dem Kino gewesen, weder früher noch seit seinem Ausbau; der Fernseher reichte ihr. »Warum gehst du nicht mit einem der Caslin-Mädchen hin?«, fragte sie.

Er führte die ältere von ihnen aus, Aileen, und danach fuhr er öfter abends nach unten, um mit ihr im Master McGrath zu sitzen. Die Beziehung endete, als Aileen erklärte, ihre Schwester in Tralee habe von einer freien Stelle in einem Zeitungs- und Süßwarenladen gehört, sie sei zu einem Vorstellungsgespräch in Tralee gewesen und tatsächlich habe man ihr die Stelle angeboten.

»Und wusstest du, dass sie solche Absichten hatte?«, fragte ihn seine Mutter, als sie davon erfuhr, und er antwortete, irgendwie habe er es geahnt. Die Sache schien ihn nicht sonderlich zu beunruhigen, obwohl sie selbst angenommen hatte, dass Aileen Caslin – schwerfällig und eher langsam – nach Lage der Dinge die Ehefrau wäre, die ins Haus kommen würde, da ihre Schwester Maureen nicht mehr zu haben war. Paulie sprach nicht darüber, doch schon bald nach Aileens Abreise begann er sich für ein Mädchen an einer der Kassen bei Conlon's zu interessieren.

»Warum bringst du Maeve nicht mal an einem Sonntag mit?«, schlug seine Mutter ihm vor, als die Freundschaft enger geworden war, als es wie mit Aileen Caslin Kinobesuche und gemeinsam verbrachte Abende im Pub gegeben hatte. Maeve war um einiges lebhafter als Aileen; er hätte eine schlechtere Wahl treffen können.

Doch Maeve kam nie zum Hof. Bei Conlon's schob Paulie den Einkaufswagen nunmehr an eine der anderen Kassen, auch wenn die Schlangen länger waren. Seine Mutter fragte nicht nach dem Grund. Er hat sein eigenes Leben, mahnte sie sich immer wieder; er hat seine Privatsphäre, und warum auch nicht? »Ist er nicht ein guter Sohn?«, bemerkte Father Kinally eines Sonntags, als Paulie den Wagen wendete. »Ist nicht alles sehr gut für Sie ausgegangen?«

Das wusste sie selbst und war sehr dankbar dafür. Da er tatkräftiger war als sein Vater gegen Ende seines Lebens, arbeitete Paulie länger – wenn es hell genug war, bis weit in den Abend hinein.

»Ich weiß nicht, ob ich je ein Wort mit ihr gewechselt habe«, sagte sie, als er anfing, mit der letzten noch verbleibenden Caslin-Tochter auszugehen. Die schien vernünftig.

»Ach, ist mir gleich«, antwortete die Jüngste der drei Caslin-Mädchen immer, wenn Paulie ihr sagte, welche Filme gezeigt wurden, und er sie fragte, welchen sie sich ansehen wolle. Wenn die Beleuchtung ausgeschaltet wurde, wartete er eine Weile, bevor er den Arm um sie legte, wie er es auch bei ihren Schwestern und bei Maeve getan hatte. Nur bei Patsy Finucane hatte er es nicht abwarten können.

Das vernünftige Aussehen, das Paulies Mutter an Annie Caslin aufgefallen war, kam auf nüchtern-sachliche Art zum Ausdruck. Gefühle spielten in ihrem robusten, soliden Temperament keine große Rolle. Sie war die Größte und Kräftigste der drei Caslin-Mädchen, mit schwarzem Haar, das sie in Locken legte, und markanten Gesichtszügen, die untereinander um Dominanz stritten – die etwas zu groß geratene Nase, der breite Mund, der starre Blick. Paulie war ein halbes Dutzend Mal mit ihr ausgegangen, bevor sie ihm gestand, dass sie in einer Stadt leben wolle. Sie habe genug vom Master McGrath am Straßenrand, sagte sie; sie habe es satt, an den Zapfsäulen Benzin einzufüllen. »Mein Gott, ich weiß nicht, wie du es da oben im Torfmoor aushältst«, sagte sie, bevor Paulie Gelegenheit hatte, sie zu fragen, ob sie nicht einmal zum Bauernhof heraufkommen wolle. Selbst Drunbeg würde ihr reichen, sagte sie. Sechs Monate später fand sie Arbeit in der Düngemittelfabrik.

Paulie lud andere Mädchen ein, mit ihm auszugehen, doch mittlerweile hatte sich herumgesprochen, dass er eine Frau zum Heiraten suchte. Eine nach der andern hatten sie Ausreden parat, was Hartigan nicht entging. Als er eines Morgens seinen Toyota vor einer Einfahrt parkte, neben der Paulie Pfähle in den Boden trieb, sagte er zwar nichts, aber das war nichts Ungewöhnliches.

»Wird es Regen geben, Mr Hartigan?«, fragte ihn Paulie.

»Als ich deine Mama zum ersten Mal sah«, sagte Hartigan und verzichtete auf ein Gespräch über das Wetter, »breitete sie gerade Laken auf den Büschen aus. Ich war sechs Jahre alt und jagte einem Hasen nach.«

»Das ist eine gute Weile her.«

»Wenn ich's dir doch sage.«

Da Paulie nicht verstand, worauf Hartigan hinauswollte, schüttelte er undeutlich den Kopf und versetzte dem Pfahl, den er in den Boden trieb, einen weiteren Schlag. Hartigan sagte:

»Ich würde dir das große Feld abkaufen.«

»Ach nein, nein.«

Also deshalb hatte er angehalten. Vielleicht war er, als er das dumpfe Geräusch des Vorschlaghammers auf den Pfählen hörte, sogar eigens deswegen heruntergekommen und hatte sich gesagt, das sei ein guter Zeitpunkt für ein Gespräch.

»Ich möchte das Feld nicht verkaufen, Mr Hartigan.«

»Aber wäre das nicht trotzdem eine gute Sache für dich, wenn du es tun würdest? Ist das überhaupt ein Leben für einen jungen Burschen?«

Paulie sagte nichts. Er befühlte den Pfahl, um zu prüfen, ob er noch wackelte. Dann schlug er wieder zu, drei Mal, bis er zufrieden war.

»Du könntest ein bisschen Gesellschaft gebrauchen, mein Junge«, sagte Hartigan, bevor er in die Einfahrt zurücksetzte und wieder den Hügel hinauffuhr.

Was sie erfolgreich von sich ferngehalten hatte, seit Miss Hartigan davon gesprochen hatte, ließ sich nicht länger verdrängen. Als Paulie ihr von Patsy Finucane erzählte, freute sie sich, dass er es nicht für sich behielt. Über alles andere wusste sie Bescheid: Es passte, dass Hartigan versuchte, ihm billig das Land abzukaufen, indem er dieselben Umstände ausnutzte, die ihn selbst zum Junggesellen gemacht hatten. Wer wollte es ihm verdenken? Dennoch fragte sie sich, ob Paulie – so liebenswürdig und gutherzig – mit der Zeit genauso werden würde; ob er so gefühllos werden würde wie sein Vater und so habsüchtig wie Hartigan.

»Ich gehe zu Mena«, sagte sie. »Da ist Platz.«

»Ach, das stimmt doch gar nicht.«

»Sie würden mich schon unterbringen.«

»Hier ist Platz für dich.«

»Du möchtest heiraten, Paulie. Jeder Mann möchte das.«

»Der würde einen ganzen Tag brauchen, um einen Stein mit dem Traktor wegzuschaffen. Der würde einen Graben durch den Sumpf anlegen, um gerade mal einen halben

Meter zu gewinnen. Den hat's nie gekümmert, wie lange etwas dauert.«

»Wir reden von jetzt, Paulie.«

»Wenn Hartigan das Feld hätte, wären in diesem Haus binnen eines Jahres Schafe, die Türen wären ausgehängt und anderweitig verwendet, und als Nächstes würde der Wind die Schiefer auf dem Dach verrücken. Das große Feld würde er so lange beweiden, bis kein Grashalm mehr darauf steht. Es würde wieder versumpfen. Niemand würde einen Finger rühren.«

»Du wusstest nicht, worauf du dich bei deiner Rückkehr eingelassen hast.«

»Doch, das wusste ich.«

Es war eine Gefälligkeitslüge. Man konnte meinen, er sei unbeschwert. Als er ihr von dem Finucane-Mädchen erzählte, hatte er gesagt, das sei nun mal der Lauf der Dinge. Macht nichts, hatte er gesagt. Oft vergaß man, dass er alles andere als unbeschwert war; oft vergaß auch sie es.

»Es gibt keinen zwingenden Grund, Paulie.«

»Doch, es gibt einen.«

Er sagte es leise, die Worte schwebten im Raum, nachdem er sie ausgesprochen hatte, und ihr wurde klar, dass es zwar ihr Witwenstand war, der ihn zur Rückkehr bewogen hatte, dass er aber nicht wegen ihres Witwenstandes darauf beharrte, zu bleiben. Sie könnte ihm tausend Gründe nennen, er würde trotzdem nicht mehr gehen.

»Du bist so gut, Paulie«, sagte sie, da ihr nichts anderes zu sagen übrig blieb.

Er schüttelte den Kopf, sodass seine schwarzen Haare hin und her schlenkerten. »Ach was.«

»Doch, Paulie, das bist du.«

Wenn ihr eigener Tod nahte, würden ihre anderen Kinder zurückkommen, wieder alle zur gleichen Zeit. Der Sarg würde die steile Treppe hinuntergetragen werden, hinaus auf den Hof zum Leichenwagen, der Trauerzug würde sich durch die Straßen von Drunbeg winden, und am nächsten Tag gäbe es die Totenmesse. Dann würden sie wieder abreisen und Paulie allein auf dem Hof zurücklassen.

»Komm, ich zeig dir was«, sagte er und nahm sie mit hinaus zu der Stelle, wo er einen weiteren halben Meter trockenlegte. Er zeigte ihr, wie er dabei vorging, zeigte ihr die provisorische Mauer, die er errichtet hatte, Stücke roten Wellblechs, das Jahre zuvor von der alten Scheune abgenommen worden war.

»Großartig«, sagte sie. »Großartig, Paulie.«

Von den Hügeln senkte sich weich und sanft Nebel herab, die Wolken darüber dunkelten. Der Grat des Slievenacoush war nicht mehr zu sehen. Irgendwo über der Moorlandschaft schrie ein Brachvogel.

»Geh ins Haus, raus aus dem Nieselregen«, sagte er, nachdem sie einige Minuten zusammengestanden hatten.

»Bleib du auch nicht mehr lang, Paulie.«

Schuldgefühle waren unangebracht, Gutherzigkeit hatte schwerlich etwas damit zu schaffen. Ihr Witwenstand und die Launen einer wechselhaften Zeit waren nicht von Bedeutung, nicht mehr als ein bloßes Flackern in der allgemeinen Ordnung der Dinge, wie sie schon immer bestanden hatte. Die Hügel, beständig und unwandelbar, hatten seiner geharrt und ihn als einen der Ihren eingefordert.